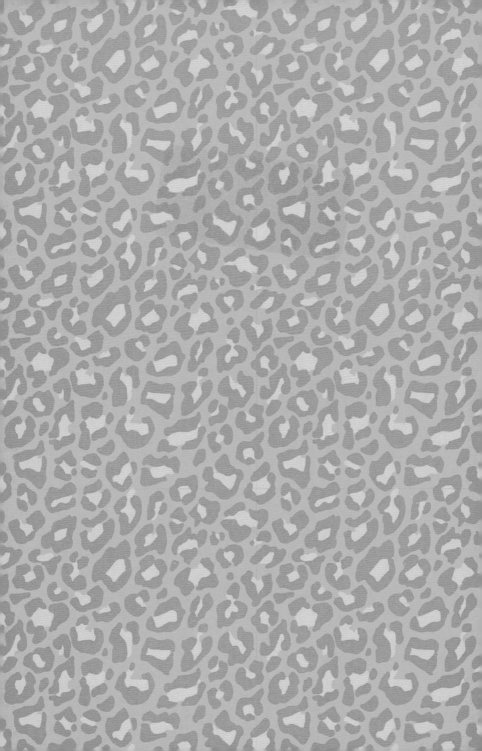

내가 왜
예뻐야
되냐고요

An Hachette UK Company
www.hachette.co.uk

First published in Great Britain in 2020
by Cassell, an imprint of
Octopus Publishing Group Ltd
Carmelite House
50 Victoria Embankment
London EC4Y 0DZ
www.octopusbooks.co.uk

ISBN 978-1-78840-211-8

A CIP catalogue record for this book is available
from the British Library.

Printed and bound in China

10 9 8 7 6 5 4 3 2 1

Cover photography by Chloe Sheppard

Senior commissioning editor: Romilly Morgan
Senior editor: Pauline Bache
Senior designer: Jaz Bahra
Typography and illustrations: Florence Given
Copyeditor: Jo Smith
Diversity reader: Philippa Willitts
Typesetter: Jeremy Tilston at The Oak Studio
Senior production manager: Peter Hunt

내가 왜 예뻐야 되냐고요

FLORENCE GIVEN

우혜진 옮김

용감한까치

"두려움을 모르는 책"
코즈모폴리턴(Cosmopolitan)

"현대 페미니즘을 놀라울 만큼 훌륭히 대변하는 책"
글래머(Glamour)

"판도를 뒤집는 책"
디바 매거진(Diva Magazine)

"반드시 읽어야 하는 책인 동시에, 강력한 영향력을 가진 책"
게이타임스(GayTimes)

"그녀의 세대를 겨냥하고 결집시키는, 매우 급진적인 책"
이브닝 스탠더드(Evening Standard)

"여성에 대한 역사적, 현대적 기대치를 중심으로
페미니즘을 이해하기 쉽게 탐구한 책"
리빙 etc(Living etc)

플로렌스 기븐(Florence Given) '2019년 코즈모폴리턴(Cosmopolitan)이 뽑은 올해의 인플루언서'. 영국 아티스트이자 작가이다. BBC 브렉퍼스트(BBC Breakfast)에 출연해 싱글인 사람들에게 붙는 사회적 오명에 대해 인터뷰했으며, NBC 뉴스(NBC News)에 출연해 비만공포증을 유발하는 넷플릭스 시리즈 〈채울 수 없는(Insatiable)〉에 반대해 자신이 벌인 캠페인에 대해 인터뷰했다. 또 그녀는 P&G 브랜드 중 하나인 '올웨이즈(Always)'의 '엔드피리어드푸버티(#EndPeriodPoverty)' 운동에 참여해 20만 개 이상의 '좋아요'를 얻어, '좋아요' 개수만큼 도움이 필요한 사람들에게 생리용품을 무료로 지급하기도 했다.

인스타그램 @florencegiven

목차

서문

당신은 그 누구에게도 예뻐야 할 빚을 지지 않았다. 당신의 남자 친구에게도, 배우자에게도, 파트너에게도 빚지지 않았을뿐더러 동료들에게도 빚지지 않았다. 길거리의 모르는 남자들에게도 빚지지 않았다. 당신의 어머니에게도, 아이에게도, 이 문명에도 그런 빚은 지지 않았다. 예쁨은 '여성'이라고 표시된 공간을 쓰기 위해 당신이 지불해야 하는 방세가 아니다.
– 에린 맥킨(Erin McKean)

이 글은 내 인생을 송두리째 바꿔놨고, 이 책 제목에도 영감을 주었다.

페미니즘의 역사를 보면 여성들은 각기 다른 관점으로 '예쁨'의 개념을 설명해왔다. 주로 통화(通貨)에 빗대어 설명했는데 매우 다양하게 변형되었다. 예를 들어 나오미 울프(Naomi Wolf)는 저서 《미의 신화(The Beauty Myth)》에서 우리가 지닌 미의 기준이 자본주의에 얼마나 깊이 연결되어 있는지 밝혔고, 치데라 에그루(Chidera Eggerue)는 저서 《혼자 있기 좋은 시간(What a Time to Be Alone)》에서 여성에게 완벽함을 요구하는 사회에 대항하기 위해 그녀가 벌인 #처진가슴도중요하다(SaggyBoobsMatter) 해시태그 운동에 대해 이야기했다. 또 트랜스젠더 운동가 재닛 모크(Janet Mock)는 성전환 후 '예쁨 특권'을 얻고 어떤 기분을 느꼈는지 고백했다. 그리고 지금 나는 그 내용들을 나만의 언어로 해석해 이 책에 담으려 한다.

나만의 정체성을 찾는 여정은 위의 에린 맥킨의 글을 읽고 난 후에야 비로소 시작됐다. 태어나서 처음으로 나에 대해 조사하며, 이렇게 침략적이고 비싸며 시간까지 잡아먹는, 그리고 때때로 고통스럽기까지 한 아름다움의 의식을 그동안 어떻게 수행해왔는지 스스로에게 묻는 시간을 가졌다. 그리고

그제야 깨달았다. 내 자존감이 남자들에게

얼마나 영향받고 있는지를. 남자들에게 매력적으로 보

이는지에 따라, 그리고 그 매력으로 인해 그들에게 존중받고 대우받는

지에 따라 내 자존감은 크게 영향받아왔다. 대부분의 시간 동안 나의 '예쁨'

이 남자들의 관심을 얻었다는 건 결국 남자들은 나를 사물로 여긴다는 걸 의

미한다. 그리고 남자들은 사물을 존중하지 않는다. 사물은 상호작용 없이 이

용할 수 있는 것으로 여겨진다. 한마디로 일방적인 관계다. 그래서 그들은 내

거절을 제대로 받아들이지 못하고 나를 그저 '냉랭한 여자'로 부른다. 사물은

거절할 힘도 권한도 가지고 있지 않으니까. 사물은 사물일 뿐인 것이다. 이

진실은 불편함을 주는 동시에 해방감을 안겨준다. 정확히 성장할 때 받는 바

로 그 느낌이다.

　위 구절을 읽고 나니 어떤 종류의 기준으로 '예쁜 사람'을 나누고, 무엇이

'예쁨'을 구성하는지 조사하지 않을 수 없었다. 사회에서 누군가가 예쁜지 아

닌지 결정하는 집단적 사상은 하얗고, 말랐으며, 장애가 없는 시스젠더*와

얼마나 가까운지를 베이스로 한다. 이제야 내 '예쁨'이 얼마나 많은 기회를

주었는지 이해가 된다. 사회가 예쁘다고 여기는 기준에 미치지 못하는 여성

들은 더 열심히 일해야 얻을 수 있는 기회. 나 또한 나를 매력적으로 생각

하고 있었는지는 중요하지 않았다. 나는 처음으로 객관적인 진실을 알게 된

것이다. 나는 날씬하고, 장애가 없으며, 피부가 하얗기 때문에 사회의 매력

피라미드에서 높은 곳을 차지했던 것이다. 여자로서 우리는 '예쁨 특권'이 있

다는 걸 인정하고 싶어 하지 않는다. 지금껏 우리는 아름다움을 아는 척해서

는 안 된다고 배워왔기 때문이다. 우리는 누군가의 칭찬에도 "아뇨, (몸에서

---

*트랜스젠더와 반대되는 개념으로, 생물학적 성과 성 정체성이 일치하는 사람을 일컫는다.
- 옮긴이

예쁘지 않은 곳을 가리키며) 여길 보세요" 같은 자기 비하 멘트로 대답하도록 사회화되었다. 그렇기 때문에 이 특권을 인정하기 위해선 제일 먼저 스스로가 예쁘다고 말할 수 있어야 한다. 하지만 대부분의 여성에겐 거의 불가능한 일이다. 내면의 불안 때문이다. 바로 이런 이유로 우리의 매력 특권이 유지된다. 아주 조용히. 하나의 사회로서 우리의 데이트 선호를 마치 아무 문제가 없는 것처럼, 인종차별주의와 비만공포증, 그리고 성차별주의자와는 아무런 관련이 없는 것처럼 비정치적 이슈로 몰고 갈 수 있는 이유이기도 하다.

매력적이라서 얻는 혜택은 우리 몸을 대상화해서 얻은 이익이지, 존중받아 얻은 이익이 아니다. 그렇기 때문에 매력이 실제 특권인지 아닌지에 대해선 많은 논란이 있다. 나는 예쁘기 때문에 사람들에게 더 나은 대우를 받는 동시에, 내 인생에서 가장 끔찍한 사건을 겪어야 했다. 남자들은 거리를 걷는 예쁜 여성을 그냥 쳐다만 보지 않는다. "저 여자, 정말 예쁘군. 너무 예쁘니까 성추행도 하지 말고, 집까지 쫓아가지도 말아야지" 하진 않는다. 오히려 그 반대다. 나는 지금껏 살면서 늘 주위를 경계하며 걸었다. 차창 밖으로 머리를 내밀곤 나에게 뭐라고 소리치는 남자나 내가 너무 예뻐서 사는 거라고 말하며 뭔가를 탄 술을 건네는 남자를 무서워하면서 말이다. 어디 그뿐인가. 집에 들어가기 전에는 꼭 집 앞 상점에 멈춰 누가 나를 따라오지는 않나 확인해야 한다. 손가락에 미리 열쇠를 끼워두고, 두근대는 심장을 진정시키며, 어깨 너머로 누가 쫓아오진 않는지 체크해야 한다. 그렇게 집까지 가는 가장 안전한 길과 전략을 고민해야 한다. 결국 비싼 택시를 이용해야 한다고 해도 말이다. 공공장소를 누비는 일이 많은 여성에겐 이렇게 느껴진다. 매일 밤 남자들의 관심과 성희롱으로부터 자유로워지기 위해 아예 머리를 밀어버릴까 얼마나 고민했는지 모른다. 하지만 그렇게 하면 성범죄를 피할 책임이 나에게 있다는 걸 스스로 보여주는 것밖에 되지 않는다. 성범죄를 저지르지 않을 책임

은 그들에게 있다. 어렸을 때부터 나는 칼로리를 계산
하고 음식에 'No'를 외치는 방법을 배웠다. 음식에 바운더리를 세
우는 거였다. 다른 사람들에게 'No'를 외치고, 건강한 관계를 위해 바운더리
를 만드는 방법을 배우기도 전에 말이다. 진짜 여자가 되기 위한 방법으로 세
상이 나에게 뭘 가르쳤다고 생각하는가? 나는 나 자신의 욕구를 충족시키고
한 명의 사람으로서 존중받는 것보다 누군가의 욕망의 대상이 되는 게 더 중
요하다고 배웠다. 그리고 이렇게 유해한 신념 체계와 낮은 자존감은 결국 나
를 학대적인 관계 속으로 밀어 넣었다. 건강한 관계를 위한 나만의 바운더리
를 제대로 가지지 못했을 뿐만 아니라, 나 스스로도 내가 더 좋은 대우를 받
을 만한 사람이라는 걸 믿지 못했다. 그저 누군가가 원하는 사람이 되었다는
이유로 행복해할 뿐이었다.

그런 생각을 가끔 해본다. 만약 내 몸은 내 것이며, 나만이 소유할 수 있는
거라는 사실을 배웠다면 내 인생이 어떻게 달랐을지. 내 몸이 남들에게 보이
는 방식이나 목적은 남들을 즐겁게 해주기 위한 게 아니라는 사실을 알았다
면 어땠을지. 그 누구에게도 상냥하고 완벽하게 보일 필요는 없으며, 예쁘거
나 앙증맞게 보일 필요도 없다는 걸 훨씬 이전부터 이해하고 있었다면, 내 인
생 최고의 가치는 남자들의 나라에서 여성에게 할당된 공간에 맞추기 위해
스스로를 쪼개는 게 아니었다는 걸 알고 있었다면 어땠을지 말이다. 나를
위한 공간이 있든 없든, 내 삶의 가치를 사람들의 반응에 따라 바꿀 필요
는 없다.

대신 나는 내가 갈망하던 사람들의 인정을 받기 위해 내 정체성 중 여
러 부분을 죽이고 짓눌러 최소화했다. 나 자신을 제외한 모든 사람들을
즐겁게 해주기 위해. 당신은 나와 달랐으면 좋겠다. 이 책은 나의 희망이
다. 예전으로 돌아가, 이 세계의 유해한 독이 내 인생을 관통하기 전에 내 머
리를 한 대 후려쳐줄 수 있었으면 하는 희망이다.

그럴 수 있다면 어린 시절의 나와 이런 대화를 하지 않았을까?

지금의 나: 플로스, 너는 왜 아침 식사는 건너뛰고 브래지어만 매만지고 있니?

어린 나: 남자들이 이런 걸 좋아하니까. 말랐지만 가슴은 빵빵한 여자애 말이야.

지금의 나: 그래, 맞아. 그런데 플로스, 내가 잠깐 한마디 해도 될까?

어린 나: 좋아, 도대체 뭐가 문제인데?

지금의 나: 네가 왜 그런 식으로 생각하는지 너무 잘 알아. 하지만….

어린 나: 하지만 뭐? 인기 있는 여자애들은 다 이렇게 행동해.

지금의 나: 글쎄, 네가 네 몸을 가지고 하는 모든 것은 순전히 너의 선택이고 결정이야. 하지만 난 네가 그런 선택을 하게 된 진짜 이유를 스스로도 제대로 이해하고 있는지가 가장 중요한 것 같아. 네가 지금 하는 행동이 사실은 매우 건강하지 않은 행동이거든. 왜 식사를 거르는지 구체적인 이유를 말해줄 수 있니?

어린 나: 그건 '날씬한 것만큼 맛있는 건 없으니까'. 난 남자들 때문에 그러는 게 아냐. 단지 내가 날씬해지고 싶으니까 그러는 것뿐이야.

지금의 나: 세상에, 좋아. 그럼 우선, 일단 네가 있는 시간은 2013년이고, 내가 있는 지금은, 케이트 모스가 그렇게 말한 걸 공식적으로 후회한다고 한 이후인 2020년이야. 너의 몸무게는 너를 정의하지 않아. 물론 너의 아름다움을 재는 도구도 아니지. 그런 개념은 이제 쓸모없어졌어. 그리고 두 번째로, 물론 스스로 그렇게 행동하는 이유가 남자들을 유혹하기 위한 게 아닐 수도 있어. 의식적으로는 말이야. 그렇지만 무엇이 '예쁘'고 '바람직한' 것인지에 대해 우리 사회가 가지고 있는 집단 사상은 모두 인종차별주의, 성차별주의, 비만공포증, 장애인 혐오, 성전환자 혐오, 그리고 남성들의 바람에 영향을 받은 것들이야. 그렇기 때문에 네가 '스스로 원해서' 그렇게 하는 거라 할지라도, 남자들이 큰 가슴과 삐삐 마른 몸을 원하기 때문에 너도 그런 게 예쁘다고 생각하는 거야. 우리는 미디어와 영화, 텔레비전을 통해 아름다움에 대한 그들의 생각을 소비하지. 남자애들이 학교에 어떻게 하고 오는지 기억해봐. 대충 교복을 걸치고 눈곱이 낀 채 꾀죄죄한 모습으로 학교에 나타나지.

어린 나: 하지만 그건 좀 다른⋯ 아, 맙소사. 맞아. 그건 좀 공평하지 않은 것 같은데, 맞지?

지금의 나: 응, 그렇지. 남자애들이 학교 가기 10분 전에 일어나 교복을 입고 푸짐한 아침을 먹을 시간에, 넌 내내 거울을 보며 자신을 꾸미느라 모든 시간을 쓰지. 그런 남자애들이 너를 좋아했으면 하는 마음으로 말이야. 그들이 애정을 줄 날씬하고 예쁜 대상이 되기 위한 시도로 아침도 건너뛰지. 그 시간 동안 다른 무언가를 할 수 있진 않을까 생각해본 적은 없니? 있는 그대로의 모습대로 스스로를 보여줄 때, 너의 삶이 어떻게 보일지에 대해서 궁금해한 적은 없어?

어린 나: 아… 난 그런 건 생각해본 적이 없어. 물론 그냥 침대에서 굴러 일어나 학교로 가면 훨씬 쉽기는 하겠지. 하지만 인기 있는 여자애들은 다 이렇게 한다고! 난 인기가 있었으면 좋겠어! 예뻐지면 인생이 더 쉬워진다고. 그건 일반적인 거야. 잡지나 영화에 나오는 여자들 중 결국 남자를 차지하는 애는 제일 예쁜 애야. 남자들은 모두 그런 애들이랑 데이트하고 싶어 한다고!

지금의 나: 왜 남자들이 너를 좋아해야 한다고 생각하지?

어린 나: 모든 여자가 그렇게 생각하는 거 아냐? 세상 돌아가는 이치일 뿐이야. 여자들은 남자들이 자신을 원하게끔 스스로 예뻐지려고 하는 거야.

지금의 나: 그러니까, 너는 지금 여성의 가치가 예뻐질 수 있는 능력에 묶여 있다고 생각하는 거니?

어린 나: 그런 식으로는 생각해보지 않았는데…. 뭐, 비슷하지 않을까.

지금의 나: 만일 그렇게 느낀다면, 정말로 한 여성으로서 너의 가치가 아름다움에 있다고 생각한다면, 예쁘지 않은 여자들에 대해서는 어떻게 생각하는 거지? 그들을 무시하는 거니? 그들은 가치가 없다고 생각하는 거야?

어린 나: 그렇게는 생각 안 해. 하지만 아마도….

지금의 나: 그러니까 너도 원해서 그렇게 하고 다니는 거야, 아니면 그저 다

른 사람들한테 더 좋은 대우를 받고 싶어서 일부러 여성스
러움을 짜내서 보여주는 거야? 사실 너도 여성스럽고 예쁜 여자들에게 더 친
절하잖아?

어린 나: 맙소사! 진짜 미치겠네! 그만 좀 공격해!

지금의 나: 널 공격하는 게 아니야, 플로스. 지금 한 질문들은 거울과 같은 거
야. 다른 여성과 여성스러움에 대한 네 마음속 내면화된 혐오의 못난 부분을
보여주는 거울이야. 잘 들여다봐. 그리고 내 질문에 대답해.

어린 나: 글쎄, 아마 화장도 하지 않고 머리만 대충 빗은 채 학교에 가면 애
들이 하루 종일 내 얘기만 해댈걸? 오늘은 좀 피곤해 보인다고 할 거야. 내가
예뻐야만 사람들은 나를 더 좋게 대우해준다고. 날 알아봐준단 말이야. 그래,
알아, 내가 사회에 순응하고 있다는 걸! 지금 네가 무슨 말을 하는지 알아. 남
자애들은 아침에 일어나서 그냥 세수만 하고 학교에 오면 되지. 불공평해. 하
지만 그래서 어쩌라고? 나는 예뻐야 해. 남자애들의 이상형이 되어야 한다
고. 그래야만 걔들도 나를 선택할 테니까!

지금의 나: 왜 남자애들에게 선택받아야 한다고 생각하지? 그냥 학교에 갈
수는 없는 거야? 공부하러 말이야.

어린 나: 나도 사실 잘 모르겠어. 다시 한번 말하지만, 어쨌든 그게 내가 늘
들어온 이야기야. 나도 남자애들을 원해야 하고, 걔네한테 잘 보이기 위해 뭐
라도 해야 한다고. 그것뿐이야. 한번도 나 스스로 왜 내가 '남자들에게 선택
되어야' 하는지 물어본 적이 없어. 왜 그런 생각을 하게 됐는지조차.

내가 왜 예뻐야 되냐고요

지금의 나: 그럼, 지금 스스로에게 물어봐.

어린 나: 어차피 다른 사람들도 다 그렇게 살잖아? 그래서 그런 거 아닐까? 영화에서 봤다거나 말이야. 원래 여자애들은 남자애들한테 잘 보이려고 애쓰는 법이야. 원래 그런 거라고!

지금의 나: 그래, 플로스. 네 말이 맞아. 남자애들은 더 여성스럽고 이상형에 더 가까운 여자애를 고르려고 하겠지.

어린 나: 그래, 맞아! 바로 그게 내가 하고 싶었던 말이야!

지금의 나: 하지만 네가 원하는 방식은 아니지. 그런 것 때문에 남자애들한테 선택되고 싶지는 않잖아.

어린 나: 뭐라고?

지금의 나: 누군가에게 선택되기 위해 일정 수준의 '예쁨'을 보여줘야 한다면, 그들도 단지 너의 외적인 아름다움만을 기준으로 해서 선택한다는 거잖아. 하지만 난 잘 알아. 넌 너의 외모나 몸매, 그 이상의 것을 이유로 선택받고 싶어 해. 껍데기가 아닌 '너'라는 온전한 사람으로서 선택받고 싶어 하지. 남자들의 인정을 받기 위해 시간을 쓰면 쓸수록, 죽을 때까지 너 자신은 점점 고갈될 거야. 남자들의 인정이라는 건 바닥이 없는 웅덩이 같은 거니까. 끝이 없지. 마땅히 너를 봐줘야 하는 방식으로는 절대 봐주지 않을 거야. 그러니까

그만해. 더 이상 매력을 어필하려고 하지 마. 더 이상 너를 남자들이 좋아하는 틀에 맞춰 찍어내지 마, 플로스. 네가 필요할 때만 널 찾다가 더 이상 필요 없어지면 뱉어버릴 거야. 네 인생의 진짜 목표는 남자들한테 '선택'받는 게 아냐. 넌 지금 거짓말을 하고 있어. 사실은 어떤 일에든 남자는 필요 없어. 적어도 지금 네가 생각하는 그 정도로 필요한 건 아냐.

어린 나: 잠깐만! 그게 무슨 말이야? 지금까지 모든 일에 남자가 필요하다고 생각했는데?!

지금의 나: 아니야.

어린 나: 그럼 돈은? 나는 항상 돈 많은 사람이랑 결혼하고 싶었는데….

지금의 나: 네가 진짜 그런 걸 원하는 거라면, 그래도 돼. 괜찮아. 하지만 그 전에 먼저 스스로 돈을 벌도록 해. 네가 돈 많은 사람이 되란 말이야.

어린 나: 좋아. 그럼 아이를 갖는 건?

지금의 나: 아이를 낳고 싶어? 그래야 될 것 같아서 그러는 건 아니고? 이 사회에선 아름다움 외에 임신과 출산 능력도 여성의 가치를 매기는 기준이 되니까. 만약 아이를 가지지 않는다고 해도, 너는 실패한 게 아니야.

어린 나: 맙소사, 아이를 갖지 말라고? 이건 나중에 다시 얘기하자. 그럼 사랑과 섹스는? 우리에게는 남자가 필요하다고!

지금의 나: 바이브레이터를 사. 그리고 네가 가질 수 있는 낭만적인 파트너에 남자만 있는 건 아냐. 네가 평생 소비하는 주류 언론의 메시지와 반대지. 다른 성별에 끌린다고 생각해본 적 없니?

어린 나: 이런 제기랄.

지금의 나: 뭐?

어린 나: 나는 언제나 여자들과 데이트해보고 싶었어. 성별이 다른 사람들과도 말이야. 하지만 그런 걸 겉으로 드러내는 게 무서워. 난 남자에게도 끌리긴 하거든. 그러니까 이런 내 감정은 허상일 뿐이라고….

지금의 나: 거봐! 너는 행복하기 위해선 남자들에게 의지해야 한다는 얘기를 정말 많이 들어왔어. 갖가지 방법으로 너에게 주입했다고. 하지만 넌 아니야. 넌 뼛속까지 퀴어라고.

어린 나: 그래서 지금 내가 이미 놀라운 내 존재를 더 가득 채우기 위해 남자를 원한다고 말하는 거야?

지금의 나: 맞아.

어린 나: 나는 나 자신과 타협할 필요가 없어. 왜냐하면… 나는 혼자로도 충

분하니까. 그렇지?

지금의 나: 그래, 바로 그거야! 여성들이 자기 자신에게 에너지를 집중하는 대신, 남자들을 위해 예쁨이나 매력에 몇 시간이고 집중하도록 장려하는 이 문화 자체가 매우 '의도된 수단'이야. 남자들만 부를 차지하고, 재미를 보고, 섹스를 즐기기 위한 수단이지. 남자들이 그렇게 즐기는 동안 여자들은 그들의 관심을 얻기 위해 서로 경쟁해야 해. 남자들이 하는 것과 똑같이 굴려고 하면 그들은 어김없이 우리에게 수치심을 주지.

어린 나: 왜 여자들은 남자들과 똑같이 즐겼다는 이유로 수치심을 느껴야 할까? 전혀 공평하지 않잖아.

지금의 나: 네 말이 맞아. 하지만 실제로 일어나고 있는 일이야. 만약 여성들이 미리 정해지고 규정된 성 역할에서 벗어나 자유롭게 행동하고자 한다면, 수 세기 동안 계속되어온 이 억압적인 구조는 금방 해체될 거야. 아마 어떤 사람들은 자신들의 현실이 도전받는 걸 어쩌지 못해 안절부절못하겠지. '전통'을 보존한다는 명목하에 그들은 수치심을 도구로 이용하고 있어. 우리를 제자리에 묶어두기 위한 도구로 말이야. 정말 많은 여성이 자신만의 적극적이고 견고한 바운더리나 기준을 세웠다는 이유만으로 '미친년' 소리를 듣고 있다고. 그런데 더 웃긴 건, 남자보다 여자가 더 그런다는 거야. 여자들끼리 서로 등 돌리는 것. 이게 바로 우리를 계속 억압하기 위해 가부장제가 이용하는 교활한 방법이야. 더러운 일을 여자들이 대신 하게 만들지. 우리가 서로를 미워하고 경쟁하게 가르쳐도 죄책감을 느끼지 않게 말이야.

어린 나: 잠깐, 그러니까 지금 성차별주의와 이중 잣대는 우리가 커리어에

집중하지 못하도록 막는 속임수라는 거야? 스스로 돈을 벌고 섹스와 삶을 즐기지 못하게 막는? 대신 우리가 서로 싸우면서 남자 없이는 살 수 없다고 믿도록 만드는 거란 말이지?

지금의 나: 거의 그래.

어린 나: 하지만 그런 걸 전부 이룬 여자들도 있잖아, 안 그래?

지금의 나: 몇몇 여자는 그런 걸 전부 이룬 것처럼 보이기도 해. 멋진 커리어를 쌓고 최고의 삶을 살면서 자유롭게 섹스를 즐기지. 어쩌면 아이까지 낳아 행복하게 살고 있을 수도 있어. 완벽하지. 하지만 여기엔 대가가 있다는 걸 잊으면 안 돼. 우리는 절대로 남자들과 똑같은 대우를 받을 수 없어. 사람들은 너를 비웃고, 수치심을 느끼게 할 거야. 남자들과 같은 라이프스타일을 즐기려고만 해도 '이기적인 여자'로 불릴걸? 그리고 남자들과 같은 일을 하는데도 그들보다 더 적은 월급을 받는다는 걸 종종 깨닫게 될 거야. 이 모든 게 언젠가 너에게 실제로 일어날 일이야. 꽤 여러 번. 그러니 스스로 준비해두는 게 좋을 거야.

어린 나: 하지만 '나 자신이 돼라'는 게 도대체 무슨 의미야? 요점이 뭐냐고. 그렇게 돼봤자 사람들에게 대우도 못 받고 비난만 받을 거라면 말이야. 그냥 지금의 내 모습대로 있으면 안 되는 거야? 남자들 앞에서 여성스러워 보이면서, 나에게 제공된 역할에 따라 살면 안 되는 거야? 지금처럼 세상이 내게 불로의 혜택을 주도록 말이야!

지금의 나: 좋은 지적이야. 혼란스러운 거 알아. 그리고 아주 중요하고 타당한 질문이기도 해. 예쁘고 여성스러운 건 많은 여성에게 생존 수단이 되지. 네 말이 맞아. 훨씬 더 가기 좋고 쉬운 길이 있는 걸 아는데 왜 '나 자신이 되는' 길을 걸으려고 하겠어. 더 좋은 대우를 받는 길일뿐더러, 메이크업 브러시와 면도기를 잡기만 하면 되는 쉬운 길인데!

어린 나: 내 말이 그 말이야!

지금의 나: 맞아! 예뻐야 사람들 눈에 띄지. 스스로를 낮출 줄 알아야 남자들이 좋아해. 그래야 자신들의 남성성을 확인받으니까.

어린 나: 지금 그 말은 내가 남자 앞에서 스스로를 작게 만들고 '내 레인'에 머물러야 걔도 자기 남성성을 보여줄 수 있단 거야? 내 자신감에 위협받는다고 생각하지 않고?

지금의 나: 바로 그거야.

어린 나: 그럼, 그건… 내 잘못이 아닌 거네? 왜 내가 다른 사람의 안락을 위해 스스로를 움츠려야 하지?

지금의 나: 정확해. 그건 네 문제가 아니야. 많은 이성애자 남자들은 자신들이 여성을 위해 무언가를 해주지 못하면 불안해해. 살다 보면 그들의 에고를 부풀려주기 위해 웃긴 일을 무의식적으로 하고 있는 네 모습을 발견하게 될 거야. 예를 들어볼까? 무언가에 대해 얘기할 때 일부러 잘 모르는 척을 할 때가 있지. 그가 너에게 설명해줄 수 있게끔 말이야. 사회는 레인에 머무르라는

말을 굳이 한번 더 얘기할 필요 없는 여성들에게 보상을 줘. 자신의 성 역할을 받아들이고 기꺼이 따를 준비가 되어 있는 여성을 사랑하지. 자신들의 제도에 도전하지 않는 여성을 말이야. 남자들을 즐겁게 하기 위한 작은 일을 몇 가지 해준다면, 아마 너는 아주 큰 혜택을 얻게 될걸?

하지만 여성스러움에는 '연약'하다는 의미도 있다. 그래서 사람들이 우리를 더 잘못 대하는지도 모른다. 정말 그런지 알고 싶다면 "여자애처럼 군다"는 얘기를 들은 남자가 어떻게 반응하는지 보면 된다. 만약 남자들에게 할 수 있는 모욕 중 '여자애'가 포함돼 있다면, 정말 그렇다면, 과연 이 상황은 '진짜 여자애들'에게 어떤 의미인가?

어린 나: 와, 그래서 "너는 다른 여자애들과는 달라"라는 말을 들었을 때 내 정체성을 뿌듯해했던 거구나.

지금의 나: 정확해. 그 '다른 소녀들'은 모두 우리의 모습이야. 그러니 그런 얘기는 그만둬! 이걸 내면화된 여성 혐오라고 불러. 너는 지금 '여성성'에서 가능한 한 멀리 거리를 두려 하고 있어. 남자들의 관심에서 우위에 있으려고 말이야. 여성들은 종종 '여성성'으로 진지하게 고려되지 못해. 미디어 속 훈련받은 여성들은 낮은 목소리로 얘기하도록 교육받았지. 우리가 높은 음조로 말하면 늘 조롱받아. 네가 남자들과 자유롭게 즐기면 '걸레'라고 불릴 것이고, 그들을 거절하면 '얌전한 척하는 고양이'로 불릴 거야. 부유한 남자들은 자신의 회사에서 우리 몸의 곡선을 이용한 광고로 제품을 팔지. 이를테면 가슴골 같은 곡선 말이야. 하지만 정작 우리는 모유 수유를 할 때마다 가슴 좀 가리라는 얘기를 들어. 그리고….

어린 나: 좋아, 무슨 얘긴지 알 것 같아. 그러니까 지금 네가 하려는 얘기가 어느 쪽으로든, 내가 여자로서 무엇을 하든지 간에 나는 이길 수 없다는 거지? 언제나 타협할 거란 뜻이야?

지금의 나: 맞아.

어린 나: 짜증 나네.

지금의 나: 하지만 너의 관점을 스스로 바꾼다면 달라질지도 몰라.

어린 나: 무슨 말이야?

지금의 나: 글쎄, 만약 그런 식으로 자책할 거면 나한테 말해. 자, 이제 너한 텐 어떤 선택이 남았지?

어린 나: 빌어먹을, 내가 하고 싶은 게 뭐든 그냥 맘대로 하는 거지.

지금의 나: 아주 정확해.

CHAPTER 1

페미니즘은 당신의 인생을 망칠 것이다

(가능한 한 가장 좋은 방법으로)

"안전지대는 아름답다. 하지만 그곳에선 아무것도 자라지 않는다." – 작자 미상

페미니즘으로 첫발을 내디디는 것은 매우 진 빠지는 일이었다.

제일 먼저 친구를 잃었다. 클럽에서 사람들이 나를 아무렇지도 않게 더듬는 것에 구역질이 나 화장실에서 혼자 울기도 했고, 나를 희롱하는 남자에게 소리를 지르기도 했다. 부모님과는 이미 여러 가지 상황으로 사이가 틀어진 후였다.

나한테 딱 맞는 일이었다.

아주 드라마틱한 일이었다.

하지만 성장하기 위해 꼭 거쳐야 하는 일이었다. 오늘날의 모습으로 변화하기 위해 이 불편한 것들을 경험하는 시간을 거쳐야만 했다. 유해한 헛소리를 기꺼이 이겨내며 옛 모습을 버리고 허물을 벗어야 했다(물론 지금도 여전히

그런 시간을 정기적으로 가지고 있다). 그 결과 이제 나는 스스로에 대해 자신감을 가진다. 나는 이제 자신 있게 목소리를 내고 책을 쓰며 내 생각과 경험을 이야기하고 있다.

성장은 또 하나의 고립이다. 나 자신과 세상에 대해 잘 안다고 자부했던 모든 것들이 눈앞에서 바뀌어버린다. 당신뿐 아니라 당신의 친구들도 건강하지 않은 기질을 지니고 있었다는 걸 곧 알게 될 것이다. 남자들의 시선과 욕망을 위한 눈요깃거리로 여성 주인공을 묘사하고 있었다는 걸 안 순간, 한때 가장 좋아했던 영화는 가장 불편한 영화가 될 것이고, 가장 좋아했던 롤링 스톤스의 노래는 가사 때문에 더 이상 듣지 못하는 노래가 될 것이다. 그러다 결국 거의 모든 환경에 성차별주의, 인종차별주의, 장애차별주의, 그리고 성전환자차별주의적 요소가 존재한다는 사실에 질릴 것이다. 당신의 깊은 무의식에서도 말이다. 그러나 세상이 거꾸로 뒤집혀 있다는 걸 알기만 한다면, 언제든지 다시 원래대로 돌릴 수 있다. 우리의 관점만 바꾸면 된다. 당신도 이 모든 것에 연루되어 있다. 그러나 동시에 모든 것을 바꿀 수 있는 힘도 가지고 있다. 이런 힘을 가졌는데도 아무것도 모른 채 그저 지나가는 인생을 택할 것인가, 아니면 세상을 분명하고 똑바로 바라보는 인생을 택할 것인가?

"스스로의 인생에서 승객이 되지 마라"

지금까지 이런 문제를 그냥 두었기 때문에 당신이 받아온 고통과 당신 역시 누군가에게 똑같이 가하고 있었을 고통을 생각해보면, 세상을 뒤집어엎은 후 겪을 잠깐의 불편함은 아무것도 아니다. 잠깐의 불편함은 미래의 나를 위한 투자다. 평생의 성장과 자기 계발을 위해 지금의 작고 불편한 변화를 받아들여야 한다.

페미니즘과 자아 발견은 당신의 삶을 송두리째 뒤흔들 것이다. 하지만 분명 그럴 만한 가치가 있다. 내가 약속한다.

더 이상 당신이 즐기지 못할 것들

세상 모든 게 혐오스러워지는 페미니즘의 세계에 들어온 걸 환영한다.

물론 농담이다! 어느 정도는.

한번 눈을 뜬 아기는 눈뜨기 이전의 세상으로는 다시 돌아갈 수 없다. 당신은 틀림없이 모든 것에서 여성 혐오와 인종차별주의, 그리고 이중적 잣대를 보게 될 것이다.

- 짧은 '여성용 로맨스 영화'를 좋아했는가? 이제 그 영화는 당신의 원망을 듣는 고정관념 쓰레기가 될 것이다. 당신을 남자들의 인정에 목마른 여자로 만들었다는 이유로 말이다.
- '동의'라는 단어를 더욱 분명하게 이해하고 나면, 과거에 나를 불편하게 했던 성적 경험이 실은 폭력이나 강간이었음을 알게 될 것이다.
- 그렇다. 당신은 아주 사소한 일에 분노하는 스스로를 발견하게 될 것이다. 대중교통을 이용하는 남자들이 다리를 '쩍 벌'리고 앉은 채 얼마나 많은 공간을 차지하고 있었는지, 반면 당신은 얼마나 필사적으로 다리를 모으고 있었는지 등에 분노할 것이다.
- 그렇다. 남자들과 함께할 때 당신의 행동이 변한다는 사실을 깨닫게 될 것이다. 예의 바르고 매력적으로 보이도록 행동하면서 남자 마음에 들고자 하는 내면의 본능을 알게 될 것이다.
- 당신은 우리 사회의 빌어먹을 것들과 너무 지나치게 정상적이었던 스스로의 행동에 눈을 뜰 것이다. 왜 처음부터 모르고 있었는지에 대해 심한 역겨움을 느낄 수도 있다.

그러나 죄책감은 생산적이지 않은 감정이다. 행동의 변화 없이 과거의 실수에 죄책감만 느끼는 건 당신 스스로에게나 당신이 상처를 입힌 사람에게나 모두 득이 되지 않는다. 중요한 건 이제 당신은 알고 있고 깨어났다는 사실이다. 더 이상의 해악이 계속되지 않도록 앞으로 어떤 행동을 취하느냐가 더 중요하다.

당신은 친구를 잃을 것이다

성장은 고통과 함께 온다. 이건 어쩔 수 없는 일이다. 당신은 기꺼이 당신의 또래나 친구, 심지어 가족보다도 더 성장하려고 애써야만 한다. 나만의 방식대로 삶을 성취하고 싶다면, 기존의 길을 부수고 새로운 길을 열어야만 한다. 물론 그들도 당신과 함께 성장하거나 적어도 당신의 여정을 지지해줄 것이라고 믿어 의심치 않는다. 하지만 다른 사람들이 어떻게 생각할지 먼저 걱정하는 건 지금 당장 당신이 해야 할 일이 아니다. 지금은 온전히 '성장하는 것'에만 집중해야 한다.

만약 당신이 남들보다 더 사회적이고 정치적이며 자기 인식적이라면, 성장이 매우 힘든 일이 될 수도 있다. 다른 사람들보다 더 많이 성장해 자기 계발의 길로 들어서면 이전에는 결코 보이지 않았던 그들의 이면이 보일 것이다. "네가 너무 심각하게 받아들이는 거야"라든지 "너는 너무 예민해"라는 말을 들을 때마다 정말 그런가 싶어지면서 죄책감이 들 것이다. 하지만 이것 하나는 기억했으면 좋겠다. 무엇에 대해서든 누군가 당신에게 '너무' 하다고 말한다면, 지금 그는 성장하고 진화하는 능력과 스스로의 감정을 표현하는 당신의 능력에 위협을 느낀 것이다. 그들은 당신이 자신들과 같은 수준에 머물러 있기를 바란다. 감정적으로 그리고 도덕적으로 성장을 멈춘 채로 말이다. 그들에게 당신은 자신의 가장 약한 부분을 보여주는 거울이다. 이러한 사실이 그들의 행동에 대한 설명이 될 수는 있을지언정, 핑계가 될 수는 없다.

자아가 강해 정서적으로 안정된 사람들은 당신이 감정을 그대로 표현하는 걸 두려워하지 않는다. 그러지 못한 사람들은 결핍된 사람들이고, 당신은 내면이 풍부한 사람이다. 그러니 절대로 그 부분에 대해 사과하지 마라. 공감할 수 있는 것도, 매우 강하고 진실되게 느낄 수 있는 것도 재능이고 재주이며, 사람들이 가지고 싶어 하는 것이다.

"다른 사람의 기분을 좋게 해주기 위해 일부러 움츠러들 필요는 없다"

나 자신의 가치를 의심하게 만드는 사람들 대신, 나의 가치를 상기시키는 사람들로 주위를 채워라. 당신이 무언가를 엉망으로 만들었을 때 스스로 책임질 수 있도록 당신을 잡아주는 사람들로 말이다. 둘 다 진정한 사랑에서 비롯된 행동들이다.

만일 내가 "너는 페미니즘을 너무 진지하게 받아들여"라거나 "너는 모든 걸 지나치게 인종이나 성, 젠더에 연결시켜"라고 떠드는 사람들의 말을 곧이곧대로 듣거나 믿었다면, 나는 아직까지도 낡은 틀에 사로잡힌 채 무지하고 정체돼 있었을 것이다. 인종차별적 가부장제 사회가 지금의 차별적인 시스템을 유지하고 발전시키기 위해 의지하는 사람으로 말이다. 정치에 관련된 대화를 '어른들'에게만 맡기지 마라. 그게 바로 그들이 원하는 일이다. 가부장제는 침묵과 공포를 주식으로 삼는 기생충이기 때문에 진보적인 대화와 분열을 일으키는 사람을 싫어한다. 마치 '강간 문화'가 피해자의 침묵에 기생하는 것과 같다. 이런 점에서 볼 때, 타라나 버크(Tarana Burke)가 주도한 이른바 '미투(#MeToo)' 운동이 얼마나 중요한 역할을 했는지 알 수 있다. 이 운동은 대중의 의식을 끌어올렸을 뿐 아니라, 성적 폭력을 정상으로 간주하는 우리 문화에 정면으로 도전했다. 당신이 목소리를 내려고 할 때 사람들이 몰려와 당신의 입을 막아버리는 건, 현 상황이 그대로 유지되었으면 하는 바람 때문이다. 이는 아주 오래된 전략 중 하나다. 고집불통이 되어야 한다. 계속 밀고 나가야 한다.

대부분은 자신이 알고 있는 모든 것이 사실은 거짓이었다는 걸 알고 싶어 하지 않는다. 진화의 포인트는 불편한(하지만 꼭 필요한) 변화다. 물론 우리는 자신의 정체성을 의심케 하는 이야기를 믿고 싶어 하지 않는다. 이는 지금껏 우리가 무지 속에서 행동하고, 무의식을 통해 행동해왔다는 사실을 알게 되는 것을 의미하기 때문이다. 이런 사실을 인식하는 것은 매우 불편한 일이다. 당신이 그동안 의도치 않게 누군가에게 해를 입혔고, 공정하지 않은 시스템을 통해 이익을 얻어왔다는 사실을 알게 되는 건 매우 불편한 일이다. 하지만 그러한 특권의 이면에 존재하는 건 얼마나 더 불편한 일인지 생각해보라.

당신의 정체성이 천 조각이라고 상상해보자. 태어났을 때부터 지금까지 당신의 정체성은 천 조각을 하나씩 엮어 형성되었고, 그것이 오늘의 당신을 만들었다고 가정해보자. 한 땀 한 땀 수놓은 실은 지금의 당신이라는 독특한 사람을 만들어냈다. 당신의 DNA처럼 말이다. 누가 되어야 했는지, 누구를 믿어야 했는지, 사랑을 어떻게 주고받도록 배워왔는지, 그리고 특정 상황에서 어떻게 반응했는지 등 모든 요소가 당신도 아는 것처럼 당신의 현재를 구성하고 있다. 그런데 누군가 당신의 정체성 실타래가 풀릴 만한 이야기를 하면서 실타래가 풀리면 당신이 느낄 감정까지 말해준다고 상상해보자. 사람들이 방어적으로 변하는 순간이다. 스스로를 파괴하는 유해한 무늬를 다른 것으로 갈아치우는 건 편한 일이 아니다. 하지만 우리의 천 조각은 서로 다르게 짜여 있다. 우리 모두 각자 다른 현실을 지각하며 살고 있다는 사실을 인식하고 받아들여야, 더욱 쉽게 성장하고 공감하며, 발전할 수 있다(성장과 함께 당신의 천도 다시 짜일 것이다). 홀가분한 마음은 물론 자기 인식과도 함께 말이다.

너의 성장에 대해
사람들이
뭐라고 떠들지
걱정하는 건
네가 할 일이 아니야.
일단
성장부터
하라고.

내가 하지 않기로 한 일로 다른 사람을 비난할 수는 없다

이것 하나는 확실하게 해두고 싶다. 개인에 의해서든 인종차별주의와 같은 억압적인 체제에 의해서든 학대받은 사람들은 용서를 빚지지 않았다. 그들에게는 용서를 해야 할 책임도 의무도 없다. 강간 피해자에게 실수는 누구나 하니 강간범에게 다시 한번 기회를 주라고 말할 수 없고, 지금껏 차별받아온 유색인종 사람에게 이제 백인을 용서하라고 종용할 수도 없다. 마찬가지로 여자 또한 남자를 용서해야 할 책임이나 의무를 가지고 있는 게 아니다. 용서를 할지 말지는 전적으로 피해자에게 달린 문제다. 피해자는 가해자에게 아무런 빚도 지고 있지 않다.

내가 말하려고 하는 건 우리가 일반적으로 저지르는 실수에 대한 것이다. 이제 우리는 자기 계발이라는 여정을 시작하면서 지금까지 고수해온 유해한 행동과 성향을 자각할 것이다. 이에 대한 대응으로 다른 사람에게 화풀이를 하며 새롭게 알게 된 자기 단점에 대한 죄책감을 없애려 할 것이다. 내 경우를 예로 들자면, 나는 최근에야 '미친년(bitch)'이란 단어에 얼마나 많은 뜻이 담겨 있는지 알게 됐다. 내가 이 단어를 여자들(바운더리를 제대로 정하지 못하고 '싫다'는 말을 하지 못하는 나의 나약함을 상기시키는, 자기주장에 확신을 가진 당찬 여성들이었다)에게 얼마나 많이 사용했는지 깨달은 후부터 다른 누군가가 이 단어를 쓸 때면 내가 알게 된 사실을 알려주는 대신, 그저 마구 꾸짖기 바빴다.

모든 사람은 자신의 행동에 책임을 져야 한다. 그러나 용서를 베풀어 성장할 여지 또한 남겨주어야 한다. 우리가 한창 배우던 시기에 받은 것과 똑같은 용서를 말이다. 사실 우리도 아직 배우고 있다. 우리는 모두 매일 배우고 있다. 배움은 끝나지 않는다. 만일 누군가 실수를 했다고 해서 그를 향한 지지를 철회하고 더는 그를 찾지 않는다면, 그건 그 사람에게 책임을 지우려는 행동이 아니라 그저 당신의 독선일 뿐이다. 그런 방법은 비효율적일 뿐 아니라

오히려 역효과를 낳는다. 그런 식으로는 배울 것도 없고, 문제도 해결되지 않는다. 그저 당신의 마음만 편해질 뿐이다.

더 큰 문제가 되기 전에 잘못된 행동을 미리 알아차려 위험 신호를 간파하는 것도 중요하다. 하지만 사람들은 늘 실수를 한다. 혹시 친구 중 의사소통에 젬병인 친구가 있는가? 그럼 그 친구에게 알려주자. 이외에도 실수를 하는 사람은 많다. 당신의 엄마가 여자 몸에 대해 고리타분한 이야기를 하는가? 당신의 할머니와 친구들이 자유롭게 즐기는 여자를 욕하며 인종차별적인 발언을 하는가? 남자 친구가 '남자들이 해야 할 일'을 구분하며 부엌일은 여자의 몫이라고 실없이 떠드는가(그냥 차버려라)? 이 밖에도 콘로 헤어스타일*로 멋을 낸 백인 여자애들, 그리고 그런 헤어를 '여자 복서 스타일'이라 부르며 랩으로 만들어 부르는 대중가요, 성매매업 종사자를 지지하지 않는 당신의 베스트 프렌드 등 모두에게 큰 소리로 외치고 알려줘라. 그들의 허튼소리는 그들만의 것이지, 내 의견이 아니라고 말이다. 당신이 아니라 그들이야말로 변화를 위한 부담감과 죄책감을 느껴야 할 사람들이다.

당신이 제대로 된 역량을 갖췄다면, 왜 백인이 그런 단어를 쓰면 안 되는지(카네이는 심지어 노래로 부르기까지 했다)는 물론, '부엌일하는 여성'이라는 농담이 성차별주의를 어떻게 고착화하는지도 잘 알고 있을 것이다. 그러니 엄마가 여성의 몸에 대해 고리타분한 이야기를 늘어놓는다면, 그런 기준은 남자 몸에는 적용되지 않으며, 사회는 우리에게 특정한 방식대로 몸을 내보이도록 강요하고 있다는 걸 설명해주면 된다. 억압적 체제에 순응하는 이들을 비난할 필요는 없다.

할머니에게도 똑같다. 지금은 1960년대가 아니기 때문에 그런 말도 안 되는 소리는 더 이상 해선 안 된다고 말씀드리면 된다. 사실 그 말들이 말이 된

---

*아프리카 헤어스타일로 땋은 머리를 가리킨다. - 옮긴이

내가 왜 예뻐야 되냐고요

적은 단 한 번도 없지만 말이다. 성매매업 종사자는 진보를 막는 우리의 적이 아니며, 실제로는 자신들을 억압하기 위해 만든 시스템을 이용해 돈을 버는, 그 자체로 지겹게도 상징적인 존재라는 걸 베프에게 알려줘라.

하지만 이와는 달리 만일 누군가 반복적으로 타인에게 해를 끼친다면, 그건 다른 이야기다. 몇몇 사람은 바뀌길 원하지 않는다. 그러면 당신도 성차별주의와 인종차별주의, 성전환자 혐오, 장애인 차별, 동성애 혐오 같은 빌어먹을 것들에 대해 무관용의 태도로 맞서면 된다. 당신이 그랬던 것처럼 성장할 여지를 보이고 본인의 실수를 통해 변하고자 하는 사람에게는 기꺼이 옆자리를 내주면서 말이다.

사랑하는 사람의 잘못된 생각이 지나치게 정치적이고 예민한 내용이라서 차마 고쳐줄 엄두를 내지 못한다면 얘기는 조금 더 복잡해진다. 하지만 세상을 바꾸기 위해서는 꼭 거쳐야 할 대화라는 걸 잊지 말자.

몇몇 사람들은 살아남는 데 급급해 자신의 정체성에 대해 질문하려 하거나 문제 행동을 고치려 하지 않는다. 그들은 대를 이어 자신을 괴롭혀온 트라우마의 악순환을 끝내려는 시도조차 해보지 못하고 일생을 보낸다. 발전에 대해 생각할 여유가 없기 때문이다. 그들에겐 태어나면서부터 줄곧 들어온 대로 사는 편이 더 쉽다. 이처럼 문제를 끄집어내 분석하고 판단하는 시간을 가지는 것 자체가 특권이다. 우리는 쉽게 인터넷을 할 수 있는 환경 덕분에 다양한 관점에 접근할 수 있으며, 소외된 사람들의 목소리를 더욱 증폭시킬 수 있다. 결과적으로 우리는 인터넷 덕분에 이전 세대나 다른 사회보다 훨씬 더 깨어 있을 수 있다. 그러니 모든 이에게 이 여행을 시작할 능력과 시간, 그리고 자원이 있다고는 생각하지 말자. 지금 떠나려고 하는 이 여정을 시작할 수 있는 것만으로도 우리는 아주 큰 계급적 특권을 누리는 것이다. 그렇기 때문에 배우고 깨달은 내용을 사람들과 함께 나누어야 한다.

이 여정은 꽤 길고 힘들 것이다.

당신 내면의 어두운 부분을 마주하게 될 것이며, 그동안 얼굴도 모르는 사람들이 나에 대해 만들어놓은 신념으로 살아왔다는 걸 깨닫는 순간, 걱정과 혼란으로 속이 매스꺼워질 것이다. 나는 자아 발견의 돌파구를 찾을 때마다 온몸에 두드러기가 났다. 말 그대로다. 정말 온몸에 두드러기가 났다. 하지만 난 이 두드러기가 무척이나 아름답게 느껴졌다. 어떤 두드러기는 내 유해한 행동을 나타냈고, 어떤 두드러기는 트라우마를 나타냈다. 어떤 건 건강하지 않은 대응 기제를, 또 어떤 건 긴 시간을 거쳐 형성된 신념을 나타냈다. 이것들은 이제 내 몸에서 떨어져나갈 준비를 하고 있다. 해묵은 각질을 벗겨내고 새로운 피부를 얻을 나만의 성장을 위한 신호인 것이다. 그렇게 다시 출발하는 거다.

페미니즘은 당신의 삶을 망칠 테지만, 훌륭한 방식으로 망칠 것이다.

더 이상 무의식에 자리한 것들이 당신의 삶을 마음대로 휘두르는 것을 조수석에 앉아 보고만 있지 마라. 이제 운전대를 빼앗아 잡고 진짜 나를 운전하라. 부당한 상황에 안주한 채 침묵하는 것도 폭력에 가담하는 것이다.

목소리를 높여라.

무엇이든지 일단 이야기하라.

당신의 몇 마디 말은 이 빌어먹을 세상을 바꾸고도 남을 만큼의 힘을 가졌다.

이미 저지른 실수나 행동에
죄책감을 느끼는 건

너한테도,
네가 해를 입힌 사람들한테도
아무런 쓸모가 없어.

그걸 통해
행동을 바꿔야지.

CHAPTER 2

여자들이 당신한테 예쁘게 보여야 할 이유는 없다, 그러나…

우리는 그 어떤 것보다 여자의 매력을 제일 중요하게 생각하는 가부장제 사회에 살고 있다. 그것은

한껏 꾸며야 세상살이가 더 쉽다는 것을,

제모를 해야 세상살이가 더 쉽다는 것을,

풀 메이크업을 하고 나가야 세상살이가 더 쉽다는 것을,

외모를 위해 눈에 보이는 '노력'을 해야 세상살이가 더 쉽다는 것을,

사회가 원하는 이상적인 아름다움을 보여주어야 세상살이가 더 쉽다는 것을 의미한다. 아… 이제 그만!

그들이 우리를 봐주고 우리 이야기에 귀 기울이게 하려면 그들이 원하는 대로 몸을 단장하고 행동해야 한다. 우리는 가부장제가 만든 이 규칙을 이용해 세상을 좀 더 유리하게 사는 법을 잘 알고 있다. 그런데 소외된 여성들은 여

성스러워지기 위해 더 큰 희생을 치러야 한다. 하얀 피부가 아름다움과 '여성스러움'의 완벽한 전형인 우리 사회에서, 여성 성전환자는 '진짜 여자(물론 이런 건 없다)'로 인정받기 위해 더욱 여성스러워 보이도록 요구받는다. 유색인종 여성 역시 백인보다 더 높은 수준으로 '예쁨'을 요구받는다. 역사적으로 미디어에서는 이런 소외된 이들을 잘 비추지 않았다. 어쩌다 가끔 그들이 미디어에 나온다 하더라도 흰 피부와 마른 몸매가 아닌, 그리고 이성애 취향이 아닌 그저 열등한 개인으로 비춰지며, 매우 위험하게 정형화되어 묘사될 뿐이다.

'예쁨 특권'으로 알려진 매력 정치

외모를 열심히 가꾸는 여성을 비난하며 창피를 주는 건 내재된 여성 혐오의 또 다른 형태다. 세상 사람들이 당신의 인종과 성적 취향, 매력을 기준으로 당신의 가치를 매긴다는 사실을 전혀 알지 못해 나오는 행동이다. 여성의 최고 가치를 외모에 두면서 이상적인 아름다움의 기준을 충족한 여성에게만 과분한 특권을 주는 이 사회에서, 그런 특권을 받기 위해 성형수술에 돈을 쓰는 사람들을 과연 비판할 수 있을까? 그들은 더 나은 삶과 대우를 약속받고 더 높은 계급으로 올라가기 위해 꾸준히 외모를 관리하며 노력하는 것뿐이다.

만일 여성들이 '끝내주게 섹시한' 포즈를 취하기 위해 노력할 필요가 없거나 화장기 없는 맨 얼굴로 출근해도 "몸이 안 좋니?"라는 말을 들을 걱정 없는 세상이 온다면 그야말로 훌륭한 세상일 것이다. 그러나 사람들은 여전히 각기 다른 수준의 아름다움과 매력을 여성에게 요구한다. 그리고 그 요구는 그들이 속한 계층에 따라 달라진다. 이러한 요구에 응하는 여성을 비난할 수는 없다. 인간이 받아야 할 가장 기본적인 존중을 받으며 남들보다 더 쉽게 살기 위해 주변 도구를 이용한다고 해서 그들을 욕할 수는 없다. 그게 메이크업 브러시가 됐든 면도기가 됐든, 그들은 그저 살아남고자 노력할 뿐이다. 그런데 왜 당신은 '우수한 페미니스트의 도덕률'을 구실로 그들에게 더 많은 고통을 주려고 하는가? 이 엉망진창인 세상에서 그저 존재감을 확인받기 위해 필요한 행동과 예방 조치를 했다는 이유만으로 그들을 비난할 수는 없다.

사회는 각각의 여성에게 서로 다른 수준의 여성스러움을 요구한다. 여성 성전환자, 뚱뚱한 여성, 유색인종 여성 등 소외된 여성은 자신의 겨드랑이 털을 기를 수 없는 것은 물론, 자기 머리에서 나는 머리카락을 본래 모습대로 기르는 이른바 '미(美)의 기준을 거부할' 권리조차 행사하지 못한다. 데이트 상대를 고르거나 직원을 고용할 때 혹은 친구를 사귈 때마다 무의식적으로 상대에게 '매력'을 강요하는 인종차별적, 비만공포적인 미의 기준 때문에 본래 그대로의 모습으로 있는 여자들은 '바람직하지 않고', '열등한' 여성으로 치부된다. 젠더 규범에 대해 적극적으로 저항하지도 않았는데 말이다.

소외된 여성들이 여성스러운 행동과 외모 가꾸기를
스스로 선택한 게 아니다.
그저 살아남기 위해 선택했을 뿐이다.

만약 당신의 외모가 지금과 달랐다면, 얼마나 다른 세상을 경험했을지 생각해본 적이 있는가? 만약 머리를 모두 밀어버리거나 '생얼'로만 다닌다면 스스로가 투명인간처럼 느껴질지도 모른다. 어쩌면 당신은 이미 그런 경험을 했을 수도 있다. 이렇게 미리 정해진 매력의 기준을 통해 당신이 누린 특권에 대해 생각해보라. 그리고 그 기준으로 말미암아 당신이 어떻게 남들보다 먼저 힘들이지 않고 혜택을 얻었는지도 깊이 생각해보라.

예를 들어 나는 흰 피부 때문에 가만히 있어도 남들의 호감을 저절로 얻는다. 바람직한 외모로 내가 받는 여러 특권 중 하나다. 나에 대해 보여주거나 그들과 대화를 해보기도 전에 나는 이미 그들에게 '다정'하고 '말을 붙이기 쉬운' 사람으로 여겨진다. 이 때문에 사람들은 내게 무의식적으로 마음을 열고 쉽게 말을 건넨다. 직접 대화를 나누기 전에는 무섭다고 오해받는 유색인종 여성, 특히 흑인 여성보다 백인 여성인 내가 더 많은 기회를 선점할 수 있었던 이유다.

제모

　내가 지금까지 열심히 털을 밀어온 이유가 가부장제의 오랜 세뇌 때문이었다는 사실을 깨달았을 때, 털 미는 걸 그만두었다. 지금껏 나는 털이 불편해서 밀었던 게 아니라 가부장제 사회로부터 받은 '털은 예쁘지 않다'는 세뇌 때문에 열심히 밀어왔던 것이다. 내 몸의 일부가 혐오스러워 보인다는 말을 듣는 데도 신물이 났다. 나는 내 몸을 사랑하고 싶었지, 싫어하고 싶지는 않았다. 성폭력에서 살아남은 생존자로서, 나는 개인적으로 내 몸에 뭘 하라는 얘기를 굉장히 싫어한다. 내게 털 기르기는 개인 차원의 작은 저항이자 치유를 위해 중요한 일이었다. 단순히 털을 놔두기만 한 건데도 잃어버렸던 내 몸의 자율성을 되찾을 수 있었다. 남자들과 자본주의는 내 털에 대해 그 어떤 통제권도 가지고 있지 않다는 걸 조금씩 깨닫게 됐다. 비싸도 너무 비싼 핑크색 면도기는 엿이나 먹으라고 해라. 이제부터 나는 털보 년이 될 테니.
　겨드랑이 털을 기르는 건 매우 의도적이고 의식적인 결정이었지만, 사실 따지고 보면 이렇게 내 몸의 털을 마음대로 기를 수 있는 것도 내가 가진 특권 중 하나다. 물론 남성적 시선의 기준으로 봤을 때 제모를 하지 않은 내 겨드랑이는 그다지 바람직한 모습이 아니다. 아직도 대부분이 인종에 상관없이 겨드랑이 털을 역겹고 수치스러운 것으로 생각한다. 그런데 이렇게 털을 마음껏 길러도 내가 추가적인 차별을 당하지 않은 것은 내가 날씬한 시스젠더 백인 여성이기 때문이다. 겨드랑이 털을 무성하게 기르면서도(물론 내가 원할 때는 언제든지 면도할 수 있다) 나는 여전히 '매력적인' 여자로 여겨진다. 여성의 가치를 외모와 시각적 즐거움에 두는 성차별주의자와 인종차별주의자, 그리고 자본주의자가 가득한 이 사회에서는 본래 모습 그대로 매력적으로 보일 수 있는 것도 하나의 특권이다. 그저 본래 모습으로 존재한다는 이유만으로 더 많은 기회를 얻을 수 있기 때문이다. 내가 털을 밀든 밀지 않든, 여전히 나는 그들에게 여성스러워 보인다. 나는 이런 특권을 가졌지만, 모든 여성이 이런 특권을 가지고 있는 것은 아니다. 특히 성전환 여성과 뚱뚱한 여성, 그리고 유색인종 여성은 더더욱 그렇다.

사람들은 항상 내 다리털에 지대한 찬사를 보낸다. 하지만 단지 '금발'이라는 이유만으로 누군가의 털을 칭찬하는 건, 그렇지 못한 유색인종 여성들을 조롱하는 것과 같다. 그녀들의 팔과 윗입술, 다리와 눈썹에는 백인보다 더 숱이 많고 진한 털이 나 있다. 그렇기 때문에 유색인종 여성과 성전환 여성은 면도하는 걸 잊어버리거나 그냥 자라게 놔두는 특권을 가지지 못한다. 그들에게는 사회가 더욱더 다양한 방법의 '여성스러움 증명'을 요구하기 때문이다. 물론 나 같은 사람에게는 해당 사항이 없다. 그들은 내가 받는 존중과 같은 수준의 존중을 받기 위해 더 많은 노력을 해야 한다. 심지어 나는 별다른 노력을 하지 않아도 여자라는 이유만으로 존중받는데 말이다.

반항적으로 저항할 수 있는 능력도
이미 특권을 가진 사람들에게만 주어진다.
그렇게 해도 왕따당하지 않을 정도로
이미 특권을 충분히 가진 사람들만 저항할 수 있다.

네 몸에서 나오는
모든XX를 사랑하지 않기엔
인생이 너무도 짧단다.

성전환 여성들은 나 같은 시스젠더 여성보다 자신들의 성을 더 높은 수준으로 증명해야 한다. 그래서 그런지 다리털이나 겨드랑이 털을 기른 성전환 여성은 별로 본 적이 없다. 물론 그들에게 여성스러움을 과하게 표현해 자신의 성을 증명해야 할 의무 따위는 없다. 그러나 우리는 그럼에도 그들에게 그런 의무를 지우는 사회에 살고 있음을 인정해야 한다. 그뿐만이 아니다. 우리 사회는 유색인종 여성에게도 무리한 여성스러움을 요구한다. 우리 사회에는 자신의 체모를 받아들이는 것과 관련해 무시할 수 없는 이중 잣대가 만연하다. 털과 관련된 대화를 할 때는 사회의 요구로 자신의 몸을 하찮게 여겨야 했던 사람들의 목소리를 우선으로 삼아야 한다. 당신이 털을 기른다고 해서 도덕적으로 더 우수한 사람이 되는 게 아니다. 반대로 털을 민다고 해서 페미니스트로서 자질이 부족해지는 것도 아니다. 인정하자. 털을 밀면 세상이 좀 더 살기 쉬워진다. 그뿐이다. 당신의 털은 그냥 당신이 하고 싶은 대로 하면 그만이다. 하지만 이것 하나만은 기억하자. 우리 사회의 주변부에 속한 사람들도 마르고 건강하며, 시스젠더에 피부까지 흰 사람들처럼 차별받을 걱정 없이 마음대로 할 수 있는 자유를 누리게 될 때 비로소 진짜 변화가 시작된다.

다시 스스로를 세뇌해라!

평소에는 별로 끌리지 않던 사람들의 이야기를 듣고 배우며 그들을 존중해야 외모에 대해 내가 가진 편견과 '선호'를 알 수 있다. 만일 당신이 마르고 하얘 호감을 주는 사람들(나 같은 사람 말이다)의 듣기 좋은 말만 듣는다면, 나는 당신에게 이제 그만 레벨 업하고 당신의 입맛이 싱거운지 어떤지 체크해보는 단계로 넘어가길 권하고 싶다. 어떠한 논쟁이든 한쪽 이야기만 듣는 것은 스스로의 관점을 넘어 그 이상을 볼 기회와 능력을 근본적으로 제한하는 것을 의미한다. 당신이 소비하는 내용을 다각화하려고 애써라. 늘 비슷한 사람들의 말만 듣고 비슷한 내용의 미디어만 소비하려 한다면, 다른 사람의 관점에 어떻게 마음을 열 수 있겠는가? 특히 특권을 가진 사람들의 시선을 통해 걸러지는 내용만 듣는다면 말이다.

불행하게도 백인 이성애자 남성이 미디어를 지배하고 있다.
그리고 그 미디어가 곧 우리 문화의 스토리텔러다.

미디어는 우리 문화의 모양을 재단한다. 이 순환을 깨부수기 위해선 의식적인 노력을 해야 한다. 변화는 그냥 일어나지 않는다.

이제 행동하자. 흑인의 책을 읽자. 인스타그램에서 뚱뚱한 사람과 장애가 있는 사람, 그리고 성전환한 사람을 찾아 팔로하자.

우리는 이성애 중심의 러브 스토리로 집중 폭격을 맞으며 일생을 보낸다. 그러니 이제라도 소셜 미디어에서 퀴어 커플을 찾아 팔로하자. 출근길에 유색인종인의 팟캐스트를 듣자. 집에서 일한다면, 일하는 내내 듣자.

여태까지 우리는 똑같은 스토리로 공격받아왔다. 그것들은 우리의 무의식을 조종해 스스로 혹은 타인을 미워하게 만든다. 이제 이 고리타분한 스토리를 바꿀 때다. 그 힘은 당신의 두 손에 놓여 있다. 다양한 이야기를 들어라. 당신 혀의 지친 미뢰에 생기를 다시 불어넣어줄 때다.

이 세상을 사는 한 명의 여자로서,
마치 딱 두 가지 선택지만 있는 것처럼
느껴질 때가 있지.

남자들의 선망의 대상이 되거나,
그들에게 존중받는 여자가 되거나,
뭘 하든 눈에 띄는 여자가 되거나,
뭘 얘기하든 집중시키는 여자가 되거나.

동시에 두 가지 모두를 경험하지는 못해.
하지만 어떤 쪽이든
전적으로 우리 얼굴에 달려 있다는 거.

여자들이 당신한테 예쁘게 보여야 할 이유는 없다, 그러나…

CHAPTER 3

당신이야말로 당신이 평생 사랑해야 할 사람이다

자본주의하에서 할 수 있는 가장 급진적인 행위는 그저 자신을 사랑하는 것이다. 자기 자신을 위해 키워온 사랑으로 스스로를 충분히 채울 수만 있다면, 굳이 로맨틱한 사랑으로 당신의 가치를 확인받을 필요는 없다.

나는 종종 어렸을 때의 내가 지금의 나 같은 사람을 얼마나 싫어했는지 떠올리곤 한다. 만약 "내 평생의 사랑은 바로 나야"라고 말하는 지금의 내 모습을 열네 살의 내가 본다면, 어리석으며 자기 강박적인 데다 자만심까지 가득한 사람이라고 생각할지도 모른다.

지금 이 책을 읽고 있는 당신도 당장은 그렇게 생각할 것이다.

많은 사람들은 스스로에 대해 긍정적으로 또는 좋게 얘기하는 걸 극도로 불편해한다. 특히 여성들은 그렇게 하는 건 스스로를 뽐내고 자만하는 행위라고 배워왔다. 그러다 누군가 우리 앞에서 자신감 넘치는 행동을 하면 그때서야 우리 스스로 자신의 가치를 실제보다 낮게 생각하고 있었다는 걸 자각하게 된다. 이에 대처하기 위해 우리는 자기 자신을 사랑하는 사람들을 비방하고 파괴한다. 그러나 관점을 바꾸기만 한다면, 스스로의 상처를 타인에게 투사하는 걸 멈추고 자기 자신과의 관계를 개선하기 위해 조금 더 노력할 수 있게 된다.

우리는 우리의 불안에서 이득을 얻는 세상에 살고 있다. 가부장제는 우리에게 사랑을 위해 타협하라고 요구한다. 사랑으로 맺어지는 관계란 종종 정서를 쇠약하게 만들 정도로 강압적이다. 이때 매우 급진적인 행동은 나는 그보다 더 좋은 대우를 받을 자격이 있다고 스스로 결정하는 것이다. 이제 당신은 수백 년에 걸친 사회적 세뇌와 탄압에 적극적으로 저항해야 한다. 모든 헛소리는 이미 꿰뚫어보고 있다고 세상에 외쳐야 한다. 당신이 알아차린 것처럼 세상은 당신이 하나의 방식으로만 존재하기를 바란다(당신의 마음을 처음으로 사로잡은 남자와 결혼해 아이를 낳고 사는 방식이다). 제발, 세상이 원하는 방식 대신 당신만의 방식을 찾아 스스로에게 딱 맞는 '나만의 망할 규칙'을 만들기를 바란다.

> **스스로에게 "나는 더 나은 대우를 받을 자격이 있어"라고 말하는 순간,**
> **비로소 새로운 사람이 태어난다.**

나 자신을 사랑하지 않기에는 인생이 너무도 짧다

여성을 주요 고객으로 삼는 '자기애'와 '셀프 케어' 상품은 여성이라면 응당 남성의 눈에 들기 위해 계속 매력을 키워야 한다는 관념을 영속화했다. "스스로를 돌보세요! 이 마스크 팩을 구매하세요! 이것도 좀 보시고, 저것도 좀 보세요! 다리털을 면도하세요! 모이스처라이징 제품이 필요하겠네요! 저희는 당신에게 뭔가를 팔려고 하는 게 아닙니다. 그저 이 모든 게 당신을 위한 거예요! '셀프 케어'라고요!"

수년 동안 여성의 몸이 어떤 모습이어야 바람직한지 배우며 그들이 만든 엄격한 기준을 보다 보면, 마치 내 몸이 더 이상 내 것이 아닌 것 같다. 누군가 내 등에 뜨거운 돌을 올려도 절대로 사라지지 않을 듯한 느낌이다. 이런 유의 자기애는 나를 출발점으로 되돌려놓고 만다. 얼굴과 몸매를 기준으로 스스로의 가치를 매기는 것. 얼굴을 가꾸어 귀여운 모습이 되는 게 즐겁기는 하지만, 그건 단지 일시적인 해결책일 뿐이다. 아주 짧게 확인받는 것일 뿐, 오히려 진짜에 집중하는 걸 방해한다.

지금껏 스파 마사지나 왁싱, 얼굴 마사지는 단 한 번도 나에게 스스로를 사랑하는 법을 가르쳐준 적이 없다. 오히려 내 이야기는 사람 많은 공원 한가운데에 혼자 누워 있던 '그날'로부터 시작된다. 그때 나는 열네 살이었다. 그리고 그 공원은 우리 학교 여자애들이 자주 찾던 핫 플레이스였다. 나는 그곳에 혼자 누워 다른 여자애들의 시선 따위는 신경 쓰지 않으려고 무진장 애를 쓰고 있었다. 그러면서 스스로 되뇌었다. 만일 노래 한 곡을 다 들을 때까지 사람들의 시선을 신경 쓰지 않고 누워 있을 수 있다면, 정말 그럴 수 있다면, 앞으로 나는 무엇이든 할 수 있을 거라고 말이다. 나에겐 매우 중요한 순간이었다. 그전까지 나는 남들이 나를 어떻게 생각할지 두려워했다. 그것을 이겨내야만 했다. 그때는 한 여자애와의 공동 의존*적인 우정 때문에 정서적 학대를 받고 있을 때였는데, 학교에 내가 섭식 장애를 앓는다는 소문이 돌았다. 그 여자애는 그걸 빌미로 친구들 사이에서 나를 왕따로 만들어버렸고, 결국 나는 학교에서 고립되었다. 고립된 나는 여러 종류의 사회 불안을 겪었다. 왕따로 보이는 게 두려웠고, 다른 사람의 필요를 충족시키는 존재가 아닌 진짜 '나'를 찾아내야만 한다는 게 무서웠다. 방법을 전혀 몰랐기 때문이다. 하지

---

*문제 행동을 반복하는 사람의 주변인들이 그와의 밀접한 관계로 인해 경계선 및 주체성에서 어려움을 경험하는 상태를 말한다. – 옮긴이

만 결국 또래들 사이에서 추방되어 혼자 남으니, 별다른 선택지가 없었다.

그래서 나는 공원에 혼자 눕는 걸 선택했다. 그 공원에 혼자 누워 있는 건 정말 겁이 나는 일이었지만, 타인의 눈을 신경 써 스스로를 엄격히 제한했던 나에게 비로소 자유의 날개를 달아준 중요한 일이었다. 여기에서 확실히 해 둬야 할 게 있다. 오늘의 나를 만든 건 친구들의 괴롭힘이 아니라 그 괴롭힘에 적응할 수 있도록 한 나만의 회복력이다. 나는 내 안전지대에서 걸어 나와 진짜 세상으로 들어갔다. 만일 사람들에게 호감을 살 필요성을 진심으로 부정한다면 내 인생이 어떤 모습으로 변할지 아주 잠깐 맛볼 수 있는 순간이었다. 만일 용기를 내 그 공원에 눕지 않았더라면, 지금 이렇게 책을 쓰고 있지도 못했을뿐더러 내 의견을 당당히 이야기하지도 못했을 것이다. 이 능력은 바로 그때 생겼다.

이제 당신 이야기를 해보자. 당신이 소망하는 것을 생각해봐라. 그것을 못하도록 막는 건 무엇인가? 사람들 가운데 혼자가 되는 게 끔찍한가? 아니면 혼자가 된 당신을 보고 사람들이 느낄 생각이 끔찍한가? 내 경우에는 후자가 더 컸다. 나 혼자 떨어져나오는 것? 더없이 좋다. 나 혼자 떨어져나온 걸 사람들이 본다? 지옥이다. 나는 혼자만의 시간을 즐겼지만, 사람들이 혼자 있는 나를 어떻게 생각할지는 신경이 쓰였다.

내 몸의 털도 같은 원리다. 나는 그간 어김없이 털을 밀어왔다. 그러다 내 털의 존재가 나를 불편하게 하는 게 아니라 그걸 보는 다른 사람들을 불편하게 한다는 사실을 깨닫게 됐다. 내 몸의 털(남자들 털과 같은 털이다. 그들의 털은 사회적으로 괜찮다고 여겨진다)을 본 다른 사람들의 생각이 무서워, 면도기로 겨드랑이 털과 다리털을 매주 밀었던 거다.

이런 식의 자주적인 결정은 그동안의 습관을 부수는 걸 의미한다. 그래서 더욱 까다롭고 힘든 일이다. 더군다나 당신이 가지는 타인과의 동질성이 결정을 더 복잡하게 만든다. 당신이 누리는 계급적 특권, 능력적 특권, 성 정체성으로 인한 특권, 인종적 특권, 그리고 시스젠더라서 행사하는 특권이 결정을 더욱 어렵게 만든다. 여성으로서 우리 삶은 이미 많은 제한을 받아왔다. 끊임없이 경계해야 하는 삶 속에서 우리의 안전을 보장받기 위해 편안함을 양보한 채 사회가 강요하는 안전조치를 해야 한다. 이 과정에서 우리는 여자로서 할 수 있고 할 수 없는 일을 구분당한 채 제한된 삶을 산다. 그런데 어째서 스스로에게 더 많은 제한을 두려고 하는가?

조금 충격적인 진실을 말하자면, 당신을 쳐다보는 사람은 아무도 없다. 당신이 뭘 하든, 당신을 보며 '도대체 혼자 뭐 하는 거야?'라고 생각하는 사람은 없다는 얘기다. 많은 시간 동안 우리가 불안해했던 건 그들을 향한 우리의 반감이 아니라, 그들이 우리를 보고 느낄 생각이었다. 하지만 다른 사람들은 각자 자신들의 대화에 몰두하기 때문에 우리에게 별로 신경 쓰지 않는다. 만약 아직까지 스스로와 데이트해본 적이 없다면, 언젠가 꼭 한번 해보겠다고 약속하자. 노트북도 가져가지 말고 휴대폰도 사용하지 말고 별다른 목적 없이 완전히 혼자가 되는 거다. 그저 먹고 마시며 느긋하게 사람들을 구경해보라. 당신에게 데이트를 신청할 누군가를 하염없이 기다리기엔 인생은 짧다. 당신이 바로 당신 인생의 단 하나뿐인 사랑이다. 그러니 그에 맞게 행동하라. 가장 사랑하는 나를 데리고 나가 함께 시간을 보내보자.

가부장제는 당신이 타협하길 바라지만, 그러지 않기를

우리 사회는 이상한 방식으로 미혼 여성들을 내던지고 그들의 위치를 정해준다. 만일 30대 여성이 아직 짝을 찾지 못했다면, 그들은 연소되어 소멸될지도 모를 위기에 처한 여성이 된다. 우리가 30대 여자를 말하는 방식은 항상 이런 식이다. 30대에 이른 여성들에게 서두르라고 말하며, 한창 그들이 '어리고 예쁠 때' 얼른 행동하라고 압박을 준다. 많은 여성 또한 미혼으로 남는 걸 두려워한다. 이는 관계에 관한 언어와 많은 관련이 있다. 우리는 여자들을 '재고 선반 위에 남은 마지막 하나'로 부르며, 각자의 연인을 '또 다른 반쪽'이라고 부른다. 마치 싱글인 사람들은 불완전한 것처럼 말이다. 이성애 규범성*이 정말 많은 사람을 엉망으로 만들어버렸다. 간단히 말해, 우리는 독이 되는 관계를 맺을지언정 절대로 혼자 남으려 하질 않는다. 이성애 규범성은 여성들이 타협하기를 바란다.

이성애 규범성은 미혼으로 남는 건 비극적인 운명이라고 우리를 설득한다. 마치 싱글인 우리의 상태가 마지못해 '다음 관계를 기다리는' 상태, 즉 당장 스스로 빠져나와야 하는 상태인 것처럼 이야기한다. 내가 스스로의 인식을 뒤집어엎기로 결정했을 때, 비로소 미혼 여성을 바라보는 관점 또한 바꿀 수 있었다. 그건 그저 '선택'이다. 당신은 지금 싱글인 상태를 선택한 것이다. 마지막 관계 이후 스스로 다른 관계를 거절해온 것일 수도 있다. 그리고 그것은 그 자체로 당신이 마땅히 누려야 할 것보다 더 적은 것에 만족하기보다는 차라리 혼자 있는 것을 스스로 결정했다는 것을 의미한다. 당신 스스로 기준을 세웠고, 싱글로 있으면서 그 기준을 고수하는 것이다. 나는 양질의 대우(이것이 당신에게 무엇을 의미하든지 간에)를 받을 자격이 있으며, 조금이라도 내 삶에 가치를 더하지 못하는 것들은 더 이상 내 인생에 끼어들 자격이 없다는 걸 스스로 결정했다. 간단하다! 연인이나 새로운 친구와 어울리며, 또는 스스로의 일을 하면서 당신이 진정 원하는 게 무엇인지 아는 것이 중요하다. 당신이 원하고 필요로 하는 걸 지지하지 않는 사람들을 의도적으로 외면할 수 있게끔 말이다.

그들은 단지 당신의 집중을 흐트러뜨리는 것에 지나지 않는다.

지금껏 해온 것처럼 계속 밀고 나가라.

'싱글'이라는 단어는 '당신을 기다리고 있습니다'를 의미하는 게 아니다.

*이성애적 관계만 옳은 것으로 여기는 태도를 말한다. – 옮긴이

싱글인 상태를 선택하는 건 자주적인 결정이다. 그런데 많은 남자가 자주적인 여성과 생물학적 성에 불응하는 여성을 두려워한다. 우리가 이 행성에 온 건 그들의 시중을 들기 위해서가 아니라 우리만의 목적이 있어서라는 걸 알려주기 때문이다. 아이를 낳지 않은 여성은 '이기적'인 여성으로 불리고, 삶을 낭비하고 있다고 여겨진다. 연인보다 돈을 더 많이 버는 여성에게는 '남자를 통제하려 드는 여성' 또는 '남자를 쥐고 흔드는 여성'이라는 딱지가 붙는다. 스킨십을 거부하는 여성을 '무정한' 여자로 비난하는 동시에 캐주얼한 섹스를 즐기는 여성을 '걸레'라고 비난한다. 이처럼 우리가 우리의 몸과 삶의 방식에 대해 주체적인 결정을 내리려고 할 때, 다른 이들의 강한 저항을 받게 된다. 이러한 현상은 소외된 사람들에게 특히 더 심하게 나타난다. '당신을 위해' 그리고 '당신에 대해' 사회가 정해놓은 것에서 벗어나면, 당신은 이내 수치스럽고 받아들일 수 없는 사람이 되어버린다.

어느 쪽이든 당신을 벌주는 사회라면, 남은 선택은 그냥 당신이 행복한 일을 하는 것이다.

로맨틱한 일상이 스스로의 정신 건강과 진짜 '나'와 맺는 우정보다 더 중요한가?

로맨틱한 사랑에 쏟던 에너지를 다른 것에 쏟는다면
어떤 일이 일어날까?

부스러기에 만족하지 마라,
당신은 마땅히 큰 케이크 하나는 먹을 만하다

부스러기가 뭐냐고?

부스러기는 우리를 환상에 가두기 위해 사람들이 던지는 작은 징표와 제스처 같은 것들이다. 전혀 그럴 가치가 없는 사람임에도 우리로 하여금 우리 인생에서 마땅히 한 자리 내주어야 한다는 환상을 갖도록 만든다. 종종 우리는 낮은 자존감 때문에 이런 부류를 나에게 잘 어울리는 사랑이라고 믿어버린다. 그러고는 그들이 그런 행동을 하도록 허락한다. 그렇게 시간이 흐르다 보면 결국 그런 부스러기들이 나에게 자연스러운 것이 된다. 다른 누군가의 부스러기를 자꾸만 받아준다면, 그들은 자신의 지루함을 달래고 싶을 때마다 우리 인생에 더 깊이 파고들려고 할 것이다. 그리고 우리를 문간에 깔아놓은 신발 닦기 매트쯤으로 생각할 것이다. 글자 그대로 아무도 '문을 닫지 않았기' 때문이다.

부스러기는 종류가 다양한데, 대략 다음과 같은 것들이 있다.

- 문자메시지
- 당신의 인스타그램 게시물에 '좋아요' 누르기
- 당신의 인스타그램 스토리에 '메시지 보내기' 또는 '반응 보내기'
- "뭐 해?", "자니?" 등의 말로 제멋대로 당신에게 연락하기
- 당신의 자존감을 떨어뜨리는 말이라는 걸 알면서 얘기하기
- 갑작스러운 잠수 이별 후 멋대로 다시 연락하기(당신은 자존감 낮은 그들의 기분을 더 낫게 해주는 '장치'일 뿐이다)

아마 이쯤 되면 대부분 온라인상에서 부스러기가 생긴다는 걸 알아차렸을 것이다. 부스러기 제공자에게 당신을 위한 현실 속 시간 따위는 없기 때문이다. 놀랍지만 사실이다. 그들은 당신을 소중하게 생각하지 않는다. 듣기 힘든 얘기라는 걸 알지만, 그들은 당신이 자신들의 자존감을 높이기 위해 무엇인가를 해줄 수 있을 때만 당신을 찾는다. 그들이 당신에게 시간을 내줄 때는 항상 자신에게 좋고 편할 때다. 내기해도 좋다. 밤 늦게라든지, 심심할 때라든지, 아니면 관심을 얻으려고 노력하는 누군가한테서 답장을 받지 못해 시

빵 부스러기로는
배가 부르질 않아.
나에게 케이크를 줘.

무룩할 때처럼 자신들이 필요할 때만 당신을 찾는다. 그들은 안다. 언제든 스스로의 기운을 북돋기 위해 당신에게 매달릴 수 있다는 걸. 결국 이들은 부스러기를 계속 던져 당신의 삶 속 자신의 자리를 공고히 하려고 할 것이다. 하지만 자신의 에너지를 쏟거나 시간을 투자해야 할 정도의 양은 절대로 던지지 않는다. 심지어 당신이 그들에게 보낸 자유롭고 본능적인 에너지에도 제대로 응답하지 않는다.

누군가 당신을 가까이 두려고 하면서 부스러기만 주는 뻔뻔한 행동을 보인다면, 부스러기가 아니라 케이크 한 통을 원한다고 이야기해보라(다시 말해, 제대로 된 데이트를 하거나 진짜 관계를 맺고 싶다고 말이다). 만일 그럴 수 없다고 하거나 아직 그럴 준비가 되지 않았다고 한다면, 아니면 다음 데이트 때 케이크를 주겠다고 한다면, 당장 그 사람을 떠나야 한다.

가능할 것처럼 보이는 것에 더 이상 믿음을 주지 않겠다고 스스로에게 약속해라. 당신은 창업 투자자가 아니다.

당신이 자꾸 그런 부스러기에 만족해버리면, 상대도 당신이 그 정도만 받으려 한다고 믿는다. 그들은 잘 알고 있다. 아주 최소한의 것조차 해주지 않아도 당신의 테이블에 앉을 수 있다는 걸. 그들은 자신들이 던져주는 아주 작은 관심의 대가를 받기 위해 원할 때만 당신에게 왔다가 마음대로 가버린다. 그들은 기생충이고, 당신은 그들의 숙주다.

하지만 당신은 누구보다도 많은 사랑을 받을 자격이 있다. 당신은 지금껏 당신의 '매력'과 어린 시절의 경험, 친구, 인간관계, 그리고 트라우마에 따라 어떤 종류의 사랑을 해야 하는지 들어왔을 것이다. 지금껏 스스로에 대해 어떤 얘기를 들어왔고, 유해한 관계를 받아들이라는 말을 얼마나 많이 들어왔든지 간에, 또는 이 사회가 당신을 어떻게 세뇌시켰든지 간에 당신은 그저 누군가의 신발 닦기 매트가 아니라는 걸 꼭 알았으면 좋겠다. 당신은 다른 사람의 에너지를 북돋기 위한 존재가 아니다. 여긴 당신의 테이블이다. 당신 스스

걔네는 시선을 분산시키는
방해물일 뿐이야.

원래 네 모습 그대로
쭉 가자고.

로 기준을 정해 누가 앉을지 선택해야 한다. 부스러기만 주면서 당신의 삶에 끼려고 하는 염치없는 것들을 거부하는 것부터 시작해라. 부스러기로는 당신의 배를 채울 수 없다. 케이크 한 통을 다 주는 사람을 찾아라.

나를 사랑하는 법부터 배우자. 그것만이 타협을 거부할 수 있는 열쇠가 될 수 있다. 그 열쇠를 가져야 비로소 스스로의 온전함을 남들이 확인해주어야 하는 상태에서 벗어날 수 있다. 내가 먹을 케이크는 스스로 만들어야 한다. 환상적으로 맛있는 케이크를 이미 가지고 있다면, 당신을 굶주리게 만들 다른 이의 빵 부스러기나 보통 수준에도 못 미치는 사랑에 더 이상 흔들리지 않을 것이다. 아무도 당신을 위해 케이크를 만들어주지 않을 것처럼 살아야 한다. 직접 케이크를 구워라. 스크래치부터 시작하라. 그다음엔 여러 토핑을 올려보자. 이렇게 만든 당신의 케이크를 가지고 실험을 하면 된다. 바닐라 크림을 바른 케이크 위에 당신의 이름을 적고 가장 좋아하는 토핑으로 꾸며보자. 이것이야말로 마땅히 누려야 할 것의 반의반도 안 되는 것에 타협하지 않을 수 있는 방법이다. 나 스스로가 필요로 하는 모든 것들은 내가 직접 구하고 만들 수 있다는 걸 명심하자.

싱글로 남아 자신과의 데이트를 즐기는 과정은 나만의 케이크를 혼자 만드는 것과 매우 비슷하다. 레시피를 다듬어 내가 좋아하는 재료가 무엇인지, 어떤 재료가 맛의 조화를 깨는지 알아가는 과정을 거쳐야 한다. 그래야만 내가 원하는 것을 직접 채우고 충족시킬 수 있다.

당신 평생의 사랑은 바로 당신이다. 그런 당신을 위해 세상에 단 하나뿐인 당신만의 케이크를 만들어라.

CHAPTER 4

나와 헤어지는 방법

성장을 위해선 나 자신과 헤어져야 한다(성장이 잔혹하리만큼 힘들고 불쾌한 이유다).

우리는 스스로를 고통스럽게 하는 전략을 너무 많이 가지고 있다. 계속 똑같은 이야기를 자신에게 주입하며, 자기 훼방적인 행동을 반복한다. 우리가 겪는 고통은 사랑과 호감을 얻고 싶어 무의식적으로 스스로 선택한 것이다. 이 사실을 인정하기는 쉽지 않다. 우리를 둘러싼 세상과 사람들에게 화살을 돌리는 편이 더 쉽다.

내가 지금껏 스스로에게 중독적으로 주입한 '편안하고 자기 훼방적인' 이야기가 하나 있다. "나는 정말 공감 능력이 뛰어난 사람이야. 이런 긍정적인 에너지 때문에 사람들이 날 필요로 하고 찾는 거야. 난 참 유용한 존재야." 이런 유의 이야기를 스스로에게 주입하는 한, 사람들은 계속해서 당신을 유용하

남자와 데이트할 생각을
잊어버리기에 딱 좋은 날이군.
타인의 인정에 목마르게 하는
내 마음속 고장 난 부분을 고치기에
더할 나위 없이 좋은 날이야.

게 이용할 것이다. 특히 당신이 믿는 이야기가 "나는 공감 능력이 뛰어나고 긍정적인 사람이라 누군가를 치유하고 고칠 수 있어"라는 내용이라면, 그래서 나쁜 사람들까지 당신과 함께할 수 있다고 믿는다면 진짜로 그런 일이 반복해서 일어날 것이다. 어떻게 보면 이런 믿음을 고수하는 게 당신에겐 매우 편한 일일지 모른다. 스스로 바뀔 필요가 없으니까. 그러나 이런 방식의 생각을 유지하는 건 당신의 고통을 더 연장할 뿐이다. 물론 당신은 정말로 공감 능력이 뛰어난 사람일 수도 있다. 하지만 공감 능력이 뛰어나다는 이유로 학대받아 마땅하거나 자원처럼 이용돼도 좋을 만한 사람은 아무도 없다. 당신도 타인의 인생에 끼어들어 그들을 개선시키려는 삶의 방식에 대해 스스로 책임질 줄 알아야 한다. 남들이 나를 이용하려 하는 게 어쩌면 내가 스스로의 가치를 잘 모르고 있어서가 아닌가 하는 의문을 품어야 한다. 남을 고치는 것 말고도 내가 얼마나 많은 가치를 지녔는지 잘 모르는 걸지도 모른다. 결국 '나는 필요한 사람'이라는 만족감에 치여, 당신 스스로 어딘가 나사 풀린 사람들과 에너지를 빨아먹는 기생충들을 불러들이고 있는지도 모른다. 이들이 없다면 당신은 스스로에게 곧 쓸모없는 사람이 되어버린다. 건강한 관계를 전혀 경험해본 적이 없거나 그런 관계에 노출되어본 적이 없기 때문이다.

인간이 원래 그렇듯, 누구도 자신이 겪는 고통의 원인이 바로 자신이라는 걸 인정하고 싶어 하지 않는다. 결국 고통을 선택하는 건 누구인가? 하지만 성장은 책임을 요한다. 그리고 책임은 묻는 것에서 시작된다. 당신이 경계를 정해놓지 않았기 때문에 '나쁜 사람들'이 자꾸 꼬이고, 사람들과 마찰 빚는 걸 두려워했기 때문에 그들이 당신 삶에 계속 머물 수 있었던 건 아닌지 스스로에게 질문할 필요가 있다. 내가 어떤 종류의 사랑을 받아들이는지는 무의식적으로 스스로를 어떻게 생각하는지에 따라 달라진다. 내 자존감이 낮다고 해서 남들이 나를 막 대해도 되는 건 아니다. 물론 스스로에게 책임을 물어야 한다고 해서 희생자를 비난해야 한다는 건 아니다(234페이지 참고). 나에게도 책임이 있는지 생각하다 보면, 지금 당신의 어떤 부분에 치료가 필요한지도 알 수 있다. 나 자신에게 질문을 던지는 일이야말로 파괴적인 행동 패턴과 사이클에서 벗어나게 해주는 매우 중요한 일이다.

성장하기 위해선 이전의 나에게 고마워해야 한다.
나는 더 많은 걸 누릴 자격이 있음을 믿어라.
그리고 이제 안녕을 고하고 앞으로 나아가라.

가끔은 자기 훼방적이라는 사실을 과감히 인정하라. 주위 사람들만 지적하면 지속적인 진짜 변화를 가져올 수 없다. 스스로의 성장에 책임을 져야 한다. 지금껏 고수해온 인식을 기꺼이 바꿔 그동안 매달려온 '나'의 방식을 부숴야 한다. 자기 보호적인 껍질에 안녕을 고하는 동시에 그 껍질이 지금껏 생존 모드로 제 기능을 다해왔음을 인정해야 한다. 당신은 전보다 더 성장했다. 이제 이전보다 더 개선되고 용량이 큰 버전으로 진화해야 한다.

때때로

너의 가능성을 알아내지 못하도록 막는 건
어쩌면 너 스스로의 무의식일지도 몰라.

남을 헐뜯는 데 중독된
내면의 깊은 무의식 말이야.

이제 거기에서 나와

너만의 길을 갈
시간이야.

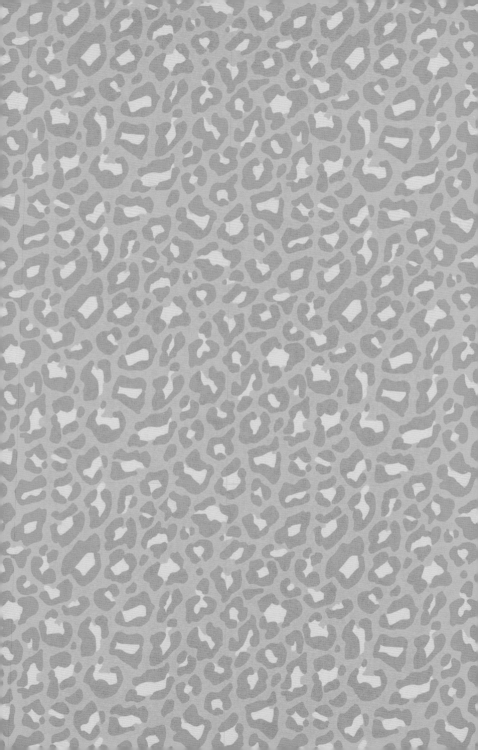

CHAPTER 5

다른 여성의 흠을
위안으로 삼지 마라

내재된 여성 혐오는 진보를 죽이는 조용하고 은밀한 킬러다. 이 녀석이 얼굴을 비치기 시작하면 우리는 곧 온갖 종류의 못난 짓을 저지르고 만다.

**가장 중요한 것부터 시작하자. 세상에 '흠'이란 없다.
흠이란 건 모두 맨(man)들이 만든 것이다. 남자 말이다.**

'흠'이란 우리를 조종하는 시스템에 의해 내면에 심어진 씨앗에 불과하다. 그들은 '흠'이라는 단어로 우리를 불안하게 만들고, 이를 이용해 자신들의 제품을 사도록 유인한다. 우리를 더욱 호감 있고 매력 있는 모습으로 만들어주겠다고 약속하면서 말이다. 우리 사회의 미적 기준은 인종차별적이고 비만공포증에 연령차별주의적이다. 매우 솔직히 말하면 혼란스럽고 당황스럽기 그지없는 기준이다. 당신의 몸에서 가장 별로라고 느끼는 부분이 있는가? 어

내가 왜 예뻐야 되냐고요

쩌면 자본주의가 만든 기준 때문에 생긴 콤플렉스일지도 모른다. 자본주의 하에서 기업들은 자신들의 제품을 쓰지 않으면 결핍된 삶을 살게 될 거라며 우리를 세뇌시킨다. 무결점 이미지의 제품을 홍보하는 광고에서는 모델조차 본래의 모습과 다른 모습을 하고 있다. 그들은 에어브러시로 관리한 피부와 누군가가 만들어준 몸, 그리고 향상된 외모로 등장한다. 흑인 여성의 피부는 언제나 밝게 보정된다. 그들은 유럽인처럼 드라마틱하게 바뀐 외모를 한 채, 흰 것을 아름다움으로 간주하는 식민 시대의 사상을 퍼뜨리며 광고에 등장한다.

우리를 단단히 옥죄는 이 엄격한 미의 기준으로 말미암아, 잊고 있던 불안을 다시 생각나게 하는 여성이 나타나기라도 하면 우리는 그녀를 끌어내리면서까지 불안한 평온을 유지하려고 한다. 너무나 필연적인 일이다. '더 예뻐지게 해줍니다'라는 약속 뒤에 숨어 우리를 조종하는 자본주의의 힘에 주의를 빼앗긴 탓이다. 사실, 더 예뻐진다는 건 남성이 더 선호할 만한 상태가 된다는 걸 의미한다. 이건 곧 여성들끼리 독이 되는 경쟁을 하도록 부추긴다. 유해한 미적 기준과 불안으로 생긴 공백을 채우기 위한 경쟁이다. 이런 불안정함을 만들어낸 자본주의에 책임을 물어야 하지만, 오히려 자본주의는 이 불안정함으로 이익을 얻는다. 그것도 아주 착취적인 형태로 말이다. 우리를 파괴하려는 시스템 위에 세워진 이 세상에서 과연 우리가 어떻게 행복할 수 있을까.

사회가 설계한 성차별주의적 내용으로 이미 마음 깊이 여성 혐오를 담게 된 남성은 당신에게 '이런 것들은' 하면 안 된다고 얘기할 것이다. 가령, 나는 매력 있고 자신감 넘치는 여성 양성애자를 경멸하곤 했다. 왜 그랬을까? 그들이 진짜 삶을 사는 게 그저 질투가 났기 때문이다. 이성애 중심의 사고를 하던 나에게 그들은 매우 위협적이고 무서운 존재였다. 원하는 사람과 데이트하며 행복하게 사는 모습을 보면서 감히 어떻게 그럴 수 있나 싶었다. 나에게 그들은 나도 그렇게 되고 싶지만 그러지 못하는 스스로를 떠올리게 하는 존재였다. 나는 양성애를 혐오하는 동시에 스스로에게 많은 제한을 두었다. 나에게도 양성애 성향이 있다는 사실을 직면하기보다, 당당히 양성애를 즐기는 여성에게 내가 느끼는 수치심을 그대로 투사하는 쪽을 택했다. 내가 원하는 삶을 사는 그녀들이 너무 싫었지만, 그들을 왜 그토록 싫어했는지는 내 성향을 받아들이고 난 후에야 비로소 정확히 알 수 있었다.

당신의 불안을 치유하는 동시에
그 불안이 어디에서 비롯됐는지,
스스로의 어떤 부분이 그렇게 수치스러운지 알아내기만 한다면,
타인에 대한 관점을 다시 정립할 수 있는 것은 물론,
공감이라고 불리는 이 환상적인 것을 두 팔 벌려 환영할 수 있게 될 것이다.

내재된 여성 혐오가 사고에 영향을 주지 않도록 훈련하는 데만 몇 년이 걸렸다. 다른 여성을 평가하는 게 자신의 싫은 점을 직면하지 않을 수 있는 가장 빠른 방법이다. 우리는 다른 여성의 '흠'에서 안도감을 얻는다. 자기 내면의 불안정성을 회피하기 위해서다. 우리 내면에 심어진 여성 혐오가 다른 여성과의 경쟁을 부추긴다. 그러면서 우리의 성장을 막고 우리가 가진 진짜 힘을 찾아내지 못하도록 막는다. 가부장제의 주요 목표다.

다른 여성이 내린 결정에 대해, 예를 들어 누구랑 자고 무슨 옷을 입는지에 대해 자기도 모르게 평가하고 있다면 일단 그대로 멈춰라. 그리고 깊이 생각해보라. 그녀의 어떤 점이 당신을 그리도 불편하게 만들었는가? 아마 그녀의 모습에서 당신을 보았을지도 모른다. 아니면 당신이 창피하게 생각하는 당신

나의 불안을 컨트롤하기 위해
남을 평가하는 내가 아닌
스스로를 적극적으로 치료하는
내가 될 수 있기를.
치어스!

의 어떤 면이 떠올랐을 수도 있다. 그것도 아니라면 그저 그녀가 당신의 '워너비'이기 때문일지도 모른다. 단지 나는 엄두도 못 내는 용감한 결정을 내렸다는 이유로 그들을 싫어할 때도 있다. 사회로부터 잘못되고 수치스러운 거라고 배워온, 가부장제에 반하는 결정이기 때문이다. 아니면 나와 같은 이유, 즉 단순히 그녀가 좋고 데이트하고 싶어서 그러는 것일 수도 있다.

그냥 넘어가지 말고 왜 그렇게 생각하는지 스스로에게 물어보자. 지금껏 세뇌되어온 가부장적 사고를 다시 프로그래밍하자. 당신이 시샘하고 경멸하는 그 여자는 '미친년'이 아니다. 당신 내면에 자리 잡은 여성 혐오자가 미친놈이다.

내재된 여성 혐오의 유형

내재된 여성 혐오가 어떤 모습인지, 그리고 이놈이 당신의 머릿속을 뒤흔들려고 할 때마다 어떻게 대처하면 좋을지 몇 가지 중요한 예를 들어보겠다.

"난 다른 여자들과 달라요"라고 말한다

이런 얘기를 하면서, 다른 여자들을 어떻게 묘사하는지 주의 깊게 살펴보자. 여자들은 대개 행실이 별로고 가지가지 한다는 고정관념을 키우며 '나는 예외'라는 입장을 고수한다면 당신도 예외가 아니다. 문자 그대로 당신도 거기 앉아 '다른 여자애들'처럼 계집애 짓을 하고 있는 것이다. 고정관념은 피라미드의 맨 밑바닥에 자리 잡고 앉아 열심히 기름을 부으며 더 큰 문제를 꼭대기로 올리는 놈이다. 한 예로 여성의 신체를 향한 성적 폭력을 들 수 있다(너무 극단적으로 들릴 수 있겠지만, 실제로 빈번하게 일어난다). 이 사이클에서 벗어나야 한다. 다른 여자에게 수치심을 줌으로써 남성들을 만족시키는 일을 중단해야 한다. 사실 효과도 별로 없다.

성공한 여성을 헐뜯을 방법을 찾고 있다

솔직히 말해, 내가 성공하고 싶었지만 그러지 못한 것을 누군가 버젓이 이루어버리면 그는 곧 내가 경멸해야 할 대상이 된다. "걔는 자기가 뭐라도 된다고 생각하는 거야?", "난 쟤 싫더라. 왜 그런지는 모르겠지만 그냥 싫어", "쟤 진짜 짜증 난다. 성공하더니 변했어" 등등 내 기분을 좋게 만들기 위해 남을 헐뜯는 습관을 경계하라. 만족감은 금방 사라지고 처리해야 할 이유 모를 불안만 남게 될 것이다. 모든 건 당신이 하는 것에 달렸다. 모두 당신의 책임이다. 그냥 그 친구를 내버려둬라. 마음껏 빛날 수 있도록.

물론 모든 여성을 좋아할 필요도 없고, 그러려고 스스로를 압박할 필요도 없다. 별로 친하지 않은 사람을 단지 여자라는 이유만으로 잘 대해주고 떠받들면서까지 친구로 지내려 할 필요는 없다. 중요한 건 이 문제가 진짜 그녀의 문제인지, 아니면 당신의 불안 때문인지 알아내는 방법을 배우는 것이다. 그녀가 마음에 들지 않는 이유를 노트에 하나씩 적어보자. 소셜 미디어에서 보이는 그녀의 고통, 불행 또는 안 좋은 일로 안도감을 얻지는 않았는지 주의하면서 크고 오래된 나만의 빨간 깃발을 꽂아보자. 만일 누군가의 우울한 순간이 당신의 불안을 해소해주고 마치 당신이 '이긴 것'처럼 느끼도록 만든다면, 여기서부터 시작하자. 예를 들어 그녀의 사업이 번창해 배가 아픈가? 그렇다면 집에 가서 당신에게 기쁨을 주는 목록을 적어라. 그리고 그걸로 이윤을 낼 방법을 찾아라. 그녀에게 뜻이 맞는 멋진 친구가 많은 게 열받는가? 그렇다면 인터넷을 이용해라. 관심 있는 계정을 팔로하고 어쩌면 실제로 만날 수도 있는 마음 맞는 사람들과 온라인 커뮤니티를 만들면 된다. 항상 멋지게 화장한 그녀만 사람들의 시선을 끄는가? 유튜브에서 메이크업 강좌를 보면 된다. 혹시 나랑 스타일이 비슷해서 짜증이 나는가? 위대한 사람들은 짜증 내는 대신 이렇게 생각한다. '함께 협업하면 정말 좋겠군.'

만약 다른 여성을 영감과 자율의 기회로 삼을 방법을 배운다면,
그리고 우리 모두 행복할 수 있는 공간이 충분하다는 걸 알게 된다면,
우리가 함께 만드는 관계와 유대는 아무도 막을 수 없을 것이다.

연인의 전 애인을 싫어한다

이전에 다른 여자 친구를 사귀어본 적 있는 사람과 사귀는 일이야말로 우리 내면의 여성 혐오와 제대로 한판 겨뤄볼 최고의 기회다. 아마도 이건 다른 여성에 대한 증오와는 비교도 안 될 만큼 격앙된 형태의 증오일 것이다. 왜냐고? 문자 그대로다. 우리는 연인의 전 여자 친구와 가상의 대결을 펼친다. 다른 이의 인생에 자유롭게 접근할 수 있는 소셜 미디어 덕분에 몇 시간이고 그녀를 스토킹할 수 있다. 그녀의 모든 것과 자신을 비교하면서, 특히 나보다 못한 걸 찾아 내가 그녀보다 낫다는 일시적인 안도를 얻고자 열심히 흠을 찾는다. 정말 끔찍하고 못난 짓이다. 만일 그녀 때문에 불안감을 느껴 연인과 싸우는 지경까지 갔다면, 반드시 기억하자. 당신의 불안과 이 싸움의 원인은 그녀와 그 때문이 아니다. 순전히 당신 때문이다.

하지만 너무 걱정하지는 마라. 당신도 변할 수 있다. 나 자신을 사랑하는 훈련과 나아가 다른 여성까지 사랑하는 훈련을 병행하면 얼마든지 변할 수 있다. 다른 여성을 비난하는 건 쉬운 일이다. 다들 그러니까. 다른 이들도 자신의 행동을 정당화하기 위해 우리를 희생양으로 삼는다. 그럼에도 그의 전 여친이 신경 쓰이는 이유가 옆에 있는 사람이 나만의 사람이 아닌 것 같은 불안 때문은 아닌지 스스로에게 물어볼 필요가 있다. 나 또한 그런 적이 있는데 남자 친구를 뻥 차버리니 그가 만났던 여자들에게 가졌던 내 옹졸한 분개심이 모두 사라지는 게 아닌가? 비로소 그때 모든 문제의 원인은 그놈이었다는 걸 깨달았다. 그놈이 내 안에서 끔찍한 질투를 끄집어낸 거다. 하지만 이것 하나는 기억하자. 관심을 얻기 위해 다른 이와 경쟁까지 하게 만드는 사람을 곁에 두기에는 인생이 너무도 짧다는 걸. 만일 이런 경우라면, 당신도 그놈을 뻥 차버려라. 당신이 걸어 다니는 신성한 존재라는 걸 알아주지 않는 사람들에게 더 이상 귀한 시간을 빼앗기지 말자.

그녀를 '걸레'라고 부른다

그녀가 자기만의 인생을 살면서 '자기 몸'에 대한 자율권을 행사하고 있는가? 그러든 말든 당신과는 아무 상관없다.

그러고 다니는 남자에게도 똑같은 얘기를 하는지 스스로에게 물어보자. 이런 치명적인 고정관념은 대체로 여자에게만 해당하는데, 자신의 성생활을 자유롭게 이야기하는 여성을 욕하는 건 곧 '여자는 자기 몸에 대한 권한을 가질 수 없다'는 주장에 먹이를 주는 셈이다. 그들이 무슨 일을 하든 그건 당신의 일이 아니다. 여성을 물건 취급하는 우리 사회에서, 인간의 품위를 떨어뜨리는 고정관념에 맞서 자신의 권리를 찾으려 애쓰는 사람들을 평가하려 하는 당신은 누구인가?

"그 여잔 너무 기가 세고 무서워!"

자신의 바운더리를 확실히 드러내며 싫다고 말하는 건 기가 센 것도 제멋대로 행동하는 것도 아니다. 그녀는 자신의 에너지를 보호하기 위해 필요한 것을 정확하게 실행하고 있을 뿐이며, 그걸 아주 완벽하게 해낸 것뿐이다. 스스로에게 이렇게 질문해보라. "그녀가 겁을 주는 거야, 아니면 내가 겁을 먹은 거야?"(80페이지 참고)

그녀가 자기 마음대로 잘난 척하고 있는가? 아니면 여자는 남자의 지시를 잘 따르고 순종적이며 고분고분해야 한다는 고정관념에서 벗어난 행동을 하고 있는가? 여성은 자신을 제외한 다른 이들의 요구에 응하도록 사회화되어 왔다. 심지어 우리 스스로를 돌보는 것도 정신 건강이 아닌 외모를 위한 쇼핑이나 피부 관리에 한정되어 있다. 더 매력적이고 예쁘게 만들어준다는 제품에 돈을 쓰면서 말이다.

단단한 바운더리를 드러내는 여성을 위협으로 보지 말고 존중해주자. 그녀는 사람들의 비위를 맞추는 것보다 자신의 행복을 선택했고, 이를 위해 누구보다 열심히 일하는 중이다. 정형화된 성 관념과 다르게 행동하는 여성을 보면서 여자로 존재하는 방법이 한 가지만은 아니라는 걸 스스로에게 상기시키자. 그러고는 내 안의 여성 혐오자에게 입 닥치라고 말하는 거다. 성 역할은 사회적으로 만들어진 것이다. 우리는 거기에 맞춰 행동하는 법만 배워왔다. 그러나 이젠 거기에서 벗어나 행동할 수 있다. 우리가 원하는 만큼.

미안한 기색도 없이 자신의 바운더리를 행사하는 그녀가 불편할 수도 있고, '나쁜 년'으로 보일 수도 있다. 그녀와 달리 그렇게 하지 못하는 당신이 진짜 남의 신발 닦기 매트라는 걸 깨닫게 되기 때문이다.

…어쩌면.

다른 여성을 외모로 판단한다

특유의 비판적인 생각이 들려고 하면, 나는 그것을 뒤집어 반대로 얘기한다. 누군가를 판단하는 대신 그들의 자율권을 존중해준다. '공감' 훈련이 세상을 바꿀 수 있다. 예를 들어보자.

- 미니스커트를 입고 길을 걸어 내려오는 한 여자를 보았다고 치자. 순간 당신의 머릿속에는 옷을 '좀 더 조심해서' 입었어야 한다는 생각이 떠오를 것이다. 이걸 뒤집어보자. 그런 생각 대신 이렇게 말해보자. "그녀의 옷이 문제가 아니야. 강간범과 여성의 몸에 대한 그들의 약탈적인 행동이 문제지."

- 나이 든 여자가 아소스 쇼핑몰*에서 산 꽉 끼는 드레스를 입고 열심히 춤추는 모습을 보고 당신은 '이런 빌어먹을, 나이 들어서 저게 무슨 추태

람?'이라고 생각할 것이다. 뒤집자. 그리고 이렇게 말해보자. "와우, 특정 연령을 넘은 여성은 자신의 몸을 사랑해서도 과시해서도 안 된다는 연령차별주의적이고 성차별주의적인 관념에도 이 여성은 그냥 자신의 인생을 사는 걸 택했구나! 이분이야말로 레전드다."

- 꽁꽁 싸매고 있는 여성(종교적인 이유든 아니든, 둘 다 당신이 상관할 바는 아니지만)이 보이면 당신은 곧바로 그녀를 '내숭 부리는' 스타일 또는 '무력하고 순종적인' 여성으로 치부할 것이다. 뒤집자. 그리고 이렇게 말하자. "다양한 것들이 다양한 사람들에게 힘을 주는구나. 여자로 사는 데 한 가지 방법만 있는 건 아니지. 여성은 동시에 한 가지 이상의 일을 할 수 있는 다면적인 존재니까."

- 어쩌면 당신은 사내 같은 여자를 덜 존중하거나 그녀의 외모에 대해 이러쿵저러쿵해왔을지도 모른다. 단지 여성스러움이 부족하다는 이유로 말이다. 이것도 뒤집어버리자. 그런 생각 대신 "와우, 남성 눈에 외모를 맞췄으면 하는 사회의 기대와 그것에 따라오는 특권에도 이 남성적인 아이콘들은 자신의 진짜 정체성을 표현하는 것을 택했구나"라고 말하자.

- 이혼한 여성에 대해 왈가왈부하거나 불쌍해한다면 뒤집어서 생각하자. '이혼한 여성이야말로 정말 상징적인 여성이야. 불행하게 갇혀 있던 상황에서 성공적으로 탈출한 거니까. 나도 나중에 비슷한 상황에 놓이게 된다면 그런 용기를 내기를 바랄 뿐이야'라고 생각하자.

- 흑인 여성의 머리카락에 대해 이러쿵저러쿵 지적하거나, 능력 있는 흑인 여성을 '기가 세다'라든지 '공격적'이라는 단어로 묘사해왔을 것이다. 흑인 여성이 인생을 어떻게 살아야 하고 어떤 식으로 처신해야 하는지 청하지도 않은 지적을 하는 건 여성 혐오적인 동시에 인종차별적이기까지 하

*영국의 인기 높은 쇼핑몰 – 옮긴이

다. 하루빨리 그만두어야 한다.

이런 예는 얼마든지 댈 수 있다. 다른 이를 평가하기 전에 그의 행동이 당신에게 어떤 영향을 미쳤는지 스스로에게 물어라. 아무런 영향도 주지 않았다면, 내 일을 잘하고 내 삶을 잘 챙기는 법을 배워야 한다. 당신 내면에 깊숙이 새겨진 성차별주의, 여성을 외모만으로 판단하려는 충동과 기꺼이 싸우고 싶다면, 그놈들이 갑자기 튀어나올 때마다 맞서 이길 준비를 해야 한다.

에스테틱 관리를 받는 여성을 비판한다

자기들이 제시한 미적 기준을 충족하면 부당한 특권을 주는 이 사회에서, 그런 모습으로 가꾸려고 돈을 지불하는 여성을 비판하거나 손가락질할 수는 없다. 미디어는 하이퍼 페미닌*으로 가득하고, 여성 캐릭터는 물건처럼 취급받는다. 그러니 그걸 명분으로 삼을 수는 없다. 여성이 성차별적인 미적 기준을 따를 필요도, 그 기준을 충족시키기 위해 수술대에 누울 필요도 없는 세상에 산다면 얼마나 좋을까? 빌어먹을, 당연히 그래야 한다. 하지만 그런 세상은 존재하지 않는다. 현재 존재하는 체제 내에서 살아남기 위해 고군분투하는 여성을 욕하는 대신, 그런 세상을 만들기 위해 열심히 싸우는 쪽을 택해야 한다.

"나이에 비해 예뻐 보이네"라고 말하는 자신을 발견한다

연령차별주의는 대단히 성차별적이다. 25세를 넘긴 여성은 마치 더 늙어 애를 못 갖기 전에 빨리 남편을 찾아야 하는 긴급한 상황에 놓인 것처럼 취급받는다.

남자 입에서 자기가 더 늙기 전에 얼른 신부를 찾아야 한다는 얘기를 마지

*여성미를 최대한으로 표현한 패션 - 옮긴이

내가 왜 예뻐야 되냐고요

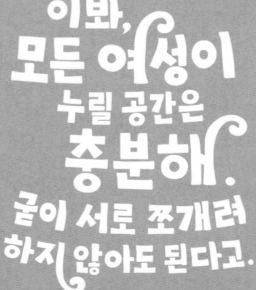

이봐,
모든 여성이
누릴 공간은
충분해.
굳이 서로 쪼개려
하지 않아도 된다고.

막으로 들은 게 언제인가? 신붓감 찾는 데 혈안이 된 남자를 본 적은 있었던 가? 남자들은 자기 자신이 먼저라고 배워왔다. 이제는 우리도 똑같이 배울 때다. 여자들에겐 사회적인 시간 제약이 있다. 인간으로서 우리가 인정받을 수 있는 가치는 신체적 아름다움에 관련되어 있다. 나이가 들면 들수록 사회가 매기는 우리의 가치는 점점 더 줄어든다. 남자 눈에 예뻐 보이지 않거나 임신 불능 상태가 되면 우리는 가치가 없는 것으로 여겨진다(172페이지 참고). 그 때문에 다른 여성의 외모나 능력, 또는 (정말 그래서는 안 되지만) 임신 가능 유무를 두고 지적하는 자신의 모습을 발견하곤 할 것이다. 이 역시 멈춰야 한다. 남자한테도 똑같은 지적을 하는지 스스로에게 진지하게 물어봐야 한다.

한 번이라도 이런 생각을 하거나 비슷한 상황을 경험해봤다면, 이런 거슬리는 생각에 이름을 붙여주는 걸 추천한다. 그러고는 내 진짜 생각과 삶에는 없는 생각이라고 그것들에 분명히 말해라. 그렇지 않으면 다른 여성과의 관계가 망가질 수밖에 없다.

어쩌면 긴장일 수도 있고, 어쩌면 투사일 수도 있다

친구들과 다른 사람 이야기를 하면서 그가 당신에게 앙심을 품고 있다거나 당신을 싫어한다는 이야기를 지어내본 적이 있는가? 심지어 그 사람과는 전혀 얘기를 나눠본 적이 없는데도 말이다. 그는 당신을 싫어하는 게 아니다! 당신이 당신을 싫어하는 것이다!

'당신을 평가하는' 사람은 당신뿐이다. 그는 그저 거울을 든 채 당신의 불안을 비추고 있을 뿐이다. 어쩔 수 없다. 미니스커트를 입고 가슴을 풀어헤친 채 클럽에서 미친 듯 춤을 추며 자신의 인생을 최대한 즐기는 그녀를 욕할 시간에 얼른 뛰어들어 함께 몸을 흔들어라. 자신감 넘치는 여성은 자기 자신을 너무 사랑해서 당신을 싫어할 거라는 말도 안 되는 생각을 그만두어야 한다.

내가 왜 예뻐야 되냐고요

그녀는 당신의 경쟁자가 아니다. 이건 그녀의 일이 아니라 당신의 일이다. 자신의 단점을 인정하고 스스로의 불안이 다른 이들에게 영향을 주지 않도록 적극적으로 나서는 건 대단한 일이다. 판단하지 않고 생각하는 것부터 시작하자. 내가 노력하고 있다는 걸 스스로 알기만 하면 된다. 우리 모두 함께 시작하면 된다.

당신이 저지른 실수로 당신의 인격을 판단할 수는 없다.
하지만 자신의 행동에 대해 자문하고 책임을 지는 것,
그럼으로써 행동을 바로잡는 능력으로 당신의 인격을 판단할 수는 있다.

당신에게 여성 혐오적 발언을 하는 여자들을 어떻게 대해야 할까?

가부장제의 분노를 다른 여성에게서 경험하는 건 굉장히 힘든 일이다. 하지만 우리 모두 내면에 성차별주의를 품고 있다는 걸 기억해야 한다. 우리는 모두 똑같은 사회에 살면서, 같은 메시지를 내면에 품고 있다. 그들이 당신을 대할 때는 당신이나 당신의 성격이 아닌, 자신들 내면과의 대화에 따른다. 만약 누군가 당신을 평가한다면, 그들과 마음으로부터 공감하려고 노력하라. 그들은 지금 아픈 상태이며, 당신에게 하는 이야기가 사실은 그들 스스로에게 느끼는 것을 투사한 거라는 사실을 알아차려야 한다.

서로에 대한 독설의 사이클을 깨자.

CHAPTER 6

그들이 겁을 주는가, 내가 겁을 먹는가?

사람들이 당신을 대하는 방식으로 당신의 가치를 알 수 있는 건 아니다.

테마 박사(Dr. Thema)의 말에 따르면, 사람들이 당신에게 이야기하는 모든 것은 그들이 자기 자신에게 느끼는 것을 투사한 것이며, 동시에 당신에 대한 억측을 기반으로 한 것이다. 이러한 억측은 수많은 편견을 토대로 하는데, 주로 인종차별주의, 성전환자 혐오, 동성애 혐오 등의 차별과 그들 스스로의 불안에서 비롯된다. 물론 누구든 형편없이 행동해도 된다는 구실을 만들어주려는 게 아니다. 당신이 다른 사람의 불안을 내면화하지 않는 기술을 연마한다면(사람들이 당신에 대해 어떻게 생각하고 뭐라 떠드는지 전혀 신경 쓰지 않는다면), 당신은 훨씬 더 평화롭고 진실한 인생을 살 수 있다.

사람들이 당신에 대해 하는 말이 사실은 당신이 아니라 그들 스스로에 대한 투사라는 걸 완전히 이해하기는 다소 힘들 수 있다. 그러나 우리는 다른 이의 불안과 사회의 유해한 메시지를 내면에 담는 습관에서 벗어나야 한다. 이 과정을 조금 덜 개인적인 것으로 만들기 위해선 스스로에 대한 걸 지워버리고, 다른 사람들이 개인적 경험과 선호, 그리고 스스로를 예술에 어떻게 투사하는지 생각해보는 게 좋다.

똑같은 작품을 보는 사람들이 서로 다른 감상과 평을 하는 경우를 생각해보라. 투사를 설명하기 딱 좋은 예다. 같은 작품이지만 각자의 다른 경험과 취향, 그리고 현재 상황에 따라 서로 다르게 느낀다. 예술은 주관적이기 때문이다. 예술은 인간을 표현하는 형태 중 하나이며, 그것을 보는 사람들을 서로 연결하는 수단이자, 사람들의 마음을 열거나 내면을 볼 수 있는 무언가를 만들어 개인의 생각을 자극하고 관찰하는 수단이다. 예술은 대개 내면의 진실을 보여준다. 그래서 작품을 다른 이와 공유하는 것만으로도 스스로 어떤 부분이 취약한지 느낄 수 있다. 마치 우리 자신이 확장되는 것과 같다. 나 또한 이런 이유로 작품에 대해 지극히 개인적인 비판을 받곤 했다. 내 작품은 말 그대로 나만의 경험과 라이프스타일이 융합된 것이다. 내 실수를 통해 사람들 또한 배웠으면 하는 마음으로 대량으로 찍어낸 그림과 에세이 같은 것들이다. 작품을 공유하는 건 나와 나의 취약한 부분을 그대로 노출하는 일이다.

하지만 그들이 뭐라고 이야기하든 작품은 작품으로 남는다. 이 사실을 깨달은 후부터 생각이 완전히 바뀌었다. 작품이 바뀌는 게 아니다. 이 사실은 나를 몹시 흥분시켰다. 작품에 대한 당신의 인식은 바뀔지 몰라도 작품은 그 자체로 계속 같은 모습으로 남아 있다.

사람들이 잔인하게 말한다면, 그 내용이 뭔지 곰곰이 생각해보라.
이야기하는 사람이 누구이고, 그런 비난이 어디에서 나오는지,
어디가 시작점인지 곰곰이 생각해보자.

만일 타인에 대한 누군가의 비판이 스스로의 불안과 편견 때문이라는 걸 몰랐다면, 그래서 그들의 비판을 객관적인 피드백으로 받아들였다면, 아마 나는 혼자서는 작품 활동을 하지 못하는 상태가 되었을 것이다. 그저 남들 비위나 맞추며 그들 내면의 혼란이 작품을 진두지휘하도록 놔두는 꼭두각시 인형이 되었을 것이다.

열일곱 살 때 인터넷에 처음으로 작품을 올렸던 순간이 기억난다. 지극히 정치적인 작품이었다. 마치 내 마음 한편을 조각해 모든 사람들이 볼 수 있도록 발가벗겨 수술실 침대에 올려놓은 듯한 심정이었다. 그때 난 스스로 취약하다고 느꼈고, 불안했으며, 무방비 상태로 느껴졌다. 하지만 그건 아주 잠깐이었다. 그 불편함은 분명 그만큼의 가치가 있었다. 시간이 지날수록 점점 더 많은 여성이 내 경험에 공감을 표했고, 나도 모르는 사이에 작은 공동체가 생겨났다. 이 세상을 살아내기 위해 가져야 했던 수치심을 없애버리고 힘을 얻기 위한 사람들의 공동체였다. 만일 나만의 안전지대를 떠나 고민하고 있던 주제에 대해 목소리 높이는 걸 선택하지 않았다면, 나는 지금 이 책을 쓰고 있지도, 내 인생의 가장 위대한 여정에 오르지도 못했을 것이다.

누군가 당신에게 너무 지나치다고 말한다면, 그건 그들이 부족하다는 뜻이다. 누군가 당신에게 너무 예민하다고 말한다면, 연약해질 수 있는 당신의 능력, 느낄 수 있는 능력, 그리고 감정을 그대로 표현하는 자유를 시샘하는 것이다. 그들은 마음이 아픈 사람들이다.

> "당신을 한 입 크기로 쪼개지 마라.
> 온전한 상태로 남아
> 그냥 목구멍에 걸리게 내버려둬라."*

사람들 비위 맞추기 – 예쁨받고 싶은 마음을 버려라

선택은 항상 누군가를 실망시키는 법이다. 이를 인정하고 마음의 평화를 찾자. 빠르면 빠를수록 더 좋다.

자기 자신에 대해 잘 모르는 사람들과 자아가 강하지 않은 사람들은 자신을 둘러싼 환경과 사람들의 의견을 반영하기 위해 스스로를 바꾼다. 사람들의 비위를 맞추려고 말이다. 그들은 다른 누군가를 위해 진정한 자신의 한 부분을 봉한 후, 다른 무언가가 되도록 만든다. 우리는 모두 다양한 면을 가진 인간이다. 부모님이나 동료, 친구들, 또는 사랑하는 연인에게 각기 다른 모습을 보인다. 소외된 많은 이들이 '코드 스위칭**'과 주류 문화(백인, 이성애, 시스젠더)를 배우고 이에 스스로를 동화한다. 인간으로서 기본적인 존중을 받기 위한 생존의 몸부림이다. 마치 여성이 여성스럽게 행동하는 걸 배우는 것처럼 말이다. 이런 게 공정하다고 말하는 게 아니다. 전혀 공정하지 않다.

누군가에게 호감을 얻기 위해 스스로의 정체성과 신념, 그리고 성격을 부분적으로만 선택해 취하거나 타협하는 건 건강하지 않을뿐더러 오래 지속되지 못한다. 솔직하게 말하면 스스로를 고갈시키는 행동이다. 가부장제가 원하는 미적 기준에 맞춰 행동하고 그들이 원하는 여성이 되는 것만으로도 스스로를 고갈시키기에 충분하다. 그런데 왜 또 다른 압박을 더하려고 하는가? 아무리 그래도 당신은 절대로 이길 수 없다. 어느 쪽이든 세상은 당신을 평가할

---

*maybeinaparalleluniverse.tumblr.com
**듣는 이와의 관계, 상황 등에 따라 어휘나 언어, 언어 표현 양식 등을 바꾸는 것 – 옮긴이

것이다. 이 진실에 지지 않도록 힘을 키워라. 당신이 택할 수 있는 단 하나의 선택지는 '내가 되는 것'뿐이다.

타인과 관계를 맺고 우정을 키우기 위해 스스로와 타협하는 건 그다지 효과적이지 않다. 그런 관계는 모두 거짓된 유대에서 비롯된 것이기 때문이다. 당신이 원하고 필요로 하는 것을 정확하게 보여주어라. 그게 그들에겐 맞지 않는다 하더라도 상관없다. 그들이 당신에게 맞지 않는 친구라는 걸 당신도 잘 알게 될 테니 말이다. 그들은 원래 당신을 위한 게 아니었다.

모든 사람을 만족시키려고 했던 것을 그만둬라. 이제는 스스로를 위한 삶을 살아야 한다.

건강한 관계를 유지하기 위해선 자아가 강해야 한다. 오랜 시간 관계를 맺어온 사람들은 종종 너무 긴밀히 융합되어 자신과 상대를 구분 짓기 힘들어한다. 자기 무시*라고 할 정도다. 나만의 관심사를 잊고 나를 위한 일은 그만두게 된다. 나 또한 그랬다. 남자 친구를 차버린 이유 중 하나인데, 어느 순간 남자 친구가 아니라 아들을 키우는 나를 발견했다. 뒤치다꺼리를 하며 그의 잠재력까지 키워주느라 나 자신에게서 너무 멀리 떨어져나왔다는 걸 깨달았다. 나는 남자 친구를 원한 거지, '엄마 체험'을 원한 게 아니다. 스스로를 사랑하는 게 가장 우선적이고 매우 중요한 일이다(48페이지 참고). 만약 자신에 대해 잘 알지 못하고 바운더리를 어떻게 세우는지 모른다면, 당신의 정체성을 대신 알려줄 사람들을 끊임없이 찾아다니게 될 것이다. 결국 자아 발견과 자기반성, 그리고 나의 가장 어두운 부분을 마주하고 스스로를 개선하는 것이 삶의 모든 면에서 가장 이롭다.

*자신의 기본적인 욕구 및 필요한 것들을 무시해버리는 상태 - 옮긴이

당신에게 투사된 것을 다시 투사시키지 마라

고통스러운 일은 늘 일어나기 마련이다. 그러니 어떤 망할 상황에 놓이더라도 그건 당신의 실수가 아니라는 걸 알아야 한다. 하지만 과거의 나빴던 경험을 손쓰지 않고 그대로 내버려둔다면 대응 기제로서 또 다른 누군가에게 같은 고통을 줄지도 모른다. 사실 처음 당신이 받은 고통도 누군가 자신에게 일어난 일(가정 폭력, 어린 시절 부모의 부재, 왕따 등등)을 제대로 다루지 못해 생긴 결과일 가능성이 높다. 물론 이런 사실은 당신에게 어떤 일이 일어났는지 설명해줄 수는 있어도 정당한 변명이 될 수는 없다. 우리에게는 스스로를 치료할 책임이 있다. 이 고통이 당신의 인생에 어떤 영향을 줄지, 고통에 둘러싸여 살지 말지는 순전히 당신의 선택이다. 하지만 나에게 어떤 일이 벌어졌든, 다른 사람을 대하는 방식에는 책임을 져야 한다. 당신에게는 당신의 트라우마와 과거의 경험, 그리고 불안을 다른 사람에게 투사하지 않을 책임이 있다.

피해자를 비난하려는 게 아니다. 이건 책임이자 의무다.

때때로 투사는 눈에 보이는 방식으로 나타난다. 사람들은 각자의 삶을 건설하고 거짓된 이야기를 지어낸다. 그러고는 물질적인 부를 축적하기 바쁜데, 이는 각자의 불안이나 죄책감 때문이다. 치료가 필요한 시점이 되면, 그들은 자신의 공허함을 채우고 싶어 한다. 우리는 모두 불안을 품고 있다. 그 불안이 타인에게 투사되어 또 다른 고통을 생산해내지 않도록 책임감을 가져야 한다.

타인의 외모를 보고 뭐라고 몇 마디 하고 싶어진다면 일단 하던 말을 멈추고 왜 그런 말을 하고 싶은지 곰곰이 생각해보자. 그렇게 말해야 내 삶을 통제하고 있다는 느낌이 드는가? 이 상황에 당신을 끼워 넣을 필요가 있는지 스스로에게 물어보자. 당신이 내면에 불안을 가진 무식한 사람이라는 걸 주위 사람들에게 떠벌리는 것 외에, 그렇게 해서 얻는 게 무엇이란 말인가? 다른 사람의 인생에 대한 부적절한 평은 혼자만 생각해라. 대신 왜 다른 사람에 대해 떠들고 싶어졌는지 생각해보고, 내면의 상처를 찾아내 치료한 후 바르게 행동하는 사람으로 돌아오라.

나는 악의적인 '남의 얘기'에 끼는 걸 싫어한다. 그래서 친구 중 누구라도 듣기 싫은 이야기를 시작하려고 하면 "그건 우리 일이 아니야. '그런' 사람들이 되지 말자"라고 말한다. 악의적인 남의 얘기는 자신을 향해 거울을 들고 스스로의 모습을 비춰보라고 젠틀하게 말하는 것과 같다. 물론 모든 이들이 내 말을 쉽게 받아들이는 건 아니다. 특히 여자들 사이에선 남의 얘기를 하는 것이야말로 서로 끈끈한 유대를 쌓는 수단이 된다. 어쩌면 친구들의 방어적인 반응을 자주 직면해야 할 것이다. 하지만 그 친구는 지금 자기의 진실과 마주하고 있다는 걸 알아야 한다(남의 얘기를 하는 건 못난 짓이고, 결국은 자신의 실제를 투사한 거라는 진실 말이다). 아마 남의 얘기를 하지 않는 당신이 문제 있는 것처럼 보이도록 하기 위해 무슨 말이든 할 것이다. 그래도 당신은 별로 즐겁지 않은 남의 얘기가 전혀 내키지 않을 것이다. 나는 이제 다른 이의 인생에 관한 정보를 교환하면서까지 그들과 유대 관계를 맺고 싶지 않다. 혹시라도 새로운 친구를 사귀기 위해 지금까지 범했던 오류에 다시 빠진다면 그건 매우 위험한 신호가 될 것이다. 그런 것들은 나에게서 안 좋은 면을 끌어낸다. 그런 유의 대화는 건강하지 않을뿐더러, 토론의 주제가 되는 그 사람의 자질보다 내가 나를 어떻게 보고 있는지만 알려줄 뿐이다. 열린 마음을 가진 사람들을 곁에 두어라. 당신에게 기꺼이 배울 준비가 되어 있고, 당신도 기꺼이 듣고 싶고 배우고 싶은 관점을 가진 사람들로 곁을 채워라. 우리는 지금도, 앞으로도 엉망진창일 테지만, 우리를 가르치려 드는 사람들에게 기대기보다 스스로 깨우치기 위해 노력해야 한다. 다른 이들의 악의적인

투사에 숨은 진짜 뜻을 알아차리지 못한다면 내가 원하는 방식으로 스스로를 볼 수 있는 힘을 잃어버릴 것이다. 한번 해보자. 당신의 일이 아니라는 것만 명심하면 된다.

실제로는 그렇게 생각하지 않으면서도 그저 누군가와 일시적으로 교감하기 위해 무언가를 얘기해야 했던 때를 생각해보자. 왜 그래야 했는지 분석해, 다시는 그러지 않도록 주의하자.

내 경우를 예로 들어보면, 나도 페미니스트의 여정을 시작할 무렵 다른 이의 인정을 받기 위해 움츠려야 할 때가 많았다. 특히 남자들 앞에서는 될 수 있으면 페미니즘적 가치관을 드러내지 않으려 했다. 물에 한번 희석돼 약해질 대로 약해진 페미니즘만 보여주려 했다. 내 속의 숨은 여성 혐오가 그들의 관대한 반응에 기뻐하며 다시 자라고 있다는 걸 깨달았을 때, 나는 그 전보다 더 깊은 자기 혐오를 느낄 수밖에 없었다. 그들의 인정을 받기 위해 '나는 다른 페미니스트랑은 달라'를 표방했던 것이다.

할 수만 있다면 당신의 진짜 모습으로 존재하라. 그래야 당신의 삶에 계속 남아 있어도 되는 사람인지 아닌지 그들 스스로 보여줄 것이다. 이 진리는 그 자체로 선물이며 당신의 에너지를 아껴줄 것이다. 그러니 스스로를 쪼개지 말고 온전한 상태로 남아 있어라.

네가 진짜로 원하는 걸
창피스러워하는 사람들을
만족시키려고 노력해왔다면,

이제 그만 끝내버리고
그들과 대화를 해봐.

우린 누군가에게 예쁨받기 위해
태어난 게 아니잖아.

CHAPTER 7

아침마다
스크롤 내리는 걸 멈춰라

소셜 미디어가 없었다면

- 가장 친한 친구 중 몇몇이랑은 친해지지 못했을 거고

- 내 퀴어 성향이 밝혀지지 않았을 테고(적어도 지금은 아니었을 것이다)

- 많은 퀴어 친구를 만나고 데이트할 기회도 갖지 못했을 거고

- 관계 속에서 학대적인 행동을 알아내는 수단을 찾지 못했을 거고

- 치료를 받으려고 하지도 않았을 것이며

- 당신이 지금 읽고 있는 이 책을 쓸 기회조차 갖지 못했을 것이다.

　소셜 미디어가 내 삶에 긍정적인 영향을 미친 몇 가지 경우다. 유해한 상황에서 스스로를 자유롭게 하고 나 자신에 대한 이해와 성장으로 향하는 여정을 시작하기 위해 방대한 정보와 관점을 어떻게 이용했는지 보여준다.

　실제로는 공동체에 속하지 못한 개인으로서, 나에게 도전하고 내 현실 인

식에 도전하는 건강한 대화를 너무도 갈망해왔다. 간단히 말해 그때의 나는 발전이 없는 상태를 경멸했고, 성장을 간절히 원했다. 지금도 그렇다. 그런데 온라인상에 내 경험과 의견을 올리면서 성장 비슷한 경험을 하게 됐다. 그전에는 내 빌어먹을 상황과 똑같은 상황에 처한 10대가 또 있을 거라고는 미처 생각하지 못했다. 지금껏 들어보지 못했던 목소리, 특히 내가 사는 곳에서는 듣기 어려웠던 목소리까지 들을 수 있을 거라고도 생각하지 못했다. 나에게 고통을 준 억압적인 체제뿐 아니라, 오히려 내게 혜택을 준 체제까지 이해하는 데 그들의 관점이 매우 중요한 역할을 했다. 온라인의 인플루언서, 교육자, 치료사, 예술가는 세상에 대해, 그리고 나에 대해 학교에서 배운 것보다 더 귀중한 교훈을 가르쳐줬다. 인스타그램 크리에이터들은 교육이 메워주지 못한 틈을 채워줬고, 감정 지능과 공감 능력의 중요성을 제대로 알려주었다.

소셜 미디어는 또한 내가 소비하던 주류 언론에는 좀처럼 등장하지 않았던 (또는 공평하게 목소리를 내지 못했던) 소외된 사람들의 목소리를 증폭시켰다. 소셜 미디어야말로 각자 자신만의 시선으로 스스로를 보여줄 수 있는 공간이다. 행복한 삶을 사는 여성 양성애자를 찾을 수 있었고, 인종차별을 당했던 유색인종인의 다양한 경험담을 들을 수 있었다. 그렇게 소셜 미디어를 통해 성과 젠더의 폭넓은 범위에 대해 배울 수 있었고, 내가 지닌 비만공포증을 분석할 수 있었다. 나에게 자신의 이야기를 들려준 사람들 덕분에 오직 마른 몸매만 원하던 나의 편견을 깨달을 수 있었던 것이다. 그뿐만이 아니다. 인스타그램에서 활동하는 숙련된 치료사들 덕분에 책임의 중요성도 배웠다. 이 모든 것들이 지금의 나를 만들었다. 물론 지금도 배우는 중이지만. 나는 인스타그램을 거울로 이용한다. 인스타그램 속 크리에이터들의 작품은 나 자신을 더욱 완전하고 나은 방향으로 이해할 수 있는 매우 세세한 생각거리를 던져준다. 타인에게 영향을 주면서 타인으로부터 영향을 받는 공간이다. 이렇게 삶에 긍정적인 영향을 주는 '성장을 위한 촉매제'로 소셜 미디어를 이용하기 위해선, 우선 피드를 다양화하고 정리하려는 의식적인 노력이 필요하다.

가부장제의 세뇌를 다시 프로그래밍하라

당신의 선호는 정치적인 것이다. 자신과 타인을 바라보는 시각은 당신이 미디어에서 소비하는 편견과 고정관념에 영향을 받은 것이다.

소셜 미디어는 우리 머릿속에 세뇌된 혐오스러운 인종차별적, 가부장적 미의 기준을 씻어낼 기회를 준다. 아름다움에 대한 생각을 바꾸기 위해 고군분투했던 운동 중 치데라 에그루(Chidera Eggerue)의 해시태그 운동('#처진가슴도중요하다(SaggyBoobsMatter)')을 가장 멋있는 운동으로 꼽고 싶다. 많은 사람이 가슴 제거나 리프팅 수술 예약을 취소하게끔 만든 운동이다. 또 하나는 '#트랜스는아름답다' 해시태그 운동이다. 트랜스젠더 정체성의 스펙트럼을 강조하고 그들에게 힘을 실어준 운동으로, 인간성을 말살하고 성애화를 내용으로 하는 미디어의 메시지와는 다른 메시지를 퍼뜨리는 데 성공했다. 이외에도 매우 많은 사람들이 소셜 미디어에서 풍뚱한 몸의 소유자에게 자신감을 불어넣고 있으며, 장애가 있는 사람들을 위한 패션 블로그를 올리고 있다. 멋진 삶을 사는 동성 커플의 페이지도 많이 볼 수 있다. 주로 이성애와 시스젠더, 신체가 건강한 사람, 백인만 다루는 주류 언론에 둘러싸인 내게는 산소와도 같다.

자격이 있고 교육적이면서 치료에 도움이 되는 인스타그램 계정을 찾아라. 그중 흑인이나 트랜스젠더, 또는 동성애자가 운영하는 계정을 찾아보자. 인기 있는 계정을 강조해놓은 기사와 웹사이트가 매우 많다. 내면의 성장을 격려하고 도전할 거리를 제공하며 힘을 주는 소셜 미디어 속에서 길을 잃는다는 게 멋지지 않은가? 자기 비난과 비교의 소용돌이에 스스로를 던지는 것보다 훨씬 멋진 일일 것이다. 그들은 당신이 대학에서 배울 수 있는 것보다 더 많은 것을 알려줄 것이다. 열심히 배우다 보면 어마어마한 빚더미에 오르는, 그래서 언젠가 형편이 되면 갚아야 하는 학비 따위는 없다. 대신 대부분 자신의 페이지에 페이팔 링크를 걸어둔다. 소정의 답례를 보내 그들이 당신과 당신의 교육에 큰 혜택을 주고 있다는 걸 보여주자.

당신의 행복, 다시 말해 스스로를 바라보는 시선과
당신이 소비하는 내용은 모두 당신 하기 나름이다.
지금, 변화를 만들어내자.

즉각적인 만족은 끝없는 구렁텅이다

인스타그램을 제대로 활용하면 많은 혜택을 누릴 수 있는 것과는 별개로, 제대로 관리하고 컨트롤하지 않으면 오히려 정신 건강과 자아상에 독이 될 수도 있다. 온라인상에서 받는 익명의 코멘트에 스스로에 대한 생각과 행복이 좌우될 수 있기 때문이다. 그것은 실재하는 행복이 아니거니와 지속되거나 성취감을 주는 행복도 아니다. 우리도 그걸 잘 알고 있다. 우리가 새롭게 업로드한 콘텐츠에 댓글과 '좋아요'가 평소처럼 달리지 않으면, 우리는 스스로를 마치 검증되지 않은 쓰레기처럼 느끼고 그 기분 속에 덩그러니 남게 된다. 속지 마라. 이는 소셜 미디어가 일부러 의도한 것이다.

페이스북 초대 대표 숀 파커(Sean Parker)에 의하면, 중독은 소셜 미디어의 부작용이 아니라 사실은 의도적으로 설계된 것 중 하나다. 소셜 미디어의 예측 불가능성이 그것에 중독되게 만드는 것이다. 무언가를 올렸을 때, 우리는 사람들이 어떻게 반응할지 모른다. 마치 도박처럼. 긍정적인 반응을 얻을 수도 있고, 부정적인 반응을 얻을 수도 있다. 이처럼 결과를 알 수 없는 것 자체가 황홀감을 준다. 만약 긍정적인 반응을 얻는다면, 우리 몸은 이내 엔도르핀을 발산시켜 압도적인(하지만 순식간인) 흥분으로 온몸을 감싸버린다. 사람들에게 인정받았다는 기쁨과 함께 말이다. 이 알고리즘을 여러 번 반복할수록 점점 더 강한 아드레날린 러시를 갈망하게 된다.

우리 대부분은 각자의 스마트폰에 구속되어 있다. 나의 집중력과 집중 시간은 소셜 미디어를 이용한 이후로 현저하게 떨어졌다. 휴대폰을 시계처럼 확인하는 버릇까지 생겼다. 알림이 울리지 않았는데도 말이다. 아침에 일어나면 제일 먼저 소셜 미디어의 새 글부터 확인하고, 자러 가기 직전까지도 소셜 미디어만 들여다보고 있다. 누가 내 사진을 좋아하고 좋아하지 않았는지, 그리고 그게 무엇을 의미하는지에 관련해 강박관념을 가지고 있다. 심지어 사람들이 남긴 댓글에 내 불안을 투영하기까지 한다. 걱정과 불안의 액셀을 밟으면서 말이다.

우리는 모두 채우고 싶은 공허함을 지니고 있다.
소셜 미디어는 그 공허함을 더욱 넓히는 데 일조한다.
소셜 미디어와 인터넷은 의존성을 키운다.

물론 우리는 얼마 안 있어 이 패턴을 알아차린다. 하지만 무언가에 의해 유발되거나 무기력한 느낌을 받으면, 우리는 또다시 공허함을 재빨리 채우고 싶어 한다. 공허함을 채우기 위해 실제 필요한 것은 사랑과 치료다. 그 공허함은 치료가 필요하다.

그러나 즉각적으로 만족을 느낄 수 있는 방법은 점점 더 많아지고 있다. 결국 우리는 즉시 효과를 볼 수 있는 방법을 통해 정기적으로 만족을 얻는 스스로를 발견하게 된다. 화가 폴리 노어(Polly Nor)의 그림 중 '그녀는 항상 일요일에만 오른쪽으로 스와이프'라는 작품이 있다. 화장실 변기에 앉아 휴대폰을 보는 여자의 그림이다. 이 그림을 본 순간, 꼭 일요일만 되면 데이팅 앱의 검색 설정을 남자까지 포함시켜 수정하던 내 모습이 생각났다. 그것도 전

다른 이의 조작된 삶을 보며
좌절만 하게 되는 인스타그램을
매일같이 스크롤해
성공을 거머쥔 여성이 있으면
한 명이라도 대봐.

날의 과음으로 숙취에 괴로워하면서 말이다. 일요일이 아니더라도 스스로 정서적 불안을 느끼거나 남자들의 달콤한 인정이 필요할 때면 항상 그런 행동을 해왔다. 무기력한 느낌을 받을 때마다 평소보다 두 배는 더 많이 '오른쪽으로 스와이프'*를 하며, 나만의 기준을 낮추곤 했다. 그 그림을 보고 나서야 비로소 내가 그런 꼴을 하고 있고, 내 패턴이 그래왔음을 알게 된 것이다. 평소 내 기준에 적합하지 않은 남자들이랑은 결코 데이트하고 싶은 마음이 없다! 실제로도 그들 중 누구와도 얘기를 나누거나 만난 적이 없다. 그저 즉시 휴대폰을 들어 남자에게 '좋아요'를 받는 것이야말로 "나를 좀 채워줘, 플로렌스!"라고 미친 듯 외쳐대는 이 공허함을 간단히 채우는 방법이라는 걸 무의식적으로 알았던 것이다.

우리는 각자 공허함을 채우기 위해 일시적인 것에 빠지곤 한다. 그러나 너무 즉각적인 만족에만 집중하기 때문에 공허함은 더 커져버린다. 우리는 너무도 손쉽게 타인의 인정을 받을 수 있는 세상에 살고 있다. 인스타그램 댓글을 통해 즉각적인 인정을 받을 수 있고, 데이팅 앱을 통해 낯선 이와도 자유롭게 즐길 수 있다(사실 따지고 보면, 우리가 진정으로 원하는 건 친밀감이다). 이뿐만이 아니다. 몇 분만 기다리면 먹고 싶은 음식을 문 앞에서 받을 수 있다. 이처럼 우리는 콘텐츠 소비가 절정에 다다른 시대에 살고 있다. 동시에 즉각적인 서비스를 요구하면서 말이다. 문자 그대로 당신이 원하는 모든 것을 즉시 얻을 수 있다. 내일 밤에 입고 나갈 옷이 필요한가? 단돈 10파운드만 내면 당일 배송으로 옷을 받을 수 있다. 원 나잇 스탠드를 원하는가? 딱 맞는 앱이 있다. 최신 유행 스타일의 메이크업이 필요한가? 역시 딱 맞는 앱이 있다. 1시간 내로 마사지사나 헤어 스타일리스트, 또는 메이크업 아티스트(미리 앱으로 프로필과 경력을 확인한 후)를 내 집 문 앞까지 부를 수 있다.

*'틴더(Tinder)'라는 데이팅 앱에서는 이성의 사진을 오른쪽으로 스와이핑해 '좋아요'를 누를 수 있다. - 옮긴이

지금 당장 무언가를 갖고자 하는 우리의 열망은 점점 커지고 있다. 동시에 이 채울 수 없는 바람을 이용하는 기업 또한 점점 많아지고 있다. 때때로 이 세상에서 스스로 속도를 늦추는 건 매우 어려운 일이다. 소셜 미디어와 인터넷은 결코 사라지지 않을 것이다. 오히려 잘됐다. 당신이 그것들의 참된 힘을 제대로 이용할 줄만 안다면 최고의 도구가 될 것이다. 하지만 우리가 다루는 다른 문제처럼, 원하는 것을 제대로 얻을 수 있는 견고한 바운더리를 먼저 만들어놓고 이용해야 한다. 나한테 효과가 있었던 몇 가지 방법을 적어보겠다. 이 방법 덕에 나는 소셜 미디어의 장점만 취하고, 정신 건강에 해로운 것은 어느 정도 줄일 수 있었다.

- 가끔은 휴대폰을 꺼놔라. 꺼두지 못하겠다면, 잠깐만이라도 소셜 미디어 앱을 삭제해라.
- 어떤 소식이 있나 수시로 확인하고 싶은 마음이 들지 않도록 알림을 큰 소리로 바꿔라.
- 자러 갈 때는 휴대폰을 부엌이나 거실에 두자. 밤늦게까지 스크롤을 내리느라 잠을 못 자거나 아침에 눈 뜨자마자 스크롤을 내리는 걸 방지할 수 있다. 스스로의 가장 어두운 순간을 타인의 최고로 빛나는 순간과 비교하는 건 공평하지 않다. 특히 아침에 일어나자마자 하는 비교는 더욱 그렇다.
- 당신한테는 사람들을 언팔할 자유가 있다. 기분 나쁘게 구는 사람이 있다면 언팔하거나 뮤트해라. 그러고선 왜 기분이 나쁜지, 왜 이 사람 때문에 맘이 편치 않은지 곰곰이 생각해보자. 어쩌면 그들 때문이 아니라 나 자신 때문일 수도 있다. 다양한 사람들을 보다 보면 다양한 감정이 느껴질 수 있다. 이런 감정을 알아차리고 성장을 위한 촉매로 이용해보자. 스스로에 대해 더 많이 이해할 수 있는 계기가 된다.
- 함께 성장하고 싶어지는 최고의 자아를 찾아 팔로해라. 여성을 비난하거나 건강하지 않은 다이어트 문화를 홍보하거나 잊고 있던 정신적 고통을 다

스스로의
가장 어두운 순간을
타인의 최고로 빛나는 순간과
비교하는 건
공평하지 않다.
특히 아침에는 더더욱.

시 떠올리게 하는 계정은 당신을 썩게 할 것이다. 오래된 패턴에 다시 사로 잡혀 고통받게 만들 것이다.

- 당신을 괴롭히는 사람들과 찌질이는 미안해하지 말고 차단해버려라. 인터 넷상의 사람들은 자기 내면의 불안을 타인에게 악의적으로 투사하곤 한다. 그런 투사는 당신을 행복하게 해줄 수 없다. 하지만 우리는 종종 다른 이의 댓글에 강박관념을 가지고 댓글에 담긴 그들의 불안을 우리 내면으로 가 져와 옮겨 심으려 한다. 그 댓글은 결코 당신과는 관련이 없는 글이라는 걸 명심해야 한다. 다른 사람의 문제까지 떠안으려 하지 마라.

- 인스타그램에 이미 당신만의 커뮤니티가 형성되어 있다면, 스스로를 위한 바운더리부터 만들어라. 당신이 어떤 것에 에너지를 쏟고 있는지 생각해 보고, 앞으로 무엇을 할 것이고 무엇을 하지 않을 것인지 미리 이야기해라. 이렇게 하면 누구를 차단해야 하는지 결정하기 쉬워질 것이다. 당신의 바 운더리를 존중해주지 않는 사람은 당신의 공간에 들어올 자격이 없다. 예 를 들어 나는 DM(인스타그램 다이렉트 메시지)으로 고민 상담을 요청하 는 사람에게는 조언해주지 않는다. 난 훈련된 상담가가 아니고, 그런 것에 수당을 받지도 않으며, 무료로 일하는 사람이 아니기 때문이다. 내가 쏟은 에너지에 보답할 마음이 전혀 없는 사람들에게 힘을 부여하는 원천이 될 생각은 없다. 감정 노동도 노동이다.

재주 좀 부리라는 압박

'알고리즘에 더 효과적인 것'과 긍정적인 반응을 얻을 수 있는 '구미에 맞 는' 버전에 따라 당신의 정체성이 쉽게 바뀐다면, 머지않아 현실에서는 그렇 게 살 수 없음에 허탈함과 분노를 느끼게 될 것이다. 우리는 모두 자본주의가 내세우는 미적 기준과 스스로를 비교하며 산다. 인스타그램에서도 상황은 비 슷하다. 고도로 큐레이트된 인스타그램 속 삶에서 우리는 또 다른 기준을 만들고 있다. 그러고는 이를 성취하고자 분투한다. 우리가 온라인상에서 보여주는 또 다른 모습의 인생이다.

우리는 인생 중 최고의 순간만을 인스타그램에 올린다. 헤어와 메이크업이 완벽하게 된 날이라든지, 친구들과 휴가를 떠났을 때라든지, 성공을 거머쥐고 파티와 행사를 즐길 때라든지 말이다. 우리 인생이 실제로 어떤 모습인지 매우 표면적으로만 보여준다. 각자의 좋은 순간만 세상에 보여주기 때문이다. 나를 예로 들면, 심리 치료를 받고 집까지 울면서 뛰어가는 내 모습이나 아침에 일어나려고 무진장 애쓰는 내 모습을 사람들은 보지 못한다. 비우지 않아 쓰레기가 가득 쌓인 쓰레기통과 일하느라 한 달 넘게 제대로 된 식사 한 번 하지 못하고 허구한 날 포장 음식만 먹는 모습도 보지 못한다. 우리는 다양한 모습을 지닌 인간이다. 세상 사람들에게 우리 모습을 다 보여주기란 불가능한 일이다. 팔로어에게 보여주는 모습은 진짜 모습의 몇 퍼센트 정도뿐이다. 우리가 팔로어에게 '빚지고' 있는 건 무엇인가? 정말 뭐라도 빚지고 있는 게 맞긴 한 것인가?

이 책을 쓰는 동안, 일생에 단 한 번도 경험해보지 못한 대단히 충격적인 경험을 했다. 심신을 쇠약하게 만드는 경험이었다. 물론 내 팔로어들은 전혀 모른다. 내가 선택한 소수의 사람, 즉 진짜 친구와 가족만이 알고 있다. 왜냐고? 모든 이에게 내 트라우마를 보여주는 건 내 의무가 아니기 때문이다. 소셜 미디어를 이용하다 보면 종종 '투명성'이라는 이름으로 인생의 사적인 내용 하나하나까지 사람들과 공유하라는 요구를 받을 때가 있다. 왜 스스로를 헤집어 가장 상처받기 쉽고 치료되지 않은 사적인 부분까지 보여주려고 하는가? 심지어 스스로를 불안하게 만들면서까지. 가장 취약한 부분을 공개하는 건 다른 사람들을 위해서가 아닌, 스스로의 치료에 도움이 될 때만 해야 한다. 이미 사람들은 내 삶의 매우 사적인 부분까지 보고 있다. 내가 사는 아파트의 내부를 보았고, 내 친구들이 누구인지 알고 있으며 매일 무슨 옷을 입

내가 왜 예뻐야 되냐고요

는지 알고 있다. 심지어 내가 무엇을 재밌어하는지도 잘 안다. 하지만 이 모든 정보는 내가 선택해 정리하고 나열한 것들이다. 나는 남들과 공유해도 좋다고 생각하는 것만 공유한다. 나만의 에너지를 지키기 위해 강조하는 바운더리인 셈이다.

이런 부분들을 적절히 통제하고 규제하지 않으면 문제가 생길 수 있다. 특히 누구든 당신의 인생에 어떤 일이 일어나는지 알 권리가 있다고 믿거나 당신도 그들에게 알려줘야 할 책임이 있다고 스스로 믿는 경우라면 더욱 문제가 된다.

기쁜 순간을 기록하고 캡처해
소셜 미디어에 올리고 싶은 충동이 들 수 있다.
세상에 보여주고 싶은 충동 말이다.
하지만 어떤 것은 반드시 혼자 간직해야 한다.

무엇이 당신을 완전하게 만드는지 모든 사람이 알 필요는 없다. 내가 겪은 경험의 일부를 취약하고 차가운 상태로 수술대 위에 펼쳐놓아 사람들이 헤집어놓도록 할 필요도 없다. 나의 트라우마와 경험은 내 것이다. 수천 명에 의해 해부될 필요가 없는 것들이다. 나는 누구에게도 그렇게 해줘야 할 빚이 없다. 당신도 마찬가지다.

"당신이 나에 대해 멋대로 생각해낸 생각에 대해선 책임지지 않습니다"

인스타그램 속 사람들을 우리의 불안이나 스스로를 투사하는 스크린으로 이용하지 않기 위해 조심해야 한다. 우리에게는 부족한 부분이 마치 그들에게는 풍부한 것처럼 보일 수 있다. 그들 삶의 5퍼센트밖에 모르는데도 우리의 불안과 결점, 공포, 치료되지 않은 트라우마와 그들에 관련된 낭만적인 생각을 투사해 그들에 대해 모르는 부분을 채우려고 한다. 믿지 못하겠지만, 우리는 만약 그들이 우리가 생각한 사람이 아니라면 실망해도 될 자격이 있다고 생각한다. 이런 말을 하고 싶지는 않지만, 인스타그램 속 사람들은 당신에게 그 어떤 것도 빚지지 않았다. 그들은 당신에게 아무런 의무도 책임도 없다. 우리는 온라인상에서 팔로하고 소통하는 사람들에 대해 어느 정도 권리를 가지고 있다고 생각한다. 그들이 누구와 데이트하는지, 어떤 친구를 사귀는지 알고 싶어 한다. 어느 식당을 자주 찾는지, 어디에 자주 놀러 가는지까지 알고 싶어 한다. 그것들을 소모적인 콘텐츠로 사용해도 된다고 생각한다. 그리고 그런 콘텐츠가 어느 정도 수준으로 유지될 거라고 기대한다. 심지어 그들에게는 그럴 책임이 있다고까지 믿는다. 자기 자신이나 현실에서 만나는 다른 사람들에게는 그런 기대를 하지 않으면서 말이다. 결국 우리는 다른 사람들에게 너무 많은 걸 기대한 대가로 스스로의 마음이 무너지는 경험을 하게 된다.

온라인에서 만나는 사람들을 거울로 이용하는 법을 배워라. 동시에 그들에게서 발견한 것에 당신의 모습을 투사하지 않을 책임이 있다는 것도 명심해야 한다.

자꾸만 무의식적으로 누군가의 최고가 되려고 한다면 절대 스스로의 최고가 될 수 없다. 당신은 절대로 그들과 똑같이 될 수 없다. 그들도 물론 당신과 똑같이 될 수 없다. 솔직히 말해, 그들이 정말 당신이 생각했던 '그들'이 맞긴 한가? 그들은 그저 그들의 인스타그램 피드에 당신의 생각을 투사해 만들어낸 사람들일 뿐이다. 어차피 피드도 그들 삶의 5퍼센트에 불과한 최고의 순간을 일부러 광을 내 나열한 것에 지나지 않는다.

타인의 인스타그램 속 조작된 삶에 집착한 덕분에 성공을 거머쥐고 지금의 자리까지 올라 행복을 누리는 사람이 한 명이라도 있다면 이름을 대봐라. 기다리고 있을 테니.

내가 왜 예뻐야 되냐고요

아침마다 스크롤 내리는 걸 멈춰라

CHAPTER 8

너의 에너지를 아껴라

당신의 시간과 에너지는 온전히 당신을 위한 것이어야 한다. 누군가 당신 삶에 들어오고 싶어 한다면, 그는 이미 혼자로도 완전한 당신에게 덤으로 붙은 부수적인 존재가 되어야 한다. 아직도 '당신을 완전하게 해줄' 사람을 찾고 있는가? 그렇다면 당신은 어떠한 관계도 맺을 준비가 되어 있지 않은 것이다.

물론 누군가와 관계를 맺는 게 치료에 큰 도움이 될 수는 있다. 아직은 온전히 내 것으로 받아들이지 못한 내면의 불안을 인정하는 데 도움이 된다. 하지만 당신의 가치와 행복을 오로지 다른 사람에게서만 찾는다면, 그와 헤어지는 순간 당신은 다시 처음 상태로 돌아가버릴 것이다. 그를 찾을 때 가지고 있던 상처와 똑같은 상처를 지닌 상태로 말이다. 다시 가슴이 사람 모양으로 뻥 뚫린 채.

　나 자신을 온전히 채우기 위해 다른 이를 이용하려 한다면, 결국 그가 나를 어떻게 대하는지에 따라 나 자신의 가치를 매기게 될 수밖에 없다. 그러다 보면 자존감과 정체성을 잃게 된다. 우리의 가치는 타인이 우리를 어떻게 대하는지에 따라 달라지지 않는다. 또 자신의 고통을 투사해 우리를 괴롭히려는 타인의 행동을 우리 잘못으로 여겨서는 안 되며, 그것으로 우리의 가치를 판단하려 해서도 안 된다. 누군가와의 관계가 끝났다고 해서 나 자신의 가치가 줄어드는 건 아니다. 이런 생각이 들지 않도록 스스로를 사랑하는 마음부터 충분히 키워라. 내가 누구인지에 대해 확고한 생각을 가지고 있다면 이미 혼자로도 충분하다는 것을 알고 있을 것이다.

자기 자신에게 집중하지 않고 다른 사람에게만 집중하는 사람들은 자신의 욕구를 무시하는 경향이 있다. 이성애 규범성의 거짓말에 흔들리지 마라. 여성이 타인을 위해 존재하기를 바라는 것들이다. 자기희생은 전혀 숭고하지 않다.

누군가를 잘 돌봐 사람으로 만들어야
내가 가치 있는 사람이 되는 것은 아니다.
타인에게 쏟아붓는 에너지를 나 자신에게 쏟아붓는다면
앞으로 내가 어떤 사람이 될 수 있을지 상상해보자.
당신이 내뿜을 완전한 힘과 자신감을 상상하고 또 상상해야 한다.

스스로에게 집중하기 시작하면, 한때 간절히 원했던 다른 이들의 인정과 그토록 갈망했던 것들이 이제는 필요 없어질 것이다. 더 이상 그것들이 필요하지 않다는 걸 깨닫게 되는 거다. 사실 그 전에도 당신한텐 필요하지 않았던 것들이다. 당신이 당신 인생의 진짜 사랑인 스스로에게 집중하는 걸 막는 방해꾼일 뿐이다.

당신이 에너지를 쏟아주는 것 자체가 얼마나 큰 영광인지도 모르는 사람에게 당신의 소중한 에너지를 낭비할 시간은 적어도 이번 생에는 없다. 당신이 얼마나 멋진지 알아보지 못하는 사람인데, 굳이 왜 그런 사람과 같이 있으려 하는가? 그들에겐 당신을 기대할 수 없다. 모든 사람이 당신과 친해질 자격이 있는 것도 아니고, 좋은 관계를 유지하기 위해 당신이 기꺼이 쏟아부은 에너지에 모든 사람이 화답하는 것도 아니다. 간단히 말해, 이런 사람들은 당신을 알 자격도 없다.

앞으로 나아가라. 에너지를 지키고 자기애를 연습하기 위해선 당신을 둘러싸고 있는 사람들 사이에 분명한 경계선, 즉 '바운더리'를 만들어야 한다. 기억해라, 당신의 바운더리를 존중해주지 않는 사람은 당신을 알 자격도 없다는 걸.

간단한 바운더리부터 시작하기

- '싫다'고 말하기
- 누군가 당신을 불편하게 한다면, 불편하다고 확실히 얘기하기
- 혼자만의 시간이 필요할 땐 혼자만의 시간을 가지고 이에 대해 굳이 해명하지 않기
- 다른 사람들에게 일을 나눠주고 다른 사람의 도움을 기꺼이 받기
- 누군가 당신의 행동이나 말을 지적할 때 사과하지 말고 그저 "고마워요"라고 말하기

매일 스스로에게 체크해야 할 것들

- 지금, 내가 좋아서 가는 거 맞지? 가야 하기 때문에 가는 게 아니지?
- 지금 나에게 이 친구를 도와줄 힘과 여유가 있는 거 맞아?
- 남에게 해준 충고, 스스로도 지키고 있는 거 맞지?
- 만약 이번 주, 내가 나에게 딱 하나만 줄 수 있다면, 뭘 줄 거지?
- 내가 지금 미루고 있는 게 뭐지?

내가 왜 예뻐야 되냐고요

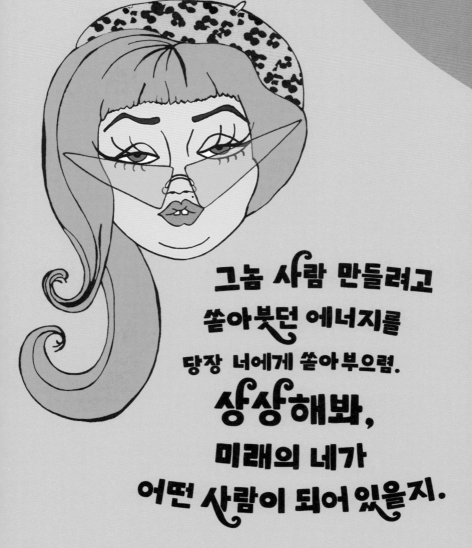

그놈 사람 만들려고
쏟아붓던 에너지를
당장 너에게 쏟아부으렴.
상상해봐,
미래의 네가
어떤 사람이 되어 있을지.

- 지금 기분은 어때? 편안한 거 맞니?
- 내 삶에 끼어든 이 사람들, 지금 나한테 어떤 기분을 느끼게 하지?
- 요 근래 스스로의 감정에 솔직했니? 아무것도 아닌 것처럼 내 감정을 축소하려 하진 않았어?
- 내 감정이 어떤지 사람들에게 솔직하게 표현했니?
- 사람들이 내 정체성을 존중하고 있니?

바운더리 만들기

나는 나만의 새로운 바운더리를 만들어갔다. 내가 무엇을 원하고 무엇이 나를 불편하게 하는지 '나'에게 점점 더 집중했다. 그러면서 내가 만든 바운더리를 존중하지 않는 사람들은 더 이상 내 인생에 머물 특권을 가지지 못한다는 걸 확실히 했다. 바운더리를 만드는 것만으로도 그런 사람들이 누구인지 알 수 있었다. 내 바운더리에 대한 그들의 반응이 그들이 어떤 사람인지 보여줬기 때문이다. 그런 사람들이 내 삶에 머물게 된 게 내 잘못이 아니었음에도 지금까지 나는 책임감을 가지고 그들을 즐겁게 해줘야 했다. 나는 스스로에게 솔직해야 했다. 여전히 나는 내가 타인을 얼마만큼 만족시키느냐에 따라 내 가치가 매겨진다고 생각하고 있다. 어느 정도는. 아직 이렇게 생각하고 있다는 걸 스스로 인정해야 한다. 이런 과정에서 자신의 욕구는 무시한 채 타인을 위해 과도한 에너지를 사용하는 건 건강하지 않은 행동이라는 걸 배울 수 있다. 누군가의 권력을 위해 이용되는 건 정서적으로 쇠약해지는 일이다. 바로 이런 이유로 사람들은 돈을 내고 치료를 받으러 간다. 돈이야말로 전문적인 조언과 지식에 대한 보상으로서 치료사에게 지불하는 상호적인 에너지다. 친구와의 관계에서든 연인과의 관계에서든 당신이 이런 치료사의 역할을 떠맡을 필요가 없다.

나만의 바운더리를 만들기 위해 스스로에게 질문을 던지기 시작할 무렵, 몇

내가 왜 예뻐야 되냐고요

몇 사람들과 함께 시간을 보내게 됐다. 바로 이때 누구와 함께 시간을 보내느냐에 따라 느끼는 감정이 달라진다는 걸 알게 됐다. 비로소 스스로를 먼저 생각하고 내 에너지를 지켜야 된다는 걸 깨닫게 된 것이다.

내 친구들과 나는 서로를 존중해주고 각자의 바운더리를 배우는 데 치중했다. 그것보다 더 중요하고 아름다운 사랑이 있다고는 생각하지 않는다.

당신만의 에너지를 지키기 위해 반드시 필요한 바운더리

당신 삶에 머무는 사람들이 당신을 존중하는지, 당신에게 마땅한 사람들인지 평가할 수 있는 몇 가지 바운더리를 살펴보자.

그들에게 '싫다'고 말할 수 있는가?

'No'는 가장 분명한 바운더리다. 당신의 의사를 간단하지만 정확하게 전달할 수 있다. 하지만 우리는 종종 '싫다'고 말하는 것에 죄책감을 느껴 스스로의 편안과 바람을 희생한다. 그러나 친구들의 의견을 따르는 것과 스스로 안전지대 바깥으로 나와 새롭고 신나는 경험을 하는 것은 완전히 다른 일이다. 친구 좋다는 게 바로 이거다. 만약 '싫다'고 말했다는 이유로 상대방에게 어떤 형태의 죄책감을 느껴야 하거나 벌을 받아야 할 것 같은 기분이 든다면 위험 신호라고 할 수 있다. 상대는 어쩌면 조용한 처치로서, 공격적인 성향을 소극적으로 드러내며 당신으로 하여금 죄책감을 느끼도록 하기 위해 대화를 단절하고 당신의 메시지를 무시할지도 모른다. 나중에 당신에게 무언가를 시키기 위해 당신이 '싫다'고 말한 사실을 이용하는 이 형벌은 '감정 조종' 중 하나로, 당신의 감정을 지배하고 조종하려 하는 것이다. 이러한 사람들이 곁에 있다는 건 좋지 않은 징조다. 가능한 한 빨리 이 관계에서 벗어나려 노력해야 한다. 제일 먼저, 이런 대접을 받아 마땅하다고 생각했던 스스로를 치료하는 데 전념하며 상처를 꼼꼼하게 살펴야 한다.

만나고 나면 어떤 감정이 드는가?

그 사람만 만나면 진이 빠지고 에너지를 다 써버린 듯한 느낌이 드는가? 만날 때마다 당신의 좋지 않은 면을 끄집어내는가? 당신이 원하지 않는 것에 동의하게끔 만드는가? 그렇다면 그는 지금 당신 얼굴에 대고 크고 낡은 깃발을 흔들고 있다. 위험 신호를 알리는 '붉은 깃발' 말이다. 더 솔직하게 말하면, 지금 그 깃발로 당신의 얼굴을 때리고 있다. 당신의 가장 안 좋은 면을 끄집어내고 당신이 절대로 하지 않았을 일을 자신들의 '인정'을 빌미로 강요하는 사람들이라면, 아주 짧은 시간이라도 그들에게는 절대 내주지 마라.

당신의 시간을 소중하게 생각해주는가?

시간은 상대가 당신과의 관계를 얼마나 소중하게 생각하는지 알려주는 중요한 바운더리다. 당신이 몰랐던 사실에 대해 새롭게 눈뜨게 해줄 것이다. 약속 장소에 항상 늦게 나타난다거나 약속 시간 1시간 전에 취소하는 행동을 자주 한다면, 당신의 시간을 전혀 존중하지 않는 것이다. 오로지 자기가 필요할 때만 당신을 찾는 것도 마찬가지다. 그들은 당신의 시간을 존중하지 않는다. 이는 상호적 관계가 아니다. 당신은 그저 당신의 에너지 때문에 그들에게 이용되고 있는 것뿐이다. 당신을 위해 시간을 내지 않는 사람들에게는 1분도 내주지 마라.

당신의 바운더리를 침해하는 사람과 거리를 두기로 마음먹었다면, 그 이유는 설명하지 않아도 된다. 누구에게도 말이다. 하지만 지금껏 당신을 존중해주지 않고 실망만 시켜온 그 사람과 우정을 유지하기 위해 대화해보기로 결정했다면 이야기는 달라진다. 상대방이 제대로 된 사과 없이 오로지 변명만 하고 있는가? 당신이 나쁘게 받아들여 오해한 거라는 말만 반복하고 있는가? 지금 그들은 당신이 스스로의 감정을 의심하게 만들기 위해 노력하는 중이다. 당신이 정당하게 느끼는 감정을 스스로 의심하게 만드는 것. 바로 감정 조종 중 한 형태인 '가스라이팅'이다. 의도적으로 당신에게 '그렇게 생각하는 네가 문제이며, 그건 너무 예민한 거야'라는 생각을 심어주는 걸 말한다. 그들이 잘못된 행동을 했음에도 결국은 당신이 사과하게 될 것이다.

가스라이팅

누군가가 실제로 겪은 경험이 부정당하고 한낱 그의 머릿속 이야기로만 치부될 때, 감정을 조종하는 가스라이팅이 등장한다. 가스라이팅은 대체로 학대적 관계에서 일어나는데, 가스라이팅을 당한 피해자는 자존감을 상실하게 된다. 정당한 감정을 얘기했는데도 상대는 "난 그런 의미로 말한 게 아니야. 네가 잘못 받아들인 거지"라거나 "그냥 농담이었어"라며 방어적 태도로 반응한다. 그렇게 되면 오히려 상처받은 쪽이 비난의 대상으로 바뀐다. 결국 그는 자신의 감정을 알아서 처리해야 하는 책임을 떠안는다. 그러고는 스스로를 의심하게 된다. 몇 가지 예를 들어보자.

거짓말로 우기기

바에서 당신의 연인이 누군가와 키스하는 걸 목격했다고 해보자. 다음 날 아침, 그들에게 곧장 달려가 어제 일에 대해 따져 묻는다. 하지만 그들은 저녁 내내 각자 TV를 보며 보냈다고 거짓말하며 당신이 '미친 게' 틀림없다고 얘기한다. 이것이 상대를 조종하는 가스라이팅이다. 당신이 직접 본 것을 스스로도 의심하게 만드는 방식이다.

부인하기

이전 데이트 때 그가 한 말을 다시 꺼내니 자기는 그런 말을 한 적이 없다고 부인한다. 자기가 그런 말을 한 사실을 잊었을 수 있다는 최소한의 가능성도 남겨두지 않은 채로 말이다. "아니, 난 그런 말을 한 적이 없어. 네가 잘못 생각한 거지. 내가 왜 너한테 그런 말을 하겠어?"라고 한다. 누군가와 대화하면서 녹음해야겠다고 생각하는 지경에까지 이르렀다면, 도망쳐라. 농담이 아니다. 당신 스스로를 이렇게까지 의심하게 만드는 사람이라면, 나르시시즘에 빠진 사람보다 더 상대하기 힘든 사람이다.

당신이 실제로 겪은 경험 부인하기

한 흑인이 나이트클럽에서 자기 혼자만 몸수색을 당하며 제지당한 때를 떠올렸다고 가정해보자. 그는 자신의 백인 친구에게 그 경험을 털어놓는다. 하지만 그의 친구는 그를 비난하며 "모든 게 인종과 관련된 건 아니야, 엮으려고 하지 마. 랜덤 체크였겠지"라고 말한다. 진짜 그런 경험을 한 건지, 아니면 그럴 거라고 머릿속으로 만들어낸 건지 스스로도 의심을 갖게 하는 가스라이팅의 한 형태다.

당신에게 '미쳤다'고 말하기

그들의 목적은 당신이 자신들의 현실에 동화되도록 하는 것이다. 당신 스스로가 당신의 현실을 의심하게끔 말이다. 그들은 아마 다른 사람들에게도 당신이 '미쳤다'고 말할 것이다. 당신이 도움을 청해도 모두 당신을 믿지 않도록 말이다. 모두 당신을 '사이코'나 '미친 사람'으로 생각하게 될지도 모른다. 이렇게 해야 당신을 고립시킬 수 있을 뿐만 아니라 아무도 당신을 믿지 않는다는 걸 확인시켜줘야 당신을 쉽게 조종할 수 있기 때문이다. 전 세계적으로 인종차별주의를 영구화하는 전략으로 가스라이팅이 이용되고 있다. 대표적인 예가 미디어나 일상에서 흑인 여성을 묘사하는 방식이다. 자신들이 받는 차별에 대한 목소리를 내거나 스스로를 표현하려 할 때, 그들은 그저 '화를 내는 사람', '공격적인 흑인 여성'으로 불리며 대중으로부터 묵살당한다. 우

내가 왜 예뻐야 되냐고요

리는 그들의 분노를 '오버 리액션'으로 받아들일 뿐, 그 분노가 어디에서 비롯되었는지는 알려고 들지 않는다. 결국 우리는 미디어 속 인종차별적 고정 관념을 통해 흑인 여성의 말은 듣지도 신뢰하지도 않도록 훈련되어온 것이다. 그렇게 훈련된 우리는 그들의 분노가 어디에 뿌리를 두고 있는지조차 조사하려 하지 않는다. 결과적으로 그들의 정당한 분노와 표현은 부당하게 묵살당한다(나는 이러한 시각을 작가 레이첼 리케츠(Rachel Ricketts)의 작품을 통해 얻었다).

당신의 에너지에 똑똑해져라,
에너지를 당신 사업의 화폐처럼 취급해라

친구들끼리 서로의 에너지를 보존할 수 있도록 정기적으로 체크해라. 각자의 것을 최우선으로 삼고 지킬 수 있도록 서로를 도와라. 그건 시간이 될 수도, 에너지나 돈이 될 수도 있다. 그게 무엇이고 가치가 어느 정도든 스스로를 제일 우선으로 두어라.

당신의 에너지는 한정된 화폐와 같다. 만일 다른 사람을 위해 일하는 데 너무 많은 에너지를 쓰고 있다면, 친구들에게 이번 주는 만나지 못할 것 같다고 말해라. 당신의 은행에 얼마만큼의 에너지가 남아 있는지 정기적으로 체크해야 한다. 마치 은행 잔고처럼 말이다. 당신 에너지의 수익과 지출에서 눈을 떼지 마라. 다시 말해, 남들에게 얼마만큼을 주고 당신은 얼마를 받고 있는지 지켜봐야 한다는 뜻이다. 사업할 때 수익보다 지출이 더 많으면 이익을 낼 수 없는 것처럼 당신의 에너지도 빈 상태로는 지속될 수 없다. 계속 능력 이상의 것을 해야만 하는 상황이라면, 정말 그럴 필요가 있는지 스스로에게 물어봐라.

우리는 여성들에게 '친절하게 행동해줄 것'을 기대한다. 하지만 그 기대의 진짜 의미는 "무료로 감정 노동을 해주세요"라는 요구다. 만약 여기에 순응하지 않는다면? 그럼 당신은 나쁜 년이 된다. 사람들이 나를 '나쁜 년'이라고 부르거나 내게 기가 세다고 할 때마다 내가 들은 건 그들 자신의 불안과 부족한 자존감의 소리였다. 나도 한때는 그런 사람이었으니까. 나도 한때는 자신만의 바운더리를 지키는 사람들을 나쁜 년이라고 부르는, 내 삶에 끼어든 사람들에게 짓밟히던 신발 닦기용 매트였다. 하지만 나만의 바운더리를 세우면서 나 자신을 양보하지 않는 법을 배웠다. 아마 당신도 처음에는 죄책감이 들 것이다. 하지만 다른 사람의 생각을 신경 쓰지 않고 자신의 에너지를 나누는 것이야말로 여성에게는 장려되지 않았던 '생존을 위한 필수적 기술'이다.

보답할 생각이 전혀 없는 사람에게 무료로 에너지를 나눠주지 말고, 더욱더 철저히 당신 자신에게 에너지를 집중시켜라. 스스로의 에너지를 소중히 해야 한다. 당신이 가진 에너지의 가치를 절대로 평가절하하지 마라.

실제로는 'No'면서 모든 것에 'Yes'를 외치고 있는가? 당장 멈춰라.

**만약 당신의 영혼에 영양분을 주지 않는 일을 거절하고
당신의 에너지를 아끼는 것이 '나쁜 년'이 되는 일이라면,
기꺼이 '나쁜 년'이 되자.**

당신의
에너지를 아끼라고.

CHAPTER 9

데이트하거나
데이트하지 않거나

내가 하고 싶은 게 무엇이고 하기 싫어하는 게 무엇인지 아는 건 큰 힘이 된다. 새로운 사람과 데이트하는 것도 나만의 바운더리를 만들고 스스로의 에너지를 지키는 연습이 된다. 그들이 괜찮은 사람이었든 괜찮지 않은 사람이었든, 꾸준히 데이트를 하는 건 자신의 숨겨진 면모를 알 기회를 제공한다.

새로운 사람과 데이트할 때 모든 인간은 다면적이라는 걸 반드시 명심해야 한다. 상대방은 데이트하는 내내 자신의 가장 매력적인 부분에만 조명을 밝혀 최고의 모습만 보여주려 할 것이다. 하지만 그에겐 당신이 모르는 다른 모습도 있다. 지난 시간의 역사, 예전의 관계와 행동, 그리고 트라우마까지. 누군가와 첫눈에 사랑에 빠졌는가? 하지만 그건 그 사람과 사랑에 빠진 게 아니다. 당신이 그에게 투사한 낭만적인 모습과 사랑에 빠진 것이다. 그게 실제 그의 모습인지 아닌지는 모른다. 그저 당신이 묘사해놓은 모습일 뿐이다. 아직 당신은 그의 '모든 것'을 알지 못한다. 첫눈에 사랑에 빠지는 건 로맨틱하지 않다. 건강하지 않은 바운더리의 실제적 징후가 될 뿐이다.

그렇기 때문에 첫 데이트를 할 때는 주의해서 위험 신호를 찾아야 한다. 첫 데이트를 인터뷰라고 생각해라. 함께해도 좋은지 서로 알아보는 시간이다. 겁주는 질문으로 압박 면접을 하며 데이트해야 한다는 말이 아니다. 지금 이 자리에서 좋은 인상을 심어주기 위해 노력하는 게 당신뿐만이 아니라는 걸 명심해야 한다는 거다. 당신은 인터뷰 중에 휴대폰으로 딴짓을 하겠는가? 인터뷰인데도 늦게 도착할 것인가? 인터뷰에 늦은 사람을 고용하고 싶겠는가? 데이트도 똑같다. 유해한 행동 패턴을 여러 번 보여주었거나 자신의 사생활을 너무 많이 드러냈다면, 또는 휴대폰을 끊임없이 확인한다면, 그가 당신에게 더 편해졌을 때는 과연 어떤 모습을 취할지 고민해봐야 한다.

설마 당신도 매번 똑같은 놈팡이만 꼬인다고 불평하며 인생을 보내는 사람 중 한 명인가? 너무도 사랑스러운 당신에게 이런 얘기를 하기는 싫지만, 정말 그런 놈팡이만 꼬인다면, 그건 당신의 자존감이 땅에 떨어져 있기 때문이다. 우리는 각자 받을 만하다고 생각하는 만큼의 사랑만 받아들인다. 인정하기 힘들겠지만, 불편한 진실을 직시하는 것에서부터 성장이 시작된다는 걸 명심해야 한다. 우리 사회는 우리가 마땅히 받을 만한 대우가 아닌 것들까지 정상적인 것으로 간주한다. 무엇인가를 정상으로 취급한다는 건 그것을 의심하지 않고 받아들이는 걸 의미한다. 결국 우리는 썩 좋지 않은 파트너에 만족한다. 스스로 그보다 더 나은 사람을 만나 마땅한 사람이라는 걸 믿지 않으며, '우리 같은 사람들'에게 '더 나은' 사람이 존재할까 싶은 의문을 품는다. 이 상태를 손쓰지 않고 계속 놔둔다면, 당신의 관심과 돌봄을 필요로 하는 연인을 무의식적으로 찾아다니게 될 수도 있다. 사실은 당신 스스로를 돌보고 싶으면서 말이다. 이것도 투사의 한 형태다. 남을 치료해주고 싶다는 마음 때문에 스스로에게 집중하지 못한다. 결국 정작 스스로에게 필요한 치료는 하지 못한다. 자진해서 남을 치료하며 스스로의 에너지를 분산시키고 있는가? 그렇다면 당신에게도 치료가 필요한 상처가 있지만 애써 모른 척하고 있다는 뜻이다. 이제는 당신의 상처들을 마주하고 돌봐야 할 때다.

누군가 자신이 어떤 사람인지 보여준다면,
처음부터 그를 믿어라.
- 마야 안젤루(Maya Angelou)

어쩌면 그는 굉장히 매력적인 사람일 수도 있다. 설사 그렇더라도 나쁜 놈이라면, 그는 그냥 나쁜 놈일 뿐이다. 당신이 배워야 할 건 그를 위해 당신 자신과 스스로의 기준을 조금 양보해볼까 싶은 생각이 들기도 전에 손에서 그를 놓는 방법이다. 첫 위험 신호를 간파하자마자 놓아야 한다. 당신 자신과 당신의 인생을 위해 더 나은 것을 요구하는 건 사실 매우 힘든 일이다. 가끔은 외롭기까지 하다. 하지만 타협하라는 유혹에 빠질 때마다 이 사실을 기억해야 한다. 당신은 누군가의 정서적 성숙함과 데이트하고 있는 것이지, 그의 턱선과 데이트하는 게 아니라는 걸. 위험 신호를 알리는 붉은 깃발이나 '만남 장애 요인'을 무시하면 결국 일이 꼬일 것이다.

'우리는 부스러기에 만족하지 않을 것이다, 절대로.'
앞에서 약속했던 이 말, 기억하고 있는가?

한때 잘생긴 외모에 직업까지 좋은 남자와 데이트를 해본 적이 있다. 그는 심리 치료를 받고 있었다. 처음에는 아주 괜찮은 데이트였다. 그가 전 여자친구 얘기를 꺼내며 "외모에 너무 많은 시간을 투자하는 여자랑은 더 이상

못 만나겠어요"라는 말을 꺼내기 전까지는 말이다. 그러면서 그는 남녀 간 임금 격차가 있다는 말을 믿지 않는다는 이야기까지 덧붙였다. 그때 내가 어떤 표정을 지었을지 상상해봐라. 그 말을 듣자마자 그에게 말했다. 우리는 서로 관점이 달라 잘 맞지 않을 것 같다고. 그러고는 그에게 잘 마셨다고 말하고 택시를 불러 집으로 돌아왔다. 내게는 그의 잘못된 생각을 바로잡기 위해 낭비할 시간이 없었다. 내가 이 남자를 오픈 마인드의 페미니스트로 성장시킬 수 있을 거라고 믿고 싶지 않았다. 나는 프로젝트를 찾고 있는 게 아니다. 누군가의 '잠재적인 가능성'과 사랑에 빠져서는 안 된다. 그건 그냥 자기 자신을 놀리는 것뿐이다. 그것 또한 투사의 한 형태이기 때문이다. 애당초 그들에게 존재하지 않는 모습과 사랑에 빠져놓고는, 내가 원하고 필요한 것으로 그 갭을 채우려고 한다. 투사를 이용해서 말이다. 그러나 당신은 그 사람의 진짜 모습은 바꿀 수 없다. 그는 나에게 자신이 어떤 사람인지 보여주었고 그런 그를 믿었을 뿐이다. 첫 데이트였지만 그를 믿고 나 자신을 사랑하기로 결정한 것이다.

내가 남들에게 괜찮은 사람인지 그만 고민해라.
그러는 그들은 당신에게 괜찮은 사람들인가?

데이트를 하는 내내 상대가 나를 어떻게 생각할지 신경 쓰다 보니 내가 그를 좋아하긴 하는지, 그의 행동이 내 에고를 받쳐주긴 하는지 등은 전혀 생각하지 못한다. 그저 그가 나를 원하기를 바랄 뿐이다. 하지만 절대로 이 두 가지를 섞어서는 안 된다. 당신이 다른 사람에게 관심을 받는 데 익숙하지 않다면 훨씬 더 어려울 수 있겠지만, 이 규칙은 누구에게나 적용되는 것이라는 사실을 명심해야 한다. 우리는 우리가 바라는 방식으로 존중받을 자격이 있다. 우리는 아주 어렸을 때부터 배워온 로맨틱한 생각과 이성애적 열망을 데이

네가 알아주는 것만으로도
얼마나 큰 특혜인지
모르는 사람한테는
단 1분도 쓰지 말 것.

트 상대에게 자주 투사한다. 〈보잭 홀스맨(BoJack Horseman)〉*에서 부엉이 '완다'가 얘기한 것처럼 "장미색으로 물든 안경을 쓰고 누군가를 바라보면, 붉은 깃발이 그냥 깃발처럼 보이게 마련이다."

언제 데이트할까

"나는 내 에너지가 저주파로 진동할 땐 데이트하지 않는다. 그건 마치 재고 정리 선반에 스스로를 올려놓는 것과 같다."
– 니콜 케인(Necole Kane)

부스러기는 당신이 배가 고플 때만 매력적으로 보인다. 그러니 당신은 언제나 배부른 상태여야 한다. 이별을 겪은 직후이거나 무기력한 상태일 때는 데이트 상대를 찾지 마라. 그건 당신 스스로 '당신이 마땅히 누려야 할 것보다 더 적은 것에 만족'하는 구역에 들어가는 것과 같다. 자기 파괴적 행동의 사이클을 반복하다 결국 당신이 알고 지낼 가치도 없는 사람과 데이트하게 된다. 과거에 나도 내게 좋지 않은 영향을 주던 사람들과 데이트하며 그들을 기쁘게 하려고 노력하곤 했다. 나 자신을 별로 좋게 생각하지 않았기 때문이다. 그저 나는 누가 나를 좀 봐줬으면 했다. 그러나 결국 누군가를 잊기 위한 최고의 방법이 또 다른 누군가의 '밑으로 들어가는 게' 아니라는 걸 깨달았다. 물론 그들이 당신의 주의를 잠깐 끌 수는 있다. 당장의 힘들고 외로운 마음을 잠깐은 위로해줄 수 있다. 하지만 그렇게 하다간 스스로의 자존감을 애정 생활로만 확인하려 들지 모른다. 스스로 가치 있는 사람이라는 확인을 받기 위

---

*넷플릭스에서 방영 중인 애니메이션 – 옮긴이
**저주파로 진동할 땐 에너지의 밀도가 높아지고 무거워져 문제를 더욱 부정적으로 보는 경향이 있고, 반대로 고주파로 진동할 땐 에너지가 가벼워져 긍정적으로 생각하는 경향이 있다는 견해가 있다. – 옮긴이

해 남의 인정을 더욱더 갈구하게 될 것이다. 안정적인 상태도 아닌 무기력한 상태에서 외부의 인정을 갈망하는 중이라면, 누군가의 매력에 쉽게 흔들릴 가능성이 크다. 이때는 위험 신호를 알려주는 붉은 깃발을 무시하거나 당신을 통제하려는 상대의 행동을 간과하기 쉽다. 무기력한 상태일 때 스스로의 에너지 사용에 대해 전혀 경계하지 않는다면, 누가 됐든 당신에게 제일 먼저 특별한 느낌을 주고 온전함을 느끼게 해주는 사람을 또다시 아무런 검문 없이 당신의 인생에 들어오도록 허락해버릴 것이다. 그가 당신에게 좋은 사람인지 아닌지는 중요하지 않다고 여긴다. 이때를 주의해야 한다. 이때가 바로 독이 가득한 관계가 피어나는 시기다.

스스로를 사랑해야 데이트에서 우위를 점할 수 있다. 왜냐하면…

- 누군가의 정체성과 결부되지 않아도 스스로 가치 있는 사람이라는 사실을 알기 때문이다.
- 나는 누군가의 '반쪽'이 아니라, 온전한 사람으로서 독특한 가치를 지닌 '나'라는 걸 깨닫기 때문이다.
- 나를 완벽하게 해줄 누군가가 이제는 필요하지 않기 때문에 더 이상 타협할 필요를 느끼지 못하기 때문이다. 나를 완벽하게 만드는 건 언제나 나 자신이다.
- 내 기준에 부합하지 않는 사람들에게 'No'를 외치는 것을 더는 힘들어하지 않기 때문이다. 그렇게 스스로의 욕구와 바람에 좀 더 가까워질 것이다. 마치 '자기 관리'처럼 내게 기운을 북돋아줄 것이다.

나의 삶에 가치를 더하자.

그게 싫으면 부숴버리든가.

나는 내 에너지를 쓰는 방식이 너무나도 만족스럽다. 다른 사람이 뭐라고 생각하든 그건 내가 알 바 아니다. 지금까지 나는 원래의 상태로 회복되기 위해 산산이 부서진 인생의 조각을 네발로 기어 다니며 긁어모아야 했다. 너무 많은 사람들 때문에 부서진 내 인생의 조각들이었다. 그리고 이제는 무엇이 됐든 내 인생에 관련된 일이라면 어떤 것도 대충 놔두지 않는다. 무엇이든 나를 위한 최선인지 스스로에게 늘 확인하며 살고 있다. 지금의 내 바운더리는 협상 불가한 영역이다.

언젠가 정신적으로도 육체적으로도 지치게 만드는 데이트를 하고 난 후, 나만의 '체크리스트'라고 부르는 것들을 적은 적이 있다. 새로 내 삶에 들어오려 하는 사람에게는 어떠한 일이 생겨도 내 기준과 바운더리를 절대 양보하지 않겠다는 걸 확실히 하기 위해서였다. 그렇게라도 해두면, 아무리 무기력하고 스스로를 의심하는 상태가 되더라도 다시 마음을 다잡을 수 있게 된다. 한마디로 나 자신에게 책임감을 갖는 것이다.

내 체크리스트에 있는 몇 가지

- 이 사람과 건강한 갈등을 겪고 있니?
- 그의 행동에서 내 시간을 존중하고 있다는 게 보여?
- 이 사람, 페미니스트야?

위험 신호를 알리는 붉은 깃발 리스트

- 지금 얘네, 친구한테도 못할 말을 나한테 서슴없이 말하고 있지는 않니?
- 지금 얘네, 자기들 얘기만 주야장천 하고 있지는 않니?

– 지금 얘네, 다른 사람에 대해 부정적으로만 얘기하고 있지는 않니? 그것도 아무 이유 없이?

그럼 이제 당신만의 체크리스트를 만들 차례다. 물론 내 리스트와는 다를 것이다. 당신한테 맞지 않거나 별로 중요하지 않다고 생각된다면, 굳이 나와 똑같은 기준을 적용할 필요는 없다. 이 리스트는 내가 상대로부터 받고 싶은 것들을 항상 받을 수 있도록 만든 개인적인 리스트일 뿐이다. 한마디로 스스로를 체크하는 리스트다. 그렇다. 우리가 스스로에게 얼마만큼 자부심을 느끼든, 우리는 항상 최고를 누려야 한다.

당신의 데이트 '선호'는 정치적이다

"난 여성스러운 남자랑은 데이트 안 해."

"난 아시아 여자가 좋더라."

"나는 손이 많이 가는 여자는 싫어."

"나는 남자 같은 여자가 좋아."

"난 드라마틱한 데이트는 못 견뎌."

"나는 흑인 남자하고만 데이트해."

누군가와 데이트를 할 때, 우리는 각자 자기만의 '선호'를 가지고 있다. 취향이나 취미 또는 직업 전망 등 매우 다양하다. 하지만 그게 누군가의 정체성과 관련된 내용이라면 그 자체로 당신의 선호는 매우 정치적인 것이 되어버린다. 직원 고용을 예로 들어보자. 직원을 고용할 땐 차별을 금지하는 법이 마련되어 있다. 유색인종 사람, 퀴어* 성향을 지닌 사람, 그리고 소외된 사람 모두가 안정적으로 고용될 수 있도록 법적으로 보장한다. 최소한 고용 과정

*일반적으로 동성애자를 뜻한다. – 옮긴이

에서는 차별받지 못하도록 말이다. 만약 한 회사가 부당하게 차별하다 들켰다면, 그 회사는 곧 그에 대해 책임을 져야 한다. 이제 다시 데이트로 돌아가 보자. 우리의 '선호'가 우리 내면의 무의식적 선입견과 인종주의적 편견에 영향을 받지 않았다는 걸 어떻게 확신할 수 있는가? 사람들은 서로 각자 다른 취향을 지니고 있으며, 선호 또한 그런 취향 중 하나라고 여긴다. 하지만 무엇이 우리의 취향에 영향을 주는가(힌트: 이게 바로 '매력 정치'다)?

우리가 누구와 데이트하고 누구에게 끌리는지 들여다보자. 그러면 하나의 사회로서 우리가 지닌 집합적 '선호'가 여러 요인에 영향을 받는다는 걸 알게 될 것이다. 무의식적인 편견과 문화적 영향, 우리가 소비하는 가부장적 아름다움에 대한 내러티브, 그리고 미디어를 통해 배우는 매력 등이 그것이다. 결국 모든 개개인의 바람과 선호는 선천적으로 정치적이다.

매력적으로 보이지 않는 사람들의 말도
귀담아들으며 존중하고 있는가?

나는 매력의 척도 중 상위에 속한다. 날씬하고 신체 건강하며 백인에다 시스젠더이고, 여성스럽기까지 하다. 그래서 사람들은 내게 마음을 쉽게 터놓는다. 그러고는 나를 '친절'하고 '무고한' 사람으로 여긴다. 내가 입을 열기도 전에 말이다. 나 스스로가 끔찍한 사람인지 아닌지는 차치하더라도, 일단은 사회가 바라는 '바람직한' 사람의 기준에 맞기 때문에 많은 특권을 누리고 있다. 일단 백인이기 때문에 남들보다 더 많이 존중받는다. 또 사회가 기대하는 방법으로 성을 표현하기 때문에 좀 더 바람직한 여성으로 여겨진다. 말랐기 때문에 좋아하는 옷을 마음대로 입을 수 있는 특권도 있다. 내게 맞는 사이즈가 없을까 봐 옷 가게에서 발을 동동 구르며 초조해하지 않아도 된다. 건강과 관련된 질문을 받지 않는 것도 특권이다. 시스젠더이기 때문에 트랜스젠더가 쇼핑할 때 듣는 신체에 관한 질문은 듣지 않아도 된다. 그저 내 몸대로 존재하기만 해도, 사회에서 더 좋은 대우를 받는다. 물론 이건 대단히 공평하지 않은 일이다.

이 사회에는 다른 사람들보다 더 '매력적인' 모습을 하고 있다는 이유만으로 아무런 노력 없이 여러 특권을 누리는 사람들이 있다. 이를 인정해야 한다. 매력은 우리 개개인의 취향에 따라 주관적인 것이지만, 아름다움에 대한 사회의 집단 사상은 인종차별주의와 비만공포증, 성차별주의가 주장하는 미의 기준에 영향을 받으며 그것들에 의해 통제된다. 가부장제도 물론이다. 우리의 인종차별적이고 동성애 혐오적이며 비만공포증적인 사회는 그들에게 순응하는 사람들을 우선으로 대우한다. 그리고 그 사람들은 그저 있는 그대로의 몸으로 존재한다는 이유만으로 남들보다 더 나은 대우를 받는다.

페티시와 존중을 헷갈리지 마라

어린 시절부터 당신이 잊고 살아온 인류애를 다시 끄집어내기 위해서는(그 과정은 별로 편안하지 않을 것이다), 존중과 페티시즘을 구분하는 방법을 배워야 한다. 소외된 사람들을 존중하는 것과 그들에게 페티시즘을 느끼는 걸 혼동해서는 안 된다.

예를 들어보자. 백인 중에는 자신의 데이트 취향이 인종차별적이지 않다는 걸 보여주기 위해 흑인하고만 만나는 사람들이 있다. 그러나 우리는 특정 사람들을 기피하는 것만큼이나 특정 사람들하고만 데이트하는 페티시 또한 큰 문제가 된다는 사실을 알아야 한다. 살이 찐 사람이나 트랜스젠더, 아니면 유색인종 사람이나 장애가 있는 사람들 등 소외된 사람들을 상대로 페티시를 가진다는 건 그들에게서 그들의 특별함과 다면성, 그리고 개성을 없애버리는 것을 의미한다. "나는 아시아 여자애들이 좋더라"라고 말하는 건 의도가 아무리 좋다 해도 칭찬이 될 수 없다. 그저 그들에 대해 모든 걸 알고 있다고

내가 왜 예뻐야 되냐고요

착각하는 것뿐이다. 그들은 동일 집단처럼 똑같이 행동하지 않는다. 이렇게 말하는 사람들은 자신의 고정관념에 부합하지 않는 아시아 사람과는 좀처럼 데이트하려 하지 않는다.

당신이 보기에도 그들이 정말 모든 타입의 아시아 여성들과 데이트하고 있는가? 단지 자신의 고정관념에 딱 들어맞는 몇 명하고만 데이트하고 있지는 않은가? 특정 단체 사람들에 관해 '긍정적인' 고정관념을 가지고 있는지가 중요한 게 아니다. 소외된 사람들은 이러한 고정관념에 부응하기 위해 불공정하고 해로운 압박을 견뎌야 한다. 바로 이게 중요하다.

**데이트의 세계를 항해하는 동안 무의식의 통제에서 벗어나고 싶다면,
또한 모든 곳에 존재하면서 바람직한 것으로 여겨지는
불공정한 가부장제 사회에 경각심을 주고 싶다면,
먼저 자신이 가진 선호에 대해 질문해야 한다.**

새로운 사람과 데이트를 할 때마다 타인뿐 아니라 나 자신에 대해서도 많은 걸 배울 수 있었다. 데이트 앱으로 데이트할 상대를 물색할 때마다 '왼쪽으로 스와이프'해 거절하기 전에 상대의 프로필을 꼼꼼하게 분석했다. 그러고는 스스로에게 물었다. "왜 이 사람한텐 끌리지 않는 거지?"라고. 어쩌면 이 질문이 필요 이상의 것처럼 들리겠지만, 이렇게 스스로에게 질문을 던짐으로써 내가 미처 깨닫지 못했던 나만의 무의식적인 편견을 깨닫고 분석할 수 있다. 만약 당신이 이 책에서 한 가지 얻는 게 있다면, 모든 것에 질문하는 습관이었으면 좋겠다. 당신 스스로를 포함해서 말이다.

수축 기계로 향하는 길

시스젠더 남자들과 대화를 나눌 땐 마치 나 자신이 수축 기계 안으로 던져

지는 기분이다. 이 기계는 사회의 바람직한 이상향에 나를 정확하게 맞추도록 설계된 기계다. 하지만 너무 섹시해서도 너무 눈길을 끌어서도 안 된다. 그들의 눈길을 끌 정도로 흥미로워야 하지만, 그들에게 무력감이나 불편함을 주지 않도록 너무 흥미롭거나 지적이어서는 안 된다는 말이다. 언제나 그는 자신감 넘치는 사내여야 한다. 그에게 도전이 되지 않도록 나는 혼자 달걀 껍질만 밟아야 한다. '그에게 무력감을 주거'나 그의 자아에 손상을 주는 방식으로 나를 표현해서는 안 된다. 정말이지 너무도 진 빠지는 일이지만 어쩔 수 없다. 여성들은 지금까지 수 세기 동안 이런 것들을 견뎌왔다. 남자들의 남성성에 순응한 채, 그들 주위에 움츠러든 상태로 가능한 한 작은 공간만 차지해왔다. 이런 상황을 모두 쳐내기 전까지 우리는 그들의 자아를 위해 우리의 다면적인 자아를 영원히 굽혀야 할 것이다.

커밍아웃했을 때 겪었던 불편한 변화 중 하나가 바로 물리적인 힘을 동원해 이 수축 기계(시스젠더 남자와 데이트하는 것)에서 걸어 나오는 것이었다. 우리 사회가 강요하는 낡아빠진 성 역할에서 벗어나 스스로에게 자유롭게 행동할 자유를 주기 위해서는 그 기계에서 나와야 했다. 처음에는 타협할 필요도, 사과할 필요도 없는 데이트가 익숙하지 않았다. 내 바운더리를 존중하고 내가 움츠러드는 걸 원하지 않는 사람들과 데이트하는 게 처음에는 거절당하는 것처럼 느껴졌다. 그 전까지는 내 기준을 낮추고 타협하는 것이 사랑이라고 배워왔기 때문이다.

만약 당신이 잠시라도 수축 기계 안에 있었다면, 성 역할을 수행할 필요 없는 데이트, 이성애 규범적인 기준을 고수할 필요 없는 데이트, 그리고 유해한 행동을 받아들여야 하거나 스스로를 작게 만들 필요 없는 데이트가 불편하게 느껴질 수도 있다. 하지만 당신은 곧 지금까지 받아온 것보다 더 나은 대우를 받아야 마땅한 사람이었다는 걸 스스로 깨닫게 될 것이다. 그동안 스스로 타협하고 움츠러드는 인생을 살아왔다는 사실도 깨달을 것이다. 하지만

　내가 왜 예뻐야 되냐고요

스스로가 무엇을
원하는지 솔직해지는 것.

그리고 그것을
상대에게 솔직하게
말하는 것.

상상만 해도 대단히
섹시하다.

이 불편함은 당신을 한 단계 앞으로 나아가게 만드는 성장의 고통이라는 걸 잊어선 안 된다. 당신이 반드시 감내해야 할 고통이다. 밀고 나가기 위한 대응 기제를 찾아라. 유해한 관계 다음에 오는 건강한 관계는 당신이 혼돈과 위험에 익숙해질 때 비로소 조용하고 흐릿하게 찾아온다. 당신은 일관적이며 상호 소통이 가능한 관계를 가질 자격이 있다는 걸 기억해야 한다. 그리고 그런 관계야말로 건강한 관계라는 것도 기억해야 한다. 당신은 당신이 지닌 다면적인 자아의 모습 그대로 편하게 숨 쉴 여유를 누려야 한다.

누군가는 감정적으로 메마른 사람과 데이트하는 당신을 보며 '당신은 고통받는 데 중독됐다'고 할지 모른다. 어떻게 보면 맞는 말이기도 하다. 그런 데이트는 예측 불가능성을 낳는다. 그리고 우리는 그 예측 불가능성 때문에 그런 데이트를 더 많이 갈구하게 된다. 심리적인 원리다. 설사 우리가 이길 수 있을지 정확하지 않다 하더라도, 우리는 결과를 알 수 없는 일에 더 많이 매달린다. 이는 인간의 본성이다. 도박과 같다. 기분을 좌우하는 호르몬, 이를테면 세로토닌과 도파민, 그리고 노르에피네프린 같은 호르몬이 우리를 중독자로 만든다. 누군가 우리 인생에 맘대로 들락날락하며 '잠수 이별'을 반복할 때 우리 심장은 더 빨리 가속 페달을 밟는다.

얼마나 비극적인가.

결국 우리는 감정이 메마른 사람들과 사랑에 빠지도록 되어 있다.

잠수 이별

"때로는 당신이 원하는 것을 얻지 못한 것이 말도 안 되게 놀라운 천운이었다는 걸 명심해라."
– 달라이 라마(Dalai Lama)

데이트를 하면서 당신이 극복해야 할 가장 힘든 일 중 하나가 바로 잠수 이별이다. 어떠한 설명도 듣지 못한 채 혼자 남겨져 내가 왜 이런 상처를 받아야 하는지 계속 곱씹게 된다. 곧 그 상처는 내면화되고, 어느새 당신의 개인적인 잘못 때문인 것처럼 느끼게 된다.

누군가와 끝내주는 밤을 보냈다고 해보자. 밤을 보내기 전에 그는 분명 앞으로도 당신과 관계를 이어가고 싶다고 얘기했다. 그런데 그다음 날부터 당신 앞에 나타나지도 않고 문자에 답하지도 않는다. 잠수 이별의 한 형태다. 그들이 잠수 이별을 선택하는 이유는 여러 가지겠지만, 중요한 건 그중 어떤 이유도 당신과 관련된 건 없다는 사실이다. 짧게 확인받는 것에 대해 내가 한 말을 기억하는가?(50페이지 참고) 만약 잠수 이별을 당했다면, 당신도 자존감 낮은 누군가에게 당한 것일 확률이 높다. 그 사람도 자신의 낮은 자존감 때문에 즉각적인 만족을 얻기 위한 수단으로 당신과 사귀었을 것이다. 당신은 그의 공허함을 일시적으로 채워주는 '한 발'의 도파민이었을 뿐이다(마음 아픈 말인 거 알아, 미안해!). 하지만 명심해라. 사람들이 당신을 대하는 방식은 그들이 그들 자신을 어떻게 생각하는지를 반영하는 것일 뿐, 당신에 관한 걸 반영하는 게 아니라는 걸. 사람들은 보통 잠수 이별을 아무렇지도 않게 생각한다. 이 폭력의 사이클을 반복하는 게 얼마나 큰 정서적 학대인지 전혀 깨닫지 못한다. 특히 관계를 끝내지 못한 채 그가 당신의 인생에 지속적으로 들락날락거리는 것을 반복하도록 놔둔다면 정서적 학대는 더욱 심해진다. 그는 당신에게 부스러기 따위나 던져주면서 아무렇지 않게 다시 당신의 인생에 들어올 것이다. 원리는 이렇다. 그들의 갑작스러운 잠수로 당신은 스스로의 가치에 대해 의심을 품기 시작한다. 내가 이런 취급을 받을 정도로 '잘못했는지', 잘못했다면 무엇을 잘못했는지 고민한다. 이러한 자기 회의는 그가 당신의 인생에 다시 끼어드는 걸 더 쉽게 만든다. 결국 심심해진 그가 당신을 다시 원할 때마다 당신은 그를 쉽게 받아주게 된다. 낮아진 자존감을 높이기 위해 그의 인정과 애정이 필요하다는 갈망을 그가 당신의 내면에 심어놨기 때문이다. 이 모든 게 그 때문인데도 말이다! 그가 만든 공허함이다. 어찌 보면 자본주의 시스템과 비슷한 원리다. 마치 수요와 공급 곡선처럼 말이다.

잠수 이별을 절대로 정상적인 것으로 간주해서는 안 된다. 보편적인 이별의 한 형태로 받아들여서도 안 된다. 잠수 이별은 미묘하긴 해도 정서적 학대가 분명하다.

잠수 이별을 당한 사람에게 해줄 수 있는 조언?
'그냥 잊어버리고 앞으로 계속 나아가라.' 이것뿐이야.
너의 고통을 키우지 마.
단지 그가 널 좋아하지 않는 것뿐이니까.

그 사람을 생각하느라 에너지를 낭비하지 마라. 친구들과 합세해 더 자세한 내막을 알아보려 애쓰지도 말고, 괜한 빨대만 쥐어짜며 그를 위한 변명을 만들어내려고도 하지 마라. 그가 여전히 당신을 생각하고 있는지 알아보기 위해 그의 SNS를 들락날락거리는 것도 그만둬라. 만약 누군가 당신을 좋아하고 있다면, 그는 어떻게든 당신에게 이 사실을 알릴 것이다. 그러니 '혹시', '만약' 같은 것에 빠져 허우적대며 이 행성에서 할당받은 당신의 제한된 시간을 낭비하는 걸 멈춰라. 당신 스스로를 위해 써야 하는 시간이다. 그는 절대로 당신을 생각하는 데 자신의 에너지를 쓰려고 하지 않을 것이다. 그는 이미 당신과 더 이상 대화하지 않는 쪽을 택했다. 단지 문만 닫지 않았을 뿐이다. 그러니 이제 당신이 직접 그 문을 닫아라. 당신은 한결같이 안정적이며 언제든 자유롭게 소통할 수 있는 관계를 누릴 자격이 충분하다. 왜 마땅히 누려야 할 것보다 말도 안 되게 부족한 것에 만족하려 하는가? 상대방이 알아주지 않는 사랑은 지루하다. 더 이상 가치가 없는 사람들이 던져주는 부스러기를

내가 왜 예뻐야 되냐고요

줍지 마라. 그들의 인정은 필요하지 않다. 우리는 온전한 케이크 하나를 원할 뿐이다. 그리고 우리는 마땅히 그럴 만한 자격이 있다.

그를 다시 보고 싶은 게 맞는가? 누군가가 더 이상 원치 않는 사람이 되었다는 사실을 당신의 자아가 처리하지 못하고 있는 건 아니고?

당신의 새로운 임무다. 아직 해보지 않았다면, 어차피 곧 이별을 얘기할 것 같은 그 사람과 더 이상은 마음이 끌리지 않는 그 사람에게 먼저 이별을 고하는 연습을 해봐라. 당신의 안전을 위해 대면하지 않고 이별을 고해야 하는 몇몇 경우를 제외하고는 대화를 피할 이유가 전혀 없다. 당신의 헤어 디자이너가 다른 손님을 받을 수 있도록 예약을 취소하겠다고 미리 얘기해주는 거다. 지금 데이트하고 있는 상대에게 당신은 그저 관계에 얽매이지 않고 서로 자유롭게 즐길 수 있는 사람을 찾는 것뿐이라고 얘기해라. 그에게 당신이 원하는 관계를 확실하게 밝혀라. 또는 "나는 지금 제대로 존중받지 못하고 있는 것 같아"라고 솔직하게 말해라. 그가 '알아차려주겠지' 하는 마음으로 수동적인 공격 성향의 마음을 혼자 품고 있지 말고. 그저 직접적으로 말하는 것만으로도 매우 많은 불쾌한 관계가 편해질 수 있다.

사람들은 스스로의 시간을 존중하는 사람을 존중한다. 물론 반대도 똑같다.

소통의 간격을 좁혀보자.

퀴어의 첫 데이트

퀴어의 첫 데이트에는 미리 짜놓은 각본도 정해진 성 역할도 없다. 하지만 재밌게도 정형화된 룰은 있다. 그들은 보통 자본주의에 대해 실없이 떠드는 것으로 시작한다. 그러다 서로 비슷한 사람들만 만나왔다는 사실을 알아내면 이내 자신의 커밍아웃 스토리를 들려준다. 그렇게 몇 시간씩 이야기를 나누며 서로에게 조금씩 가까이 다가간다. 먼저 다가가는 건 아무도 원하지 않는다. 정말 아름답다. 미리 정해진 성 역할을 충족시킬 필요 없이 각자의 자아를 온전히 꽃피울 수 있는 이 경험을 나는 사랑한다. 딱 하나, 오랜 시간 동안 앉은 채로 지금 뭐 하는 것일까 궁금해해야 하는 것만 빼고.

"이게 데이트야, 아니면 그냥 친구끼리 놀러 나온 거야?"

누군가는 나에게 퀴어의 데이트가 얼마나 애매모호해질 수 있는지 미리 경고해주었어야 했다. 그가 싱글인지 아닌지 알아내야 할 뿐만 아니라 그들이 동성애자인지 아닌지도 알아내야 한다(무지개 깃발의 표시를 찾아 그의 인스타그램 페이지를 열나게 스크롤해야 한다). 그리고 나선 지금 이 사람이 나에게 빠졌는지 아닌지까지 알아내야 한다. 어쩌면 나와 그냥 친구만 하고 싶어 하는 것일 수도 있다.

데이트에 나가서 이게 데이트인지 아닌지 알아내기 위해 기다리는 건 정신적으로나 육체적으로나 전혀 가치가 없는 일이다. 지금껏 매우 애매모호했던 여자들과의 '아마도 데이트'를 많이 해봐서 안다. 절대 이런 것에 스스로를 낭비하지 않았으면 좋겠다. 명료해야 한다. 우리에게는 정해진

룰이 없다. 그렇기 때문에 잘못하면 러닝타임이 다소 긴 게임이 될 수도 있다. 퀴어 데이트를 항해하고 싶다면(데이트하는 내내 혼란스러워하지 않으려면) 대화 기술부터 갈고닦아야 한다. 특히 당신이 여성 롤이라면 말이다. 당신의 여성스러움 때문에 세상은 당신을 이성애자로 생각할 것이다. 그저 '한잔하고 싶을 뿐'인 이성애 여성은 호감이 있어 한잔하러 가고 싶은 사람에게 그 감정이 얼마나 혼란스러운지 알지 못한다. 아마도 다시 당신의 자리로 되돌아와 있을 것이다. 당신의 에너지를 아껴라. 그러고는 원하는 걸 직접적으로 이야기해라.

퀴어와 데이트를 하려 할 때 "한잔하러 갈래?"라는 표현은 그다지 명확하지 않다. 특히 당신도 퀴어라는 걸 그들이 알 수 없을 땐 더더욱 그렇다. 확실하지 않을 경우에는 당신과 데이트할 의향이 있는지 명확하게 물어봐야 한다. 반대로 그들이 당신에게 한잔하자고 할 때는 이게 데이트인지 아닌지 당신이 역으로 물어봐야 한다. 일어날 수 있는 최악의 상황은 이렇게 물어봤을 때 자신들은 동성애자가 아니라거나 동성애자여도 싱글이 아니라는 대답을 듣는 것이다. 또는 당신한테 관심이 없다는 대답을 들을 수도 있다. 그래도 이렇게 솔직하게 물어보다 보면 자신감을 키울 수 있다. 거절당해도 아무렇지 않게 대처할 수 있는 능력과 함께 말이다. '아마도 데이트'에 나가 그들의 보디랭귀지를 분석하고 그들이 먼저 액션을 취해주기를 기다리며 시간을 헛되이 쓰다가 그 전보다 훨씬 더 혼란스러운 상태로 집으로 돌아오는 것보다 차라리 처음부터 거절인 걸 바로 아는 게 낫다. 거절인 걸 알았을 땐 동성애자가 아니라서 그러는 건지 아니면 그냥 나한테 관심이 없어서 그러는 건지 직접적으로 물어보자. 오히려 그렇게 하면 시간이 있을 때 그 거절에 대해 나 자신과 깊은 이야기를 나눌 수 있어 훨씬 좋다. 시간을 매우 절약해주는 행동이다. 당신이 무엇을 원하는지 솔직하게 말하는 것, 그리고 그것에 관해 상대와 터놓고 대화를 나누는 것은 대단히 섹시한 행동이다. 물론 당신의 인생까지 더 심플하게 만들어 주기도 한다. 당신의 에너지를 지켜라. 그들에게 데이트인지 아닌지 먼저 물어보자.

섹스는 사랑하되 섹시즘은 혐오하라

(그리고 절대 오르가슴을 연기하지 마라)

탱고를 출 때도 2명이 필요하다. 그런데 왜 이성 관계에서는 여성의 만족이 여전히 뒷전인가?

어째서 우리는 우리도 섹스를 즐길 줄 알며, 마스터베이션을 통해 스스로를 만족시킬 수 있다는 사실을 수치스러워하는가? 남자들이 그러는 것처럼 여러 명의 파트너와 즐길 수 있다는 걸 넌지시 내비치기만 해도 왜 수치스러워해야 하는가? 만약 젊은 여성들에게 섹스는 오직 남자들만이 즐길 수 있는 거라고 가르친다면, 그 가르침에는 과연 어떤 메시지가 담기겠는가? 우리는 겨우 그들의 오르가슴을 위한 상대일 뿐인가? 우리의 즐거움은 어디에 있는가? 현재의 성교육은 이성애 규범적인 내용으로 가득하다. '동의'에 대한 토론도 별로 이뤄지지 않는다. 그러니 첫 경험을 통해 불필요한 트라우마를 겪는 사람이 많은 것도 별로 놀라운 일이 아니다. 도대체 지금 우리가 무슨 짓을 하는지 아무도 모른다.

'성 긍정주의'는 내 몸에 대한 자율권이 내게 있는 걸 의미한다. 내가 무엇을 원하든 나만의 성적 취향을 표현할 수 있는 고유한 권리다. 내가 무엇을 좋아하는지 공부해 스스로 연습하거나 하룻밤 즐거움을 위해 '틴더'에서 상대를 찾거나, 아니면 스스로 무성애 성향이 있다는 걸 깨닫고 섹스를 우선순위에서 배제하기로 결정하거나 하는 행동이 당신의 성적 취향을 표현하는 방법이 된다. 왜냐고? 여기엔 어떠한 기준도 없기 때문이다.

우리는 인생을 살면서 다양한 경험을 한다. 우리가 느끼는 모든 것은 실재하는 것이며 그 자체로 유효하다. 물론 현재 인생의 어떤 지점에 있고 무엇을 필요로 하는지에 따라 오르락내리락할 수도 있다. 하지만 우리에게 필요한 건 스스로의 목소리와 욕구에 귀 기울이는 일이다. 성이 당신에게 어떤 의미이고 어떤 모습을 하고 있는지 알기 위해서 말이다. 그저 당신에게 맞는다고 느껴지는 걸 행하면 된다.

혼자서도 즐기는 방법을 배워라

나는 매우 어렸을 때부터 혼자서 오르가슴을 느낄 수 있는 방법을 터득했다. 나는 나를 위한 '세컨드'다. 문득 어렸을 때 나를 지배했던 걱정이 생각난다. 방에서 나와 계단을 걸어 내려올 때 내 얼굴에 표시가 나지 않을까, 방금 내가 무슨 짓을 했는지 나타내는 '누구나 알 수 있는 표시'가 있지는 않을까, 부모님이 알아차리시지는 않을까 하는 걱정이었다. 견딜 수 없을 정도로 커져버린 죄책감에 결국 엄마 방으로 뛰어 들어갔다. 그러고는 영화 〈그리스〉에서 리조와 케니키의 자동차 장면을 보고 '얼얼한 느낌'을 받았다고 고백해버렸다.

나의 첫 마스터베이션 경험을 공유하는 이유는 우리 사회가 마스터베이션에 덮어씌운 오명을 벗겨내기 위해서다. 자라면서 "여자는 섹스를 좋아하지 않아"라는 말을 얼마나 많이 들었는지 셀 수 없을 지경이다. 무엇이든 여러 번 반복해서 들으면 마치 그게 진실인 것처럼 느껴진다. '여자는 섹스를 좋아하지 않는다'고 가르치는 건 여성의 몸과 성적 취향이 전적으로 남성들에게 달려 있다고 가르치는 것과 같다. 이 가르침은 우리를 섹스에서 '수동적인 참가자'로 만들어버린다. 동등하게 즐기지 못하는 사람으로 말이다. 이러한 사회 관념은 퀴어 여성에게 특히 더 해롭다. 그녀들이 자신의 성 정체성을 알아차리지 못하도록 방해한다. 결국 많은 퀴어 여성이 남성과 잠자리를 가지게 되는데, 남자와의 잠자리가 불편한 이유가 단지 남자에겐 끌리지 않기 때문일지도 모른다는 생각은 전혀 하지 못한다. 불편함을 당연하게 생각하는 사회 기조가 내면 깊이 심어져 있기 때문이다. 결국 그들이 찾은 해답은 '원래 여자들은 섹스를 싫어해'다.

우리 사회는 남자들이 포르노를 보며 마스터베이션하는 걸 당연하게 생각한다. 너무도 자연스러운 행위로 받아들이기 때문에 그들은 포르노를 본 경험이나 마스터베이션을 한 경험을 사람들 앞에서 아무렇지도 않게 떠들어댄다. 아무런 수치심도 없이. 반면 여자들은 어떤가? 10대 시절 경험한 '끝내줬던 마스터베이션'에 대해 친구들에게 얘기하는 걸 상상이나 할 수 있겠는가? 사회가 여성을 비하하기 위해 만든 죄책감을 느끼지 않으면서 말이다.

여성이 자신의 만족과 즐거움에 대해 얘기하는 걸 수치스럽게 여기는 우리 문화는 '여성은 섹스를 즐기지 않는다'는 유해한 사회 관념을 더욱 고착화한다. 섹스에 대해 말하는 걸 우리가 너무 수치스러워하기 때문이다. 나도 그랬다. 처음으로 친구들에게 마스터베이션 경험을 얘기했을 땐 마치 커밍아웃하는 것 같은 기분마저 들었다. 하지만 그것도 잠시, 비로소 나는 진정한 자유를 느꼈다. 스스로에 대해 제대로 확인받은 듯한 기분이었다. 수년간 숨겨온 깊은 내면의 수치심이 완전히 떨어져나가는 것만 같았다. 물론 금기시하는 주제를 말하는 게 항상 쉽기만 한 것은 아니다. 하지만 공개적으로 한번 얘기하고 나면, 그것에 오명을 씌우고 있던 독침을 제거하고 자유로운 토론과 탐구의 새로운 장을 열 수 있다.

극단적으로 얘기하고 싶진 않지만,
내 첫 번째 바이브레이터는
내 거지 같은 인생을 송두리째 바꿔놓았다.

성폭행을 당하고 나서 몇 달이 지난 후 처음으로 바이브레이터를 샀다. 내게 일어난 일이 지난 몇 년간 열심히 쌓아 올린 나와 내 몸과의 관계를 무너뜨리는 걸 원치 않았다. 나는 내 몸의 지배권을 되찾고 싶었다. 내 망할 '소중이'에 대한 권리를 되찾고, 다시 사랑해주고 싶었다. 여자를 스스로가 아닌 다른 사람에게 속한 존재로 여기는 것에 진절머리가 났다.

바이브레이터로 마스터베이션을 할 때마다 나는 오르가슴을 느꼈다. 어떨 때는 열 번까지도 느끼곤 했다. 이 섹스 토이는 내가 내 몸에 대한 권리를 다시 찾을 수 있도록 해주었다. 평생 부끄러워 숨기기 급급했던 내 몸, 오로지 남성과 그들의 시선을 위해 존재했던 내 몸을 다시 찾을 수 있었다. 당시 사귀던 남자 친구는 그 얘기를 듣고 그것들과 경쟁하듯 정성스레 서비스를 해주었지만, 결국 나중엔 나 때문에 자기가 얼마나 쓸모없는 사람처럼 느껴지는지 항의하고 말았다. 아, 이 얼마나 퇴보적인가? 나는 그가 원하는 것에 맞춰 성행위를 해야 한다. 그게 '정상'이다. 하지만 남자가 없는 방에서 혼자 내 몸에 대한 지배권을 행사하는 순간, 나는 '자기반성과 치료'의 시간을 가지며 수치심을 느껴야 하는 여자가 된다.

우리는 반드시 모든 여성의 마스터베이션을 당연한 것으로 받아들여야 한다. 그래야만 여성의 성생활도 당연하게 받아들일 수 있다. 비로소 그때 '섹스를 당하는' 수동적인 대상으로서 우리가 아닌 섹스를 능동적으로 즐길 수

자라면서
"여자는 섹스를
좋아하지 않아"
라는 말을
얼마나 많이 들었는지
셀 수 없을 지경이다.

있는 사람으로서 우리 자신을 여길 수 있을 테니 말이다.

성생활로 그를 판단하지 마라

누구하고나 가볍게 잠자리를 즐기는 '캐주얼 섹스'에 대해 얘기해보자. 우리는 지금껏 '그런 여자애처럼 보이고 싶지는 않아. 조금 더 참는 게 좋겠어'라고 생각하도록 교육받아왔다. 내재화된 여성 혐오의 한 형태로, 우리가 최고의 삶을 사는 걸 방해하는 동시에 '그런 여자애'로 불리는 다른 여성들을 비하한다. '그런 여자애'는 아무런 문제가 없다. 사실 우리는 그녀를 사랑한다! '그런 여자애'는 우리 내면의 모습일 뿐이다. 우리는 더 많은 여성이 자신의 삶을 직접 지시하고 자신에게 무엇이 좋은지 스스로 선택하기를 원한다. 단 한 방울의 죄책감이나 수치심도 없이 말이다.

> **여자도 원하는 걸 스스로 선택할 권리를 가져야 한다.**
> **남자들이 그런 권리를 가진 것처럼.**

성별이 서로 다른 사람들과 데이트를 하고 보니, 캐주얼 섹스는 수치스러운 게 아니라 아름답고 상호적이며 소통이 가능한 행위였다. 단순한 '행위'와는 반대로 말이다. 거기엔 정해진 성 역할이나 남성 중심의 시선이 존재하지 않는다. '행위'의 단계를 벗어나 '뭐든 기분이 좋은 걸 하는' 단계로 들어가는 거다. 덕분에 이 세상엔 수치심을 느끼지 않아도 되는 만남도 존재한다는 걸 알게 됐다. 이것 하나만 명심하면 된다. 당신은 상호적이지도 않고 열정적이지도 않으며 제대로 동의하지도 않은 섹스에는 절대로 만족하면 안 된다. 설사 그게 '자유로워 보이는' 관계일지라도. 이건 아주 기초적인 것일 뿐 아니라 규칙이자 법이다.

작은 손거울을 하나 사서 나만의 '소중이'를 보는 시간을 갖겠다고 약속하

자. 얼마나 많은 사람이 일생 동안 단 한 번도 자신의 생식기를 보지 않고 사는지 아는가? 무서울 정도다. 자신의 몸인데도 어떻게 생겼는지 아예 모른다. 스스로를 만족시키는 것에 대해, 혹은 상대의 오르가슴보다 내 오르가슴을 우선순위로 하는 데 수치심을 느끼는 건 우리가 우리 몸을 제대로 쓰기는커녕 어떻게 생겼는지도 모르기 때문이다. 스스로의 욕구를 인정하지 않아 느끼는 수치심 때문에 파트너와의 소통과 교감을 신경 쓰지 않게 되는 것이다. 당신이 스스로에게 줄 수 있는 것 중 가장 큰 힘이 되는 건 당신의 몸과 다시 연결돼 당신에 대해 배우는 것이다. 후회되는 게 있다면, 내 몸은 내 것이고 나에게 우선적으로 속해 있다는 사실을 어릴 때부터 머리에 주입하지 못한 것이다. 당신의 몸은 다른 사람들에 속해 있지도, 그들의 성적 욕구에 속해 있지도 않다.

당신에게도 클리토리스가 있다면, 거기에 대해 배워라.

오로지 스스로에게 기쁨을 주기 위해 만들어진 당신의 몸 중 어느 한 부분을 방치하는 것이야말로 가부장제 사회에서 수년간 살아왔기 때문에 얻어진 의도적인 결과다.

사적인 저항의 행동으로 클리토리스를 문질러라.

당신에게도
클리토리스가 있다면.
거기에 대해 배워라.

'졸라 좋아'가 아니면 '싫다'는 뜻이다

**동의 먼저 구하는 걸 '분위기 깬다'고 생각하는 사람들이 많다. 하지만 정말 분위기
깨는 게 뭔지 아는가? 다른 사람에게 성적으로 폭력을 휘두르는 것이다.**

잠시 당신의 연인에 대해 생각해보자. 당신의 연인도 당신과 같은 페이지에
함께 있는지 체크해볼 필요가 있다. 그도 당신처럼 성숙한 모습을 보이고 있
는가? 높은 수준의 정서 지능*과 각자의 바운더리를 존중하는 모습을 보여
주고 있는가? 연인의 즐거움을 위해 배려하면서 상대가 편안해하는지 늘 체
크하는 사람은 자기 인식이 높은 사람이다. 자신의 욕구와 바람을 잘 안다는
걸 의미하기 때문이다. 내게는 자기 인식이 높은 사람이 더 섹시하게 느껴진
다. 자신이 원하는 게 무엇인지 잘 알고, 이에 대해 연인과 자신 있게 소통하
는 것보다 더 섹시한 게 있을까? 동의를 구하는 건 단순히 원칙만 지키는 게

*상대의 감정을 이해하고 공감하는 능력 – 옮긴이

아니다. 그 자체가 굉장히 섹시한 행동이다.

동의를 구하는 방법

- "그렇게 해도 될까?"
- "이것 좀 벗겨도 될까?"
- "이거 괜찮아?"
- "자세를 바꾸면 네가 불편할까?"
- "내가 입으로 해도 될까?"
- "어땠어?"
- "나랑 할 준비가 된 게 확실하니? 아직 원치 않으면 그냥 키스만 더 할까?"
- "하다가 싫어지면 언제든 '싫다'고 말해줘."

동의를 구하는 건 의무이고 규칙이다. 상대를 꼬이려고 하는 행동이나 관계하기 전에 으레 하는 장난스러운 애무가 아니다. 사랑을 나눌 때 어떤 단계에서든 매끄럽게 동의를 구할 수 있다. 귓가에 사랑을 속삭이거나 목에 키스를 퍼부을 때 속옷을 벗어줄 수 있는지 물어보는 건 어떤가? 아니면 키스하는 도중에 나랑 잘 수 있겠냐고 물어보는 건? 일부러 작정한 듯 로봇처럼 어색한 대본을 준비할 필요는 없다(그런 대사가 당신과 상관없는 얘기라면 말이다. 우리는 절대 당신의 페티시나 특이한 취향을 모욕하거나 놀리지 않을 것이다).

"오늘 밤 우리는 아무것도 할 필요가 없어"

성폭행에서 살아남은 생존자로서, 내가 가장 편안하게 느낄 때는 언제든 'No'라고 말할 수 있는 환경이 조성될 때다. 그런 환경을 만들어준 사람이 나와 친한 사람이라면 더욱더 마음이 편안해진다. 만약 상대가 먼저 묻고 확인해준다면 그만하라고 얘기할 필요가 없다. 그렇게 되면 하기 싫은 것을 해야만 할 듯한 압박감에서 벗어날 수 있다.

평생 물건 취급받아온 여성들에게
'안전'보다 더 섹시한 건 없다.

이건 곧 침실에서 당신이 원하는 건 무엇이든 할 수 있게 된다는 걸 의미한다. 하다가 멈추고 싶어지면 그들도 멈출 거라는 걸 정확히 인지하면서 말이다. 여성들은 섹스를 노리고 접근하는 사람들을 거부할 힘이 자신에게 있다고 생각하지 않는다. 무엇보다 우리는 우리가 '싫다'고 했을 때 일어날 일을 너무도 두려워한다. 그리고 바로 그 덕분에 강간 문화가 유지된다.

우리 사회는 여성들에게 자신만의 바운더리를 세울 권한을 주지 않는다. 의식적이며 의도적으로 바운더리를 만들지 않는 한, 그런 건 존재하지 않는 것이 된다. 최악은 대부분의 여성이 매우 끔찍하고 충격적인 경험을 한 후에야 '바운더리'나 위험을 알리는 '붉은 깃발'에 대해 배우게 된다는 것이다. 성적 트라우마를 얻은 후 그 트라우마를 치료하는 과정이나 치료하기로 결심하는 과정에서 그런 것들을 알게 된다. 내가 이 책을 쓰는 이유 중 하나도 많은 사람들에게 알려주기 위해서다. 내가 그랬던 것처럼 너무 힘든 경로로 배우지 않았으면 하는 마음 때문이다.

사람들은 대부분 성적 행위에 대해 '동의'라는 걸 한다. 상대에게 거절의 의사표시를 했을 경우 일어날 수 있는 일을 두려워하기 때문이다. 강간 문화를 해체할 수 있는 첫걸음은 여성이 자신의 바운더리를 세워 단단히 지키는 것이다. 상대가 어떤 반응을 보일지는 중요하지 않다. 나는 피해자를 비난하려는 게 아니다. 모두 알다시피 강간하지 않을 책임은 전적으로 강간범에게 있다. 하지만 그 전에 '싫다'고 말할 힘이 여성에게 없고 여성 스스로도 그렇게

내가 왜 예뻐야 되냐고요

느낀다면, '강제'와 '모호한 경계'의 문화는 앞으로도 계속될 것이다. 동의를 얻는 것이야말로 섹스를 할 수 있는 단 하나의 방법이다. 동의를 표현하는 직접적인 말이 없었다면, 그건 강간이다.

- 당신이 동의를 구했을 때 상대가 주저하거나 시간을 끌며 대답했다면, "안 해도 괜찮아. 그거 말고 000하는 게 더 좋아?" 같은 말을 해주며 상대를 안심시켜라.
- 상대가 분명하고 열렬하게 "좋아"라고 대답하지 않는다면, 그것은 싫다는 의미다.
- "오늘은 좀 피곤해"라는 말은 "나를 좀 더 유혹해봐"나 "좀 더 설득해봐"라는 뜻이 아니다.
- "싫어"는 "내가 좋다고 할 때까지 계속 물어봐줘"라는 의미가 아니다.
- "싫어"는 이 세상에서 뜻이 가장 한정적인 단어다. 싫다는 건 정말 싫다는 거다. 동의에 대해서는 어떠한 '모호한 경계'도 있을 수 없다.

'졸라 좋아'가 아니면, 그건 '싫다'는 거다.

섹스의 규칙

- 뭔가를 하거나 더 진전시키기 전에 그래도 되는지 먼저 물어봐라.
- 섹스하고 싶다면, 상대도 당신과 섹스하고 싶은 게 맞는지 확실히 해라.
- 상대가 자고 있거나 의식이 없거나 또는 술이나 뭔가에 취해 있다면, 섹스에 제대로 동의할 수 없는 상태다. 이를 이용해 대충 물어보고 대충 동의받아 관계하는 건 강간이다.
- 새로운 걸 할 때마다 상대에게 괜찮은지 물어봐라. 구강성교든 삽입이든 매번 동의를 구해야 한다. 심지어 자세를 바꿀 때도.
- 과거에 했던 동의가 앞으로 일어날 모든 일에 동의하겠다는 뜻은 아니다.

무엇보다 우리는
우리가
'싫다'고
했을 때 일어날 일을
너무도 두려워한다.

그리고 바로 그 덕분에
강간 문화가 유지된다.

마찬가지로 사귀기로 한 것이 사귀면서 일어날 모든 일에 동의한 것을 의미하지도 않는다. 예를 들어 샘이 샐리랑 섹스하고 싶다고 말했다고 치자. 그런데 30분쯤 지나자 샘이 피곤하다며 갑자기 애무를 그만둔다. 황당하긴 하겠지만, 샐리는 그가 좀 전에 동의한 것을 이유로 들며 그와 섹스를 이어나갈 순 없다. 샘은 언제든 마음을 바꿀 수 있다. 동의 한번 했다고 반드시 샐리와 섹스해야 할 의무가 생긴 게 아니다.

섹스와 알코올

섹스는 하는 거지, 해내야 할 게 아니다.

우리는 종종 섹스를 '해내야 할 것'으로 여긴다. 그러고는 신체에 대한 불안감과 자신감의 문제를 겪는다. 새로운 사람과 첫 경험을 할 때나 스스로 지금 뭘 하고 있는지 모르겠다는 생각이 들 때 곤란하고 어색할 수 있다. 불안을 가라앉히고 자신감을 갖기 위해 술 한잔하고 싶을 것이다. 하지만 술을 마실 때 이것만은 기억해야 한다. 술에 취해서 하는 동의는 동의가 아니다. 술에 취한 사람에게 동의를 받아 하는 관계는 엄밀히 따지면 강간이다. 누군가와 자고 싶지만 불안한 마음이 든다거나 몸매에 자신이 없다면, 상대에게 이를 솔직하게 얘기해보자. 마음을 터놓고 취약한 부분을 오픈한다는 게 처음에는 무서울지 모른다. 하지만 진짜 최악은 무슨 일이 있었는지 몰라 혼란스러운 상태로 깨어나는 것이다. '전날 밤'에 대체 무슨 일이 있었는지 전혀 기억이 나지 않는 채 말이다.

섹스 바운더리를 세워라

우리는 모두 서로 다른 바운더리를 지니고 있다. 여기에서 가장 중요한 건 자기 파괴적인 습관에 빠져 있는 건 아닌지 확실히 체크해두는 것이다. 여기,

침실에 들어가기 반드시 전 명심해야 할 몇 가지 경고신호를 모아봤다.

콘돔 사용을 거부한다

그 자리에서 바로 차버려라. 당신의 몸을 존중해주지 않고 자신의 순간적인 쾌락을 위해 당신이 맞닥뜨릴 결과를 무시하는 녀석은 꼭 떨궈내야 한다. 진심이다. 만일 관계하는 동안 당신의 동의도 없이 콘돔을 빼버렸다면, 이건 명백한 성폭행이다. 당신의 바운더리를 기꺼이 존중해줄 사람은 차고 넘친다. 당신이 원하는 것과 당신의 안전을 무시하는 사람은 지금껏 정상인으로 취급받아온 것일 뿐, 전혀 정상적이지 않은 사람이다.

관계하는 동안에만 친절하거나 관계한 직후에만 친절하다

지금 당신은 이용당하고 있다. 그들에게 당신은 사람이 아니다. 그저 물건일 뿐이다. 혹시 매일 늦은 시간에만 당신에게 연락하는가? 그렇다면 당신을 임시방편으로 생각하고 있다는 걸 의미한다. 급하게 욕구를 풀고 싶거나 지루할 때만 찾는 긴급 해결책 말이다. 누구하고나 자유롭게 즐기는 캐주얼 섹스는 아무런 문제가 없다. 당신도 남자들처럼 수치심 없이 즐길 수 있어야 한다. 하지만 그와의 관계를 이어가고 싶어 캐주얼 섹스를 받아들이는 건 멈춰야 한다(54페이지를 참고하라). 그런 부스러기 따위에 만족하는 걸 그만두고, 당신이 원하는 걸 모두 채워줄 수 있는 사람을 위해 에너지를 비축해둬라. 당신은 마땅히 그런 사람을 만날 자격이 있다.

당신을 모욕적인 호칭으로 부른다

관계하는 와중에 당신을 '걸레'나 '창녀', '년'으로 부른다면, 이전에 당신이 그래도 좋다고 동의한 게 아닌 한, 이건 아주 큰 경고신호다. 특히 당신이 그러지 말라고 요청했음에도 계속한다면, 그에게는 당신과 당신의 몸에 대한 존중이 매우 크게 결여돼 있다는 뜻이다. 아니, 심지어 당신을 사람으로 보고 있기는 한 건가 싶다. 이런 행동의 대부분은 포르노를 보고 따라 하는 것이다. 그는 정서적으로 전혀 건강하지 않은 사람이다.

먼저 묻지도 않고 자기 맘대로 스킨십을 한다

물론 섹스도 스킨십도 분위기에 따라 자연스럽게 이루어질 수 있다. 그리고 제스처와 반응을 보며 상대의 생각을 짐작할 수도 있다. 하지만 키스에 동의한 게 오럴 섹스에 대한 동의를 의미하지는 않는다. 단지 소파에 누워 진한 키스를 나누고 있다고 해서 몸을 더듬어도 좋다고 동의한 건 아니다. "그런 분위기였잖아"는 타당한 이유가 될 수 없다. 뭐가 됐든 일단은 물어라.

당신의 죄책감과 수치심을 이용한다

자신과 육체적 관계를 가지지 않는 것에 대해 당신이 죄책감을 느끼도록 몰고 가는 사람. 왜 자기가 해준 것과 똑같이 해주지 않느냐며 비난하는 사람. 당신에게 어떤 행위를 시키기 위해 당신 내면의 불안을 이용하는 사람. 긴말 필요 없다. 굿바이.

당신이 사후 피임약을 먹기를 바란다

예방 장치 없는 위험한 섹스를 한 것에 대해서는 두 사람 모두에게 책임이 있지만, 항상 질이 있는 여성에게만 피임약이나 응급 피임약 또는 사후 피임약을 먹도록 요구한다. 우리의 문제가 아니라 '너의 문제'로 여기기 때문이다. 이런 사람은 당신을 충분히 사랑하고 아끼는 사람이 아니다. 좋은 것만 함께 하고 책임은 나눠 지기 싫어하는 사람이다.

동의의 다른 형태

사실 다른 이의 바운더리를 존중해주는 건 섹스에만 국한된 게 아니다. 예전 남자 친구는 내가 자는 동안 내 몸에 그림을 그리고 사진을 찍었다. 그뿐인가? 남자들은 나에게 비켜달라는 '제스처'로 내 허리에 자연스럽게 손을 갖다 댄다. 그냥 비켜달라고 말하면 되는데 말이다. 여자들은 나를 자신의 심리 상담가쯤으로 여긴다. 화장실까지 따라와 자신들의 트라우마를 떠넘기며 심리 치료를 해달라고 요구한다. 그 좁은 화장실 칸에서.

관계에 바운더리가 생기기 시작하면, 내가 바운더리를 세우든 상대가 바운더리를 세우든, 관계의 모습이 달라진다. 이때 어린 시절에 겪은 초기 관계의 영향을 받는데, 어떤 관계를 경험했는지, 그리고 그 관계를 무의식적으로 어떻게 재현하고 있는지에 따라 관계의 모습이 달라진다. 한마디로 어떤 가정 환경에서 컸느냐에 따라 관계의 모습이 제각기 달라진다고 할 수 있다. 물론 이런 것들이 우리가 바운더리를 제대로 세우지 못하는 이유가 될 수는 있어도, 변명이 될 수는 없다. 건강한 바운더리를 세우기 위해서는 지금까지 알고 있던 모든 것을 지워버리고 처음부터 다시 써 내려가야 한다. 그래야 다른 사람들과는 물론이고 나 자신과도 더 나은 관계를 유지할 수 있다.

바운더리 침해 유형

- 싫다고 얘기했는데도 계속해서 요구하기. 당신에게 압박을 주려는 속셈이다. 자기를 만족시키기 위해 당신 스스로를 저버리고 타협하라는 압박이다.
- 남의 침실에 허락 없이 들어가기. 서로 어떤 관계인지가 중요하다.
- 동의 없이 다른 사람의 사진 찍기. 일명 '도촬'이라고도 한다. 누군가가 자고 있거나 길을 갈 때 몰래 찍는 경우를 들 수 있다.
- 남의 물건을 묻지도 않고 빌려 가기
- 동의 없이 남의 휴대폰 마음대로 보기

- 동의 없이 남의 머리카락 만지기
- 미리 괜찮은지 묻지도 않고 다른 사람에게 자신의 문제를 떠넘겨버리기
- 도움을 실제로 원하는지 확인하지도 않고 마음대로 도와주기
- 충고해달라고 한 적 없는 상대에게 자기 마음대로 충고하기
- 전혀 관심이 없다고 말했거나 이미 끝났다고 확실한 신호를 보내는 사람을 끈질기게 붙잡고 있기
- 자신의 성 정체성과 성적 지향을 일방적으로 말해버리기

바운더리가 부족하다는 건 당신이 하기 싫은 일을 더 많이 해야 하는 것만 의미하는 게 아니다. 당신 또한 누군가에게 상처가 되는 치명적인 행동을 할 수도 있다는 걸 의미한다.

당신이 건강하지 못한 바운더리를 가지고 있다는 신호
- 묻지도 않고 다른 사람을 만진다.
- 다른 사람을 즐겁게 해주기 위해 스스로의 신념과 가치에 반하는 행동을 한다. 예를 들어 다른 사람들도 다 그렇게 한다는 이유로 평소에는 해본 적 없는 마약에 손을 댄다.
- 새로운 사람과 금방 사랑에 빠진다. 스스로 온전함을 느끼게 해줄 무언가를 필요로 하며, 그것을 확인시켜줄 누군가를 찾고 있다는 걸 의미한다. 사실 전혀 알지 못하는 사람과는 절대로 사랑에 빠질 수 없다.
- 누군가와의 첫 만남에서 당신의 인생 이야기와 트라우마에 대해 이야기하며 그 문제를 상대에게 떠넘기고 있다.
- 싫다고 말하는 걸 힘들어한다.
- 당신의 바람을 전하기 위해 일방적으로 주기만 하고 있다. 가능한 한 많이.
- 무의식적으로 당신의 도움을 필요로 하는 사람만 원하고 있다.

내가 왜 예뻐야 되냐고요

- 누군가의 잘못된 행동을 계속 변명해주고 있다. "술 취했을 때만 그래. 평소에는 절대 그런 사람이 아냐."
- 당신에게 해를 입히는 사람을 보호하고 있다.

지금껏 다른 사람들의 말도 안 되는 행동을 참고 허락해온 이유가 사실은 나에게 제대로 된 바운더리가 없었기 때문이라는 걸 깨달았을 때, 나는 이 유해한 관계들을 끝내야만 했다. 응당 받아야 할 것보다 질 낮은 사랑을 얻기 위해 수년간 내 바운더리를 마모시키고 있던 것이다.

자기 자신을 위한 가장 궁극적인 사랑의 행동은 이 독이 가득한 관계에서 언제 걸어 나와야 하는지 알고 행동하는 것이다. 매우 힘들겠지만, 이게 바로 자신을 돌보고 보호하며 자존감을 높이는 연습이라는 걸 깨달아야 한다. 계속 연습하다 보면 스스로의 힘을 키울 수 있을 것이다. 다른 사람이 아닌 '나 자신'을 선택하는 것도 당신이며, 유해한 사람들 사이에 매번 스스로를 끼워 넣는 것도 당신이다.

아직 늦지 않았다. 지금이라도 사람들과의 관계에서 제대로 된 바운더리를 세울 수 있다. 만약 주위 사람들이 당신의 바운더리를 존중해주지 않는다면?

스스로를 충분히 사랑하길 바란다.
그런 사람들은 떠나보내도 상관없을 정도로.

넌 할 수 있어.

CHAPTER 12

그녀가 정말 그런 걸 기대했을까?

연인과 관계를 가지면서 불안과 공포, 공격을 경험하는 걸 정상적인 것으로 여겨서는 안 된다. 아무 말도 하지 않았거나 싫다고 말했는데도 그에게 굴복하고 나가떨어지는 걸 당연한 것처럼 생각해서는 안 된다.

아마 언젠가는 내 얘기를 하겠지만, 지금은 그저 "나도 똑같았다"라고만 말해주고 싶다. 그리고 이 책의 지면을 할애해 나 또한 매우 힘들게 배운 교훈을 당신에게 전해주고 싶다. 하지만 유감스럽게도 내가 절대로 가르쳐줄 수 없는 게 하나 있다. '성폭행을 당하지 않는 방법'이다. 이건 나도 알려줄 수 없다. 예방 조치를 한다고 해서 그런 일을 당하지 않는 게 아니니까. 성폭행은 당신의 잘못이 아니기 때문이다.

우리는 종종 '불편한 성관계'를 해내는 것을 진짜 여성이 되기 위한 관문으로 받아들이곤 한다. 여자들은 섹스를 즐기지 않는다는 생각이 불편한 경험을 보통의 경험으로 둔갑시킨다. 그리고 이를 토대로 '강간 문화'라는 말이 생겨났다. 강간 문화란 강간을 조장하고 정당화하는 사회 문화를 가리킨다.

우리 사회 속 강간 문화

- 남성의 행동에 핑계를 만들어주는 "사내아이들이 다 그렇지, 뭐!"라는 말은 강간 문화를 더욱 공고히 한다. '너도 원하는 걸 알아'와 같은 가사를 통해 동의에 대해 '모호한 경계'가 있다는 걸 암시하면서 말이다.
- 남자들끼리의 끈끈한 유대를 위해 강간에 관한 농담을 서슴없이 한다.
- 자신의 성폭력 가해 경험을 자랑하면서 자신을 '여성의 성기를 움켜쥘 수 있는 사람'으로 치켜세우는, 그것도 자신이 가진 권력 때문에 가능했다고 떠드는 사람을 우리는 미국 대통령으로 뽑았다*.
- 강간하지 않도록 예방하는 대신, 강간당하지 않도록 권장하는 '예방 조치'. 사회가 권고하는 예방 조치에는 일종의 '은닉'이 포함된다. 대충 이런 것들이다. 위급 시 불 수 있는 호루라기를 하나 사고, 집에는 절대 혼자 걸어 들어가지 않으며, 현관에 누가 있는지 몰래 볼 수 있는 아파트로 이사를 간다. 손에는 집 열쇠를 쥐고 있어야 하며, 길거리의 남자들과 눈을 마주치지 않도록 조심하고, 집까지 걸어갈 경우엔 옷을 몇 겹 더 껴입는다. 사는 곳을 물어볼 땐 거짓말로 둘러대고, 달려서 도망가야 할 경우에 대비해 편한 운동화를 신고 다닌다. 시끄러운 소리로 남의 이목을 끌 수 있는 보석 장신구는 되도록 피하고, 전화번호는 아무한테나 주지 않도록 주의한다. 아, 그리고 마지막 한 가지. 가방에는 항상 유사시에 쓸 수 있는 호신용 무기를 넣고 다닌다.
- 대부분의 강간범은 감옥 근처에도 가지 않았다. 2018년 영국의 강간 피의

*트럼프 전 대통령을 의미한다. 자신이 유명인이기 때문에 성기를 움켜쥐어도 여성이 허용해준다고 말한 녹취록이 공개돼 논란이 있었다. - 옮긴이

자 중 오직 1.7퍼센트만이 형을 살았을 뿐이다.

'좋은 남자들' 중 하나?

강간 문화는 "좋은 남자들은 강간을 하지 않는다"라는 그럴듯한 말을 지어 낸다. 하지만 사실은 전혀 그렇지 않다. 실제 강간범의 90퍼센트는 피해자가 아는 좋은 사람이었다*.

어두운 길이나 좁은 골목에서 마주치지 않도록 조심하라고 배워온 상상 속 '괴물'은 사실 우리 일상에 존재한다. 그들에게도 여동생과 누나, 엄마, 여자 친구와 여자 동료, 그리고 가족이 있다. 어쩌면 당신과 같은 침대를 쓰고 있을지도 모른다. 그들이 우리 삶에 존재하고 있는데도 길거리의 강간범을 조심하라고 이야기한다. 바로 이런 이야기가 강간 문화를 구성하고 유지시킨다. 그러고는 모든 예방 조치를 취해 곧 당하게 될 강간을 '조심'할 책임을 피해자에게 떠넘겨버린다.

우리 사회는 본질적으로 여성을 희생양으로 삼는다. 강간범의 행동을 정당화하며 그들에게는 책임을 지우려 하지 않는다. 여성 혐오의 유형 중 매우 치명적인 유형은 힘들게 피해 사실을 밝힌 성폭력 피해자에게 책임을 전가하는 것이다. 즉 피해자가 강간해달라는 신호를 보내며 먼저 원인을 제공했으리라고 생각한다. 하지만 여기서 분명히 해야 할 게 하나 있다. 강간을 '해달라'고 하는 건 물리적으로 절대 불가능하다는 사실이다.

사람들은 마치 체크리스트에 표시해나가듯 강간 피해자를 심문한다.

- "분명하게 '싫다'고 말했습니까?"
- "그를 밀치면서 강력하게 저항했습니까?"

---

*BBC 온라인은 '성폭력 피해자와 가해자는 대개 아는 사이라는 사실이 새로운 연구에서 밝혀졌다'는 제목의 기사로 글래스고 대학교의 새 연구를 보도했다(2018년 3월 1일 보도, http://www.bbc.co.uk/news/uk-scotland-43128350).

내가 왜 예뻐야 되냐고요

- "그를 유혹한 건 아닙니까?"

만약 당신이 가능한 모든 예방 조치나 저항을 하지 않았다면, 그들은 당신의 잘못이라고 말할 것이다.

우리 사회에는 성폭력의 지속을 가능하게 하는 조용하고 교활한 침묵의 세계가 존재한다. 그러나 다행히 그 세계에 조금씩 금이 가기 시작했다. 타라나 버크가 시작한 #미투 운동을 통해 더 많은 피해자가 목소리를 내고 있기 때문이다. 미투 운동을 통해 우리 현실의 비밀스럽고 더러운 진실이 천천히 드러나고 있다. 성폭력과 강간에 대한 개개인의 죄가 모두 밝혀지면 마치 대재앙이 시작된 것처럼 느껴질 것이다. 우리가 잘 알고 깊이 사랑하는 매우 많은 사람이 사실은 강간을 저질러왔거나 강간에 연루되었다는 게 밝혀지면, 사회는 엉망이 될 것이다. 사실 진짜 문제는 우리 사회에서 강간이 매우 정상적인 것으로 여겨진다는 점이다. 그 때문에 강간을 저지르는 사람들조차도 그게 강간인지 모른다.

이러한 상황을 바꾸기 위해서는 무슨 일이 일어나고 있는지, 어떻게 해야 재발을 막을 수 있는지에 대해 대화해야 한다. 그뿐만 아니라 어릴 때부터 동의에 대해 가르치는 것도 중요하다. 동의의 기준에 대해 분명하게 가르쳐야 한다. 우리는 이 모든 걸 공개적으로 다루어야 한다. 그렇지 않으면 금세 다시 정상화되어 또다시 대중에게 쉽게 받아들여지기 때문이다. 무언가가 받아들여진다는 건 문화가 된다는 이야기다. 한쪽은 강간을 당하고 한쪽은 강간을 저지르는 문화, 심지어 그게 강간인지 서로 알지도 못하는 문화 말이다. 만일 강간이 정상으로 간주되면 피해자조차 그 일을 밝혀야 하는지 헷갈릴 수 있다. 자신에게 일어난 일이 공개적으로 밝혀 목소리를 내야 할 정도로 큰 일인가 하는 질문에 직면하게 된다. 하지만 그 일은 매우 큰일이다. 성폭력은 언제나 큰일이다.

나 또한 온라인에서 나와 비슷한 경험을 한 사람들의 커뮤니티를 찾은 후에야 혼자가 아님을 깨달을 수 있었다. 그 전까지는 누구에게도 내가 겪은 성폭력의 경험을 고백할 수 없었다. 고백할 수 있는 사람이 없었다. 우리는 우리의 침묵을 수단 삼아 유지되는 사회에 살고 있고, 그것을 영속화하는 문화에 젖어 있다. 만약 우리가 용기를 내 목소리를 높인다면, 수년간 남자와 그들의 행동을 보호하기 위해 존재한 구조를 바꿀 수 있을 것이다. 그들에겐 아직도 책임이 남아 있다. 하지만 많은 피해자는 여전히 목소리를 내지 못한다. 모든 것이 피해자를 향해 겹겹이 벽을 쌓고 있기 때문이다. 그들이 입을 닫은 채로 있기를 강요하면서.

어떤 건 정상화되는 것일 뿐 전혀 정상적이지 않다
정상과 정상화는 매우 다르다

"지금은 너무 피곤해"라고 말하거나 "그만해"라는 말은 동의가 아니다. 비로소 최근에서야 몇몇 학교에서 '동의'에 대해 가르치고 있다는 사실 하나만으로도 강간 문화는 비난받아 마땅하다. 그런데 이쯤 들어 가슴 깊은 곳에서 고개를 드는 의문점 하나. 동의에 대해 배웠든 배우지 못했든, 관심 없다는 사람이랑 섹스하고 싶어 안달 난 사람은 도대체 어떤 유형의 사람일까? 상대는 지금 매우 불편해하거나 겁에 질린 모습을 하고 있다. 그런데도? 아직은 동의에 대해 가르치는 학교가 많지 않다. 하지만 진짜 문제는 학교의 교육보다 남자라면 누구나 볼 수 있는 (남자를 위해, 남자에 의해 만들어지는) 극단적이고 폭력적인 포르노에 있다. 우리는 유해한 남성성을 심어주고 장려하는 사회에 살고 있다. 그리고 이 문화는 여성과 여성의 몸을 대가로 삼는다. 이젠 '문화'를 비판하는 데도 질리려고 한다. 사람이 문화다. 우리는 종종 이 사실을 잊는 것 같다. 이제 사람들에게 자신의 행동에 대한 책임을 물어야 할 때다.

나는 너를 믿어.

강간 피해자에 대한 심문을 멈춰야 한다

누군가 당신에게 성폭력이나 강간당한 경험을 털어놓는다면, 절대로 왜 신고하지 않았느냐고 묻지 마라. 왜 맞서 싸우지 않았느냐고 물어서는 안 된다. 그들이 겪은 경험이기에 그들이 전문가다. 그들을 전적으로 믿어라. 피해자를 비난하는 건 남자들이 책임을 회피하기 위해 만든 시스템에 불과하다. 남자들은 법을 이용해 이 시스템을 더욱 공고히 한다. 미국에서는 강간 피의자 중 단 2퍼센트만 수감됐다는 걸 알아야 한다(신고되지 않은 수치까지 포함하면 실제로는 강간범의 0.5퍼센트만이 감옥에 간 거다).* 우리는 성폭력 사건에서만 피해자를 가해자처럼 심문한다. 예를 들어보자. 강도를 당한 사람에게 "왜 강도와 맞서 싸우지 않았나요?"라고는 묻지 않는다. 우리는 다른 사람의 개인적 소유물은 동의 없이 가져가서는 안 된다는 걸 이해하기 때문이다. 그런데 성폭력에 관해서는 아직도 여성의 몸을 남성의 소비를 위해 존재하는 것으로만 이해한다. 여성이 늦은 밤 혼자 걷고 있다? "날 잡아먹어라" 하고 말하는 걸로 인식된다. 그녀가 '야생'에 혼자 있었기 때문에 남자들이 따라가 즐겨도 큰 문제가 없다고 여긴다. 그게 바로 '여성의 몸이 존재하는 이유'니까. 이 문제에 대해 한번 다 같이 생각해봤으면 좋겠다. 우리는 다른 사람의 지갑과 물질적 소유물을 존중해준다. 그러고는 여성의 몸을 강간한 것에 대한 경찰 신고보다 소유물에 대한 절도 신고를 더 심각하게 받아들인다. 반면 강간을 당한 여성은 남은 인생 동안 침묵해야 하는 무거운 짐을 짊어져야 한다. 트라우마와 훼손된 몸을 가까스로 추스르려고 애쓰면서.

성폭력 피해자에게 해서는 안 되는 질문

－"네가 분명하게 싫다고 말한 거 맞아?"

*출처: 성폭력 범죄를 예방하고 성범죄 피해자를 지원하는 단체인 RAINN(Rape, Abuse & Incest National Network)에서 발표한 '형사 사법 체계에 관한 통계'

- "무슨 옷을 입고 있었는데?"
- "저항하려고 시도는 해봤니?"
- "왜 신고하지 않았어? 이건 그냥 넘기면 안 되는 거였어."
- "신고는 신중하게 해. 어쩌면 그 사람의 커리어가 망가질 수도 있어."
- "강간인 거 확실해?"
- "네가 싫다고 말하는 걸 그가 분명히 들었니?"
- "저항이나 몸싸움이 없었다면, 어떻게 그게 강간이야?"
- "정말 너랑 자고 싶어 했던 게 맞아?"

성폭력 피해자에게 반드시 해야 하는 말
- "나를 믿고 얘기해줘서 정말 고마워."
- "나는 너를 믿어."
- "내가 어떻게 도와줄까?"
- "네가 이 문제를 어떻게 처리하든, 나는 너의 결정을 지지해."
- "네가 겪어선 안 되는 일이었어. 네 잘못이 아니야."

사람들은 생존자에게 왜 신고하지 않았냐고 물어보기 바쁘다. 신고하기 위한 모든 단계에, 심지어 손만 뻗으려고 해도 절대로 신고할 수 없게끔 만드는 시스템과 사람들이 있다는 걸 깨닫지 못한 채로 말이다. 매일 많은 강간 피해자가 이러한 시스템 때문에 좌절한다. 이처럼 강간은 여러 범죄 중 신고율이 가장 낮다. 나도 그런 일을 겪은 후에야 왜 그런지 이해하게 됐다. 나는 그 일이 있은 후 바로 다음 날 관계자에게 신고했다. 하지만 그의 대답은 "나라면 한번 더 생각해보겠어. 너 때문에 걔 커리어가 망가질 거야"였다. 그는 내가 경찰에 신고하는 걸 막았다. 하지만 몇 달 후, 여전히 고통 속에서 헤매던 나는 결국 이 충고를 무시하기로 결정했다. 용기를 내 경찰에 신고했고, 성폭력

상담 센터를 방문해 그날 일어난 일을 경찰에게 이야기했다. 하지만 내가 들은 건 "도와드릴 수 있는 게 없습니다"라는 말과 신고해도 소용없다는 말이었다.

그래서 나는 지금 이 책을 쓴다. 당신에게 그때 내게 필요했던 사람이 되어 주고 싶어서. 만약 진실이 그 남자의 커리어를 망칠까 봐 걱정하고 있는가? 커리어는 무슨 커리어! 망가지든 말든 그건 다 그 새끼가 알아서 할 일이다. 커리어가 걱정됐다면, 자기 것이 아닌 것을 빼앗으려 하기 전에 미리 걱정했어야지.

밀고 나가라. 나는 당신을 믿는다.

여성은 남성적 시선을 만족시키기 위해 존재하는 게 아니다

"여자로 가득 찬 방에 혼자 남은 남자는 황홀해하고, 남자로 가득 찬 방에 혼자 남은 여자는 겁에 질려 한다." – 작자 미상

이 세상에서 여성으로 살아가려면 많은 것을 희생해야 한다. 대부분의 여성이 남성보다 훨씬 적은 월급을 받는 건 당연하게 여기면서도, 데이트할 때는 반반씩 더치페이를 해야 진정한 남녀평등이 이뤄진다고 주장하는 세상에서 살려면 말이다. 아마 이 얘기는 당신이 남성이건 여성이건 상관없이 피가 끓게 만들 것이다. 교수이자 활동가인 치데라 에그루는 나에게 새로운 관점을 던져줬다. 이 관점은 가부장제에 대한 새로운 내용으로, 팔목할 만큼 날카롭다. 그녀가 알려준 진실에 눈을 뜬 이후 좀처럼 이에 대한 생각을 떨칠 수가 없다.

여성 혐오를 위해 우리가 지불하게 될 세금의 예를 몇 가지 들어볼까 한다.

여기에는 이성애 규범성과 남성적 시선이 사회에서 여성의 경험을 제한하는 몇 가지 예도 포함돼 있다.

- 우리는 집까지 가는 길을 효율에 관계없이 선택해야 한다.
- 우리는 클럽에서 귀찮게 구는 남자에게 가짜 이름과 전화번호를 알려주거나 남자 친구가 있는 척 거짓말을 해야 한다. 우리가 '싫다'고 솔직하게 얘기했을 때 그가 취할지도 모를 행동 때문이다.
- 우리는 호신용 벨이나 스프레이, 전기 충격기 같은 도구에 돈을 써야 한다.
- 우리는 피임 도구나 사후 피임약에 돈을 써야 한다. 임신이 되지 않도록 조심해야 하는 책임, 실수를 했을 경우 해결해야 하는 책임은 거의 항상 우리에게만 있다.
- 여성 동성애자들은 사람들 앞에서 연인과 애정 표현을 할 수 없다. 그로 말미암아 원치 않는 관심을 받을 수도 있기 때문이다. 특히 무엇이든 성적인 것으로만 받아들이는 남자들의 반응이 그녀들을 더 힘들게 한다. 언제나 여자들끼리의 사랑은 여자가 남자를 위해 부리는 재주쯤으로 소비돼왔다.
- 공공장소에 있을 경우, 우리는 스스로 일거수일투족을 인식하면서 조심해야 한다. 남자들에게 '잘못된 생각'을 심어주지 않기 위해서다. 모든 게 계산된 행동일 뿐, 우리 자신 그 자체로는 존재하지 못한다.
- 인간으로서 받아야 할 가장 기본적인 존중을 받기 위해 늘 우리의 시간과 에너지, 돈을 들여 '남들 앞에 내놓아도 될 만한' 상태(인종차별주의와 비만공포증, 성전환자 혐오가 만든 '매력적인' 상태이기도 하다)로 스스로를 만들어야 한다. 온몸의 털을 면도해야 하고(심지어 남성용 면도기보다 여성용 면도기가 더 비싸다) 화장품을 열심히 발라야 하며 아침마다 머리를 매만져야 한다. 물론 이 모든 건 다 우리의 선택이다. 아무도 우리의 겨드랑이에 면도기를 들이밀지 않는다. 하지만 아름다움을 위해 돈을 쓰지 않는다면, 우리는 외모에 대해 청하지도 않은 논평을 들어야 할 것이다. 어느

쪽이 됐든, 우리는 절대로 이길 수 없다. 특히 상대적으로 덜 '매력적'이라고 여겨지는 소외된 여성들은 상황이 훨씬 더 어렵다.

- 안전한 귀가를 위해 탈것에 돈을 써야 한다. 다시 말해, 차를 사거나 택시를 타야 한다. 남자들이 남자라서 갖는 특권 중 하나는 집에 갈 때 버스를 타거나 걸어가는 것도 선택지에 넣을 수 있다는 것이다. 그들은 가는 도중 누군가에게 공격당하거나 강간당할까 봐 두려워할 필요가 없다.

- 만약 집까지 걸어가기로 했다면, 클럽이나 바에 갈 때와는 다르게 옷을 겹겹이 싸 입어야 한다. 아니면 아예 전혀 다른 옷으로 갈아입거나.

- 남자들은 우리가 외모를 꾸미는 걸 자신들에게 주는 '초대장'으로 여긴다. 그들이 우리에게 말을 걸어도 좋다는 초대장으로 말이다. 그래서 종종 원하지 않는 대화를 피하기 위해 옷을 대충 입거나 스스로를 꽁꽁 싸매야 한다. 물론 그렇게 입는다고 해도 효과는 미미하다.

- 남성적 시선은 우리 몸을 물건 취급하고 성적 대상화한다. 정도가 너무 심해, 우리는 결국 몸의 본래 기능을 수치스러워하는 지경에까지 이르게 된다. 생리할 때마다 생리대를 숨긴 채 창피해하며 화장실로 향하는 모습이 대표적인 예다.

- 대중교통 이용과 관련해, 대부분의 여성이 목적지보다 몇 정거장 전에 내린 경험이 있을 것이다. 열차나 버스 안에서 괴롭힘을 당하거나 불편함을 느껴 일찍 내린 경우다. 집 앞에서 내리면 집까지 쫓아올지도 모른다는 위험이 실제로 존재하기 때문이다.

- 우리는 공공장소에서 모유 수유하는 걸 창피하게 여기거나 수치스럽게 생각한다.

남성적 시선의 결과는 매우 소모적이며 대가가 크다. 우리는 남자들로부터 안전을 확보하기 위해 돈과 에너지를 쓴다. 하지만 여전히 그들보다 연봉은 낮다.

'남성적 시선'은 영화감독 로라 멀비(Laura Mulvey)가 만든 용어로, 여성을 '대상'으로 그리는 미디어의 방식을 가리킨다. 남성적 시선은 우리도 모르는 사이에 우리의 삶과 정체성 모든 면에 스며들어 있다. 우리가 보는 영화부터 모든 것에 이르기까지, 그들은 모든 방법을 동원해 남성적 시각에 정당성을 부여하고자 갈망한다.

매일 행하는 의식, 이를테면 화장, 면도, 머리 만지기, 옷 고르기 등 모든 것이 매우 강력한 남성적 시각의 바람을 통해 무의식적으로 영향을 받은 결정이다.

여자들의 이 모든 의식은
남자들과 똑같은 존중을 받기 위한 의식이다.
남자들이 본연의 모습을 그대로 보여주기 때문에 받는 존중과
똑같은 존중을 말이다.

우리가 누구이고 무엇을 하는 사람인지, 그리고 어떤 일을 성취한 사람인지와는 상관없이, 결국 모든 이야기가 우리 몸과 매력에 관련한 내용으로 귀결될 뿐이다. 여성이 예쁜 사람으로서 행동했으면 하는 기대감은 소외된 여성들에게 더 많은 압박감을 준다(38페이지 참고).

보디 폴리틱

나는 내 몸과 매우 혼란스러운 관계를 맺고 있다. 내 몸이 더는 내 것이 아닌 것처럼 느껴질 때가 있다. 동시에 내 몸이 전혀 안전하지 않다는 생각이 들 때도 있다. 이게 얼마나 끔찍한 일인가? 당신이 집이라고 부르던 장소가 더 이상 안전하지 않게 느껴지는 것과 같다. 아마도 몸과 관련해서는 나만의 기준이 반영된 관점이 아닌, 남성 이성애자의 시각을 기준으로 한 관점을 가

여자들은
남자들로부터
안전을 확보하기 위해
돈과 에너지를 쓴다.

그럼에도
받는 돈은

그들보다 훨씬 적다.

지고 있기 때문일지도 모른다. 그게 아니라면, 성폭행을 당해서였을 수도 있고, 클럽에서 남자들이 나를 마음대로 더듬어서 그런 것일 수도 있다. 아니면 출산에 대한 권리를 우리 스스로가 아닌 시스젠더 남자들이 정하고 있어서 그럴지도 모른다. 어쩌면 유튜브에서 수백 명의 남자가 내 위장이 어떤 모양일지 댓글로 토론하는 걸 봤기 때문일 수도 있다. 살면서 내 몸이 내 것이 아니라는 사실을 깨닫게 해주는 경험과 사건을 너무도 많이 겪었다. 모두 내가 동의하지 않은 누군가의 행동과 말로 인한 것이었다. 세상은 내 몸을 누구나 차지할 수 있는 것쯤으로 여긴다. 내 몸이 어떤 처지가 될지는 내가 어떤 옷을 입는지에 달려 있다. 내 몸은 그저 존재함으로써 토론의 대상이 된다.

만약 나와 내 몸이 대립적인 관계가 아니라면, 과연 어떤 관계를 맺어야 한단 말인가? 우리는 우리 몸이 남성의 소비를 위해 존재한다고 배우며 사회화되었다. 지금까지 우리가 배운 건 남자들이야말로 우리 몸에 대해 어떠한 자격을 갖추고 있으며, 그렇기 때문에 성폭력에 대한 책임은 전적으로 우리에게 있다는 내용이다. 더 구체적으로 말하면, 성폭행을 당할 당시에 입고 있던 옷 때문에 내게 책임이 있다는 것이다. 그런 옷을 입는 걸 나 스스로 결정했다는 게 이유다. 여기서 그치지 않고 우리는 그들에게 매력적으로 보일 것도 요구받는다. 그들에게 매력적으로 보여 그들의 인정을 받는 동시에 존중도 받아야 한다. 우리 몸에 대한 이러한 메시지들은 깜짝 놀랄 만큼 우리를 자본주의에 취약하게 만든다. 그러고는 우리로 하여금 우리의 생물학적 '흠'을 없애기 위한 해결책을 구매하도록 유도한다. 그동안 우리가 정상으로 간주해 치렀던 아름다움을 위한 의식이 실제로는 인간의 흠을 없애는 의식이 아닌, 자본주의가 의도한 결과라는 걸 이해하면, 우리 몸에 대한 이러한 왜곡된 관점에서 더 쉽게 빠져나올 수 있다. 흠은 존재하지 않는다. 자본주의만이 존재할 뿐이다. 실제로는 존재하지 않는 '흠'을 자본주의가 정당화하는 것뿐이다. 예를 들어, 여성들이 자신의 털을 부끄러워하는 문화는 남자 광고주가

1915년에 심은 씨앗이다. 그는 여성들에게 면도기를 팔면 돈을 벌 수 있다는 사실을 깨달았다. 그 이전에는 여자들이 면도를 하지 않았다. 자신의 몸에 털이 난다는 사실을 지금처럼 부끄러워하거나 자신 없어 하지 않았기 때문이다. 하지만 남자 광고주들은 여성들의 내면에 불안의 씨앗을 심고, 그것으로 시장의 틈을 메웠다. 어떤가? 지금껏 우리는 남자들의 소비와 자본가의 이익을 위해 세뇌당하고 사회화된 것뿐이다.

남성적 시선은 당신이 이 지구상에서 할 수 있는 경험을 적극적으로 제한하고 방해한다

남성적 시선이 내 삶에 강요하는 제한 때문에 나는 심리 치료를 받는다. 늦은 밤에 거리를 걸을 때, 어떤 경우에는 환한 대낮에 거리를 걸을 때도 불안을 느끼며 속이 더부룩해지고 호흡이 힘들어지곤 한다. 그뿐 아니다. 여성과 데이트를 하는 동안에도 안전을 걱정해야 한다. 동성 연인과 데이트할 때는 이성 간의 데이트처럼 '기회를 포착'할 여유가 없다. 키스든 다른 종류의 애정 행각이든 일단은 숨어 있는 눈이 없는지 스캔해야 한다. 그러고는 지금 이 장소가 안전한지, 저 사람이 안전한 사람인지 확인해야 한다. 여기에 덧붙여, 데이트 상대까지 살펴야 한다. 그녀가 지금 안전함을 느끼고 있는지 말이다. 이렇게까지 하는 데는 몇 가지 이유가 있는데, 사람들 앞에서 자신의 동성애적 성향을 내비치는 것을 불편해하는 사람들이 있기 때문이다. 연인에게 키스하고 싶어도, 주위에 사람이 있거나 동성애자들에게 안전한 장소가 아니라면, 우리는 분위기를 깨면서까지 다른 곳으로 이동해야 한다. 단지 키스 한번 하려고 말이다.

영국에서 동성애자임을 공공연하게 밝히는 건 그다지 안전하지 않은 일이다. 그저 미디어가 당신을 속이고 있는 것뿐이다. 만약 2명의 소녀가 데이트를 하고 있다면, 십중팔구 남자들이 집적대며 다가올 것이다. 두 소녀가 아무리 티를 내도 그들을 그저 사이좋은 친구로 단정 지으면서 말이다. 내기해도 좋다. 내 경험상 여성과 데이트할 때의 상황이 훨씬 더 나빴다. 결국 바에서 두 소녀에게 허락된 건 남자들의 관심을 끄는 것뿐이다. 그것 말고 무엇을 더 할 수 있겠는가? 분명 내가 그녀의 손을 잡고 있음에도, 한 남자가 다가와 그녀에게 말을 건다. 지금 우리는 데이트 중이라고 말해봤자 "걱정 마세요. 여자들끼리 그러는 것도 섹시하죠! 제가 그런 쪽에 관심이 많거든요!"라고 말할 뿐이다.

신에게 맹세컨대, 남자들의 목을 베면 피 대신 뻔뻔함이 흘러내릴 것이다.

여성스러움이 내 본연의 모습이라고 얼마나 굳게 믿어왔던가?
남성이 소비할 수 있는 존재로 있어야 한다는 우리의 믿음은 얼마나 큰 가부장제의 산물인가?

'나'라는 사람이 실제로 누구인지 고민할 때마다, 내 안 깊숙한 곳에 갇혀 세상에 나오기를 갈망하는 한 여성을 상상하곤 했다. 내가 태어나면서부터 들어온 잘못된 이야기, 이를 테면 어떤 사람으로 자라야 하는지와 같은 이야기 때문에 그녀는 숨도 제대로 쉬지 못하는 상태였다.

나는 궁금했다. 내 정체성 중 얼마나 많은 부분이 가부장제 사회 속에서 발달시켜온 대응 기제일지. 그렇다. 내 정체성 가운데 대부분은 정서적 학대와 유해한 관계 사이에서 살아남기 위해 수년간 발달시켜온 것들이다. 태어나면서 배정받은 성별에 따라 존재와 정체성이 이미 정해진다면, '진짜 나'는 누구인지 어떻게 알 수 있단 말인가? 지금까지 생물학적 성과 우리 스스로를 일치시키라고 세뇌당해왔다면, 각자의 정체성 중 어떤 부분이 고의로 만들어진 것이고, 어떤 부분이 진짜 우리 모습인지 어떻게 알 수 있냐는 말이다. 진짜 나라고 믿었던 내 모습이 단지 우리가 자라온 이 사회의 산물에 지나지 않는 것인지, 아니면 진짜 내 모습인지 어떻게 알 수 있는가? 이성애 규범적인

사상을 강제로 주입하면서 매력적인 모습이나 그런대로 괜찮은 모습 중 어떤 쪽으로든 존재해야 한다고 가르치는 이 세상에서 말이다.

그들이 우리 결정을 조종하는 방식은 매우 은밀하다. 일상에서 내리는 크고 작은 결정이 남성적 시선의 영향을 받는지조차 우리 스스로도 깨닫지 못할 정도로 말이다.

우리를 지켜보는 수많은 눈 속에서
우리는 더 여성스러워질수록 더 '매력적인' 여성이 된다.
여성으로서 매력적으로 보이는 것만이
그들에게 관심과 인정을 받을 수 있는 유일한 길이다.

매력의 기준이 되는 '여성스러움' 또한 피부가 흰지, 외모가 유럽적인지 여부로 매겨진다는 건 두말할 필요도 없다. 결국 '예쁨'에 대한 우리의 집단적 사상 자체가 본질적으로 인종차별적이다. 물론 이론상으로는 화장하지 않은 맨 얼굴로도 직장에 나갈 수 있다. 일하기 위해 화장을 하라고 강요하는 사람은 아무도 없기 때문이다. 그러나 우리는 화장을 하면 직장에서 더 좋은 대우를 받는다는 사실을 너무도 잘 알고 있다. 이 문화적인 내러티브는 너무도 강력하다. 그래서 여성인 우리도 이를 내재화해버렸다. 결국 매력적이지 않거나 남자들을 만족시키지 못하는 여성은 남성에게든 여성에게든 무가치한 존재로 여겨지게 된다. 그러고는 대부분의 여성이 낮은 자존감으로 스스로를 끊임없이 혐오하는 상태에 빠져버린다. 그렇다. 지금 우리 삶은 '진정한 삶'이 아니다.

가부장제가 만들어낸 결과를 견디는 방법은 매우 많다. 그저 절망스러운 건 이 세상에 존재하기 위해서는, 그리고 마땅히 받아야 할 존중을 받기 위해서는 남자들을 즐겁게 해주는 방식으로 우리 자신을 보여줘야 한다는 것이다.

그러려면 돈도 많아야 한다. 자본주의는 우리 모두를 남성적 욕망의 대상으로 만들어버렸다. 그러고는 우리가 의심하지 않고 그저 대가를 지불하기만을 바란다. 우리가 내면의 만족을 위해 어떤 모습으로 존재하고 싶어 하는지는 절대로 묻지 않는다. 지금 처한 상황에 우리는 질문을 던져야 한다. 우리 삶에 영향을 주는 가부장제에 도전하지 않는 한, 우리가 받는 고통은 점점 더 커질 뿐이다.

당신의 불안을 이용해 발전하고 진화한 이 세상에서, 만일 자신의 모습 중 짜릿할 만큼 마음에 드는 부분을 하나라도 발견했다면, 그 부분을 매우 소중히 다루기를 바란다. 당신의 여러 조각 중 사회의 세뇌에 훼손되지 않고 살아남은 최고의 조각이기 때문이다. 그리고 그것이 바로 당신의 정체성이다. 당신은 그 조각을 자랑스러워해야 한다. 지금 막 꽃피우기 시작한 진짜 당신의 모습인 동시에, 사회에 동화시키려는 수년간의 시도에도 끝끝내 살아남은 당신의 진짜 모습이기 때문이다. 결국 당신을 특별한 존재로 만들어주는 건 이러한 조각들이다.

검열

우리 몸과 관련해 가장 혼란스러운 이야기 중 하나가 바로 우리의 가치에 대한 것이다. 섹시하거나 매력적으로 보일 수 있는 능력에 우리의 가치가 결부된다는 내용이다. 이 이야기에 따르면, 그들은 제품을 팔기 위해 언제든 우리 몸을 이용할 수 있고, 반대로 우리는 기업의 이윤을 위해 고급 향수병 옆에서 마른 몸을 드러내고 포즈를 취해야 한다. 물론 에어브러시로 피부를 뽀얗게 만든 채. 그래야만 가치 있는 사람으로 불릴 수 있다. 하지만 한 번이라도 우리 자신을 위해 그 힘을 이용하려 하거나, 자신의 성적 취향을 스스로 컨트롤하려는 모습을 보이기라도 한다면, 그들은 곧바로 우리를 위협으로 간주한다. 자신의 성생활에 수치심을 느끼지 않고 스스로의 능력을 알고 있는 여성, 자기 계발을 하거나 재정적 수입을 늘리기 위해 대상화를 역으로 이용할 수 있는 여성은 자본주의와 현재 상황에 위협이 된다. 이런 여성 역시 그 자체로 지랄 맞게 대단한 우리 세대의 아이콘이다.

이제 우리를 통제하기 위한 가장 강력하고 은밀한 폭력의 도구가 등장한다. 수치심이다. 수치심은 당신이 몸에 대해 자율성을 가지는 걸 바라지 않는다. 사회는 자신들이 만들어내는 '제품'처럼 당신의 몸을 통제하고 싶어 한다. 제품은 자율성을 느끼지 못한다. 제품은 그저 제품일 뿐이다. 수치심은 당신이 자기만족을 추구하며 마스터베이션을 즐기는 것을 막는다. 혹시라도 당신이 더 이상 남자와 섹스할 필요가 없다는 걸 깨닫기라도 할까 봐 겁이 나기 때문이다. 수치심은 여성을 '걸레'라고 부르는 형태로 존재한다. 여성 스스로 목소리를 내고 자신만의 바운더리를 세우는 걸 창피해하도록 만든다. 그러고는 우리를 더욱 취약한 존재로 내몰며 사회가 조종하기 쉬운 존재로 만들어버린다. 수치심이 존재하는 형태는 또 있다. 바로 '여자들의 젖꼭지 검열'이다. 한마디로 수치심은 우리를 막는 무기인 셈이다. 우리가 우리의 힘을 깨닫지 못하도록 막는다. 세상은 당신이 진실에 눈뜨는 걸 원하지 않는다. 그들은 당신의 수치심과 불안, 그리고 예속을 통해 수익을 얻기 때문에, 당신이 내면 깊숙이 존재하는 스스로의 힘에 다가가는 걸 원하지 않는다.

우리 몸은 대상화와 불안의 온상인 동시에, 매우 심각한 수준의 성적 대상화가 이루어지는 장이기도 하다. 이런 일은 종종 사춘기가 되기 이전부터 겪는데, 나는 첫 경험을 해보기도 전부터 '성적'이라는 오명을 써야 했다. 내 치마 길이 때문에 남자 선생님들이 곤란해한다는 얘기를 들으면서 말이다. 첫 키스도 해보기 전이었다. 하지만 그렇다고 바지를 입고 학교에 갈 수는 없다. 바지는 남자애들 교복이었으니까. 물론 남자애들도 똑같이 치마를 입지 못했다. 그건 남자애들에게도 불공평한 처사다. 어쨌든 지금껏 사회가 내 안에 심은 메시지는 '남자에게 매력적인 여자가 되어라. 여성스럽게 행동해라.

단 남자들이 너를 신경 쓰지 않을 정도로만'이다.

그렇다고 아예 남자들이 날 신경 쓰지 못하도록 바지가 입고 싶다? 얘야, 그건 남자애들이 입는 거란다!

우리 몸에는 너무도 많은 수치심이 스며들어 있다. 타인의 시선을 충족시키고, 그들에게 금전적 이익을 주기 위해 스스로를 진열장 위에 올려놓으라는 얘기만 들을 뿐, 나 자신을 위해 그러라는 말은 단 한 번도 들을 수 없다. 심지어 어떤 곳에선 젖꼭지를 내놓고 다니는 게 불법이다. 물론 모든 젖꼭지가 불법인 건 아니다. 여성의 젖꼭지만 불법이다. 하지만 젖꼭지는 성적인 것과 거리가 멀다. 그저 '성적화'된 것으로, 여성의 젖꼭지에 대한 성적인 시선 때문에 '매우 성적인 것'으로 부당하게 내몰린 것뿐이다.

미션 1 내면 관찰하기: 항상 지금의 모습으로 해보고 싶던 것들을 떠올려보자. 그러고는 왜 아직까지 하지 않았는지 스스로에게 물어보자.

당신이 스스로를 표현하는 방법 중 어떤 부분이 판에 박힌 표현처럼 느껴지는가? 반대로 자신을 어떤 식으로 표현할 때 찌릿찌릿한 느낌을 받는가?

아름다움에 대한 당신의 기준에 남성적 시선을 어떠한 방식으로 내재화했는가? 지나치게 성애화된 여성의 몸을 내재화해 아름다움의 기준을 정하지는 않았는가?

예를 들어, 나는 청소년기의 대부분을 꽉 끼는 옷을 입으며 보냈다. 여성은 트로피 같은 바람직한 몸매를 유지해야 한다는 메시지를 내면에 스스로 심어놓았기 때문이다. 파티에 갈 때마다 잘 맞지도 않는 타이트한 드레스를 입고 발이 아플 정도로 높은 하이힐을 신었다. 가슴은 한껏 모아 올려 더 커 보이도록 했으며, 저녁 내내 배에 힘을 주지 않아도 허리가 잘록하도록 보정 속옷을 착용했다. 다리에는 영광의 상처가 군데군데 나 있었는데, 마지막 한 올까지 없애기 위해 털을 너무 바짝 민 나머지 생긴 상처들이었다. 그렇다. 나는 보정 속옷을 입고, 다리를 면도한 채, 브래지어 안에 패드를 잔뜩 채워 넣은 상태로 섭식 장애와 싸우고 있었다. 열네 살 때 말이다. 당시에는 여자는 매력적으로 보여야 하고, 그러기 위해선 반드시 불편함을 경험해야 한다고 배웠다. '아름다움은 고통이다'라는 문구는 나를 항상 따라다녔다. 그리고 실제로 나를 아프게 했다.

가족과 친구들에게 양성애자임을 밝힌 후에야 숨통이 트이는 것 같았다. 그 이후부턴 거의 모든 것에 질문을 던지기 시작했다.

도대체 누굴 위해 이 고통스러운 짓거리를 하고 있는 건지
처음으로 스스로에게 물었다.
나를 위한 일인가, 아니면 남자들에게 인정받기 위한 일인가?
정답은 '둘 다'였다.

남성적 시선에 지나치게 영향을 받은 나머지, 나 스스로도 아름다움에 대해 잘못된 생각을 하게 된 것이다. 이러한 사실을 깨닫자마자 나는 타이트한 옷을 벗어 던지고 헐렁한 옷부터 입었다. 오히려 그때부터 나를 그런 방식으로 표현하는 게 짜릿하게 느껴졌다. 편안하면서도 섹시한 느낌이었다. 이전엔 가능하다고 생각하지 못한 방식이었다.

드레스를 벗어 던지고 바지 정장을 입는 것도 짜릿했지만, 무엇보다 짜릿했던 건 레오퍼드 무늬의 통굽을 신는 일이었다. 그건 정말이지 행복 그 자체였다. 달라진 건 스스로를 표현하는 것에 대한 나의 관점이다. 진정한 내 모습으로 존재하도록 표현 방식을 '진짜 나'에 맞춰 개선해나가야 한다는 걸 이제는 안다. 반드시 '누군가'가 되어야 한다는 얘기만 듣고 자라며 특정 방식의 표현만 고집했던 이전의 나와 다시 연결될 방법을 찾으면서.

당신의 몸에서 어떤 부분이 당신으로 하여금 살아 있다고 느끼게 하는지 고민해보자. 그리고 그런 순간들을 '진짜 나'의 삶 속에서 기록해보자.

너를 표현하는 여러 방식 중
틀에 박힌 듯
뻔한 느낌이 드는 건 뭐야?

반대로 생각만 해도
짜릿한 건 또 뭐고?

미션 2 외부 관찰하기: 영화를 볼 때, 주의를 기울여 여성 캐릭터가 어떻게 묘사되는지 살펴보자. 온통 그녀의 매력과 굴곡진 몸매에만 초점이 맞춰져 있지는 않은가? 그녀의 이야기도 많이 다루는가, 아니면 중요한 대사는 모두 남성 캐릭터에게 줘버렸는가? 혹시 그녀의 캐릭터가 여성에 대한 성차별주의자의 정형화된 생각을 더욱 강화하고 있진 않은가? 예를 들어 사랑을 위해 모든 것을 건다거나 멈추지 않고 연애 얘기만 한다든지 말이다. '남성적 시선의 사례'라고 구글에 검색해보면 더 많은 사례를 찾을 수 있다. 여성 캐릭터가 묘사되는 방식을 보면 사회가 어떻게 여성을 물건 취급하는지 알 수 있다. 그녀들의 남자 상대역이 성공을 인정받는 것과 대조적이다.

남녀의 자기표현 방식에 대해 어떤 이중 잣대가 있는지 알고 싶다면, 시상식을 보면 된다. 단상에 오르려는 여배우 옆에서 보조자 3명이 드레스 자락을 들어주는 모습이 보일 것이다. 그런 그녀의 모습은 곧 인스타그램에서 광고로 돌아다니며 당신에게 다이어트 차를 판매할 것이다. 그녀의 '준비된 몸매'를 얻을 수 있다는 문구와 함께. 하지만 백스테이지에서는 다른 장면이 연출된다. 그녀를 둘러싼 한 무리의 사람들이 어떻게든 그녀 몸을 코르셋에 집어넣기 위해 랩을 들고 안간힘을 쓰는 모습이다. 반면 남자 배우들의 준비는 아주 간단하다. 양복을 입고 타이를 매면 끝이다. 별다른 노력이 필요 없다.

물론 트로피는 남자들 것이다.

CHAPTER 14

다른 사람을
받들어 모시는 건
그만두자

"단상에 오르는 건 좁은 감옥에 갇히는 것과 같다." - 글로리아 스타이넘(Gloria Steinem)

사랑을 할 때 당신의 존재 이유가 그 사람이라고 생각해선 안 된다. 그이가 내가 생각했던 사람이 아니라는 사실에 실망해서도 안 된다. 그런 유의 실망은 정당하지 않다. 당신이 멋대로 상상하고 투영한 허황된 모습과 그의 실제 모습이 다르다고 실망하면 안 된다. 당신에겐 그럴 권리가 없다.

우리는 자신의 불안을 타인에게 투사하는 부정적 방식으로만 투사가 일어난다고 생각한다. 그러나 항상 그런 경우만 있는 건 아니다. 불안을 투영하는 또 다른 형태는 특정인을 단상 위에 올려놓고 떠받드는 모습으로도 나타날 수 있다. 종종 우리는 자신의 부족한 점을 상기시키는 이를 우상화한다.

누군가를 단상에 올려 떠받드는 행위는 오히려 그의 인간성을 말살하는 행위다. 그에게 처음부터 불가능한 것을 기대하기 때문이다. 이는 곧 그에게 여러 결함이 있는 인간으로서 존재할 기회를 주지 않는 것과 같다. 완벽할 거라는 기대는 결국 피할 수 없는 실망을 가져온다.

단상에 올려진 사람은 당신을 실망시키지 않고 실패하지 않기 위해 특정한 방식으로 행동해야 한다는 압력을 받는다. 그는 자신의 '진짜 모습'을 당신이 알게 되어 떠나버리지는 않을까 두려워한다. 과감히 안전장치를 내리고 자신의 취약한 원래 모습 그대로를 보여준다면, 당신이 더는 자신을 사랑하지 않을까 하고 말이다. 결국 당신이 단상 위에 올린 그 사람과는 아무리 노력해도 의미 있는 관계를 형성할 수 없다.

누군가를 단상에 올려 떠받드는 것과 깊이 존경하는 것에는 차이가 있다.

누군가를 단상에 올려 떠받드는 건
당신 스스로를 그보다 아래에 둔다는 뜻이다.
그러고는 당신에게 부족하다고 느껴지는 것들을 그에게 투사한다.
그의 기분을 맞추기 위해
스스로의 신념과 바운더리를 저버리면서.

우리는 우리 자신이 아닌 외부에 '위대함'이 존재한다고 생각한다. 그래서 자신의 재능을 깨달으려고도, 키우려고도 하지 않는다. 나에 대해 제대로 모르고 있다거나 내가 진정으로 원하는 걸 모르고 있다는 불편한 진실을 피하고 싶어서다. 롤 모델을 모방하는 것과 그들에게 호감을 얻고 싶어 자신의 신념에 맞지 않게 사는 것은 다르다. 만약 자기 스스로 성장하거나 성공할 것처럼 느껴지지 않는다면, 혹은 나만의 기량을 갈고닦을 수 있으리라는 생각이 들지 않는다면, 그다음으로 당신이 선택할 수 있는 가장 쉬운 방법은 그럴 것처럼 보이는 사람에게 애착을 갖고 매달리는 것뿐이다.

그 사람을 단상에서 내리는 방법

누군가를 당신보다 위에 두고 있다는 느낌이 든다면, 스스로에게 어떤 점이 부족하다고 느끼는지 깊이 고민하고 알아볼 필요가 있다. 이는 일종의 징표 같은 것이다. 만약 누군가의 존재가 당신을 불안하게 만들거나 못난 질투심을 느끼도록 만든다면, 당신 내면에 사는 어린아이가 소리치고 있는 것이다. 자신을 좀 보살펴달라고 말이다. 이제 그 아이를 돌볼 때다.

- 252페이지에 나온 '나를 사랑하는 방법'을 연습해라. 당신은 자존감을 키우고 당신만의 정체성을 찾아야 한다. 우리는 우리가 열망하는 아름다움과 자아 인식, 창조성, 자신감을 가진 것처럼 보이는 사람을 흉내 낸다. 하지만 다른 이의 그림자 속에 살면서 그들이 인정해줄 것 같은 행동만 하려 한다면, 진짜 내가 누군지 어떻게 알 수 있겠는가? 상상 속에만 존재하는 누군가의 인정은 그 어떤 것도 스스로의 신념과 바운더리를 희생시킬 만큼 가치 있지 않다.

- 무엇이 당신을 살아 있게 만들고 가슴속에 불을 지피는지 생각해보라. 그것을 더 많이 해야 한다. 그 느낌을 따라야 한다. 자신의 성공을 다른 이의 성공과 익숙한 듯 자꾸 비교한다면, 당신이 인생에서 진짜로 이루고 싶은 게 무엇인지 잊어버리게 된다. 당신이 성장하지 못하는 이유가 바로 이것이다. 누군가에게 행복과 성취감을 주는 것이라 해서 당신에게도 똑같은 행복과 성취감을 가져다줄 것이라 생각해선 안 된다. 누군가의 행동을 그대로 복사해 그 사람과 같은 결과를 성취하는 건 완전히 불가능한 일이다.

- 당신이 단상에 올린 그 사람도 결국 누군가를 자신의 단상에 올려놓고 있다는 걸 알아야 한다. 그도 사람이기 때문이다. 결점이 있고, 불안하며, 이를 모든 이에게 투사하기 바쁜, 그래서 치료가 필요한 사람들이다. 그저 당

다른 이의 인정이
너의 신념과 바운더리를
무너뜨릴 정도로
가치 있는 건 아니야.

신처럼.

– 누구에게든 당신이 원하는 걸 강요할 수 없다는 걸 깨달아야 한다. 사람들
에게 '친절'을 맡겨둔 게 아니다. 그들에게는 당신이 원하는 모습대로 행동
해야 할 의무가 없다. 이 세상은 당신에게 아무것도 빚지지 않았다. 동시에
당신도 이 세상에 아무것도 빚지지 않았다. 자아를 잃지 않기 위해서는 이
사실을 꼭 명심해야 한다.

당신의 우상을 불태워버려라. 그리고 단상에서 내려라.

당신은 그들을 사랑하고 있는 게 아니다. 그들은 단지 당신 안에 존재하는
훌륭한 면모를 미러링하는 존재일 뿐이다. 이제 그 힘을 이용해야 한다.

CHAPTER 15

인생은 짧다, 그냥 차버려라

그들을 차버려라. 왜냐고? 그들은 당신에게 가당치도 않으니까.

나는 매일 관계에 대해 조언을 구하는 수백 통의 메시지를 받는다. 하지만 지금까지 단 한 통의 메시지에도 답장한 적이 없다. 해답은 항상 똑같기 때문이다.

자신만의 안전지대에 머물기 위해 만족스럽지 않은 관계를 유지하기엔 인생이 너무도 짧다. 당신에겐 새로운 인생이 기다리고 있다. 더 이상은 움츠러들지 마라. 껍데기를 벗고 스스로 얼마나 성장하는지, 어떻게 꽃을 피우는지 지켜봐야 한다. 지금도 놀랄 정도로 멋있는 사람이지만, 앞으로 얼마나 더 세련된 버전의 '나'로 변신할지 기대해보자. '나'라는 완전한 사람을 그저 누군가의 '반쪽'으로 여기게끔 유도한 관계에서 걸어 나오는 거다. 성장을 위해 잘라내야 할 죽은 조각은 손상된 머리카락 몇 가닥일 수도, 어쩌면 남편이나 남자 친구일 수도 있다.

혹시 당신의 휴대폰 메시지를 마음대로 읽거나 집 안 곳곳에 당신이 치워야 할 쓰레기를 어질러놓고 다니는 사람 때문에 고민하고 있는가? 또는 거짓말을 잘하는 사람과 관계를 유지해야 할지 말지 고민하고 있는가? 당신은 이미 답을 알고 있다. 그저 누군가로부터 "당신은 더 좋은 사람을 만날 자격이 있어요"라는 말을 듣고 싶을 뿐이다. 유해한 행동을 하는 사람과 헤어지는 게 당연한 것 같지만, 의외로 많은 사람들이 그러지 못한다. 이 사람 말고도 나를 좋아해줄 사람이 있을까 불안해한다. 스스로 더 좋은 사람을 만날 자격이 있다는 걸 믿지 못하는 것도 헤어지지 못하는 이유 중 하나다. 그들은 늘 로맨틱한 사랑에 양보를 연결하라고 배워왔다. 내가 바로 그런 사람이었다. 아무도 나에게 "너는 더 좋은 사람을 만나야 해"라는 말을 해주지 않았다. 당시 부스러기에 만족하던 나에게 "케이크를 줄 사람이 밖에 널리고 널렸어"라는 말을 해준 사람은 아무도 없었다. 나 또한 '그를 차버려라(DumpHim)'라는 해시태그가 달린 인스타그램의 글을 의도적으로 무시하고 묵살했다. 내가 부스러기 따위에 만족하고 있다는 진실을 마주할지도 모른다는 불안 때문이었다. 그런 나를 변화시킨 건 치데라 에그루의 메시지였다. 거지 같은 남자에 만족하는 여자를 위한 그녀의 끊임없는 캠페인이 나를 깨우치게 했다. 그때부터 비로소 내 경험을 밝히고 목소리를 낼 수 있었다. 그랬다. 그때까지 나는 이 조언을 적극적으로 무시하고 있었던 거다. 나 자신을 해치면서까지 말이다.

사람들은 지금보다 더 나은 대접을 받아야 한다는 말을 듣기 싫어한다. 그 말은 곧 당신 스스로 바뀌어야 한다는 뜻이기 때문이다. 혹시 바뀌고 싶어도 연인에게 미안해서 헤어지자는 말을 하지 못하고 있는가? 전혀 미안해할 필요 없다. 그저 당신에게 부족한 사람이라는 간단한 사실에 기초해서 헤어지면 된다.

많은 사람들이 혼자가 되는 게 두려워 지금의 관계를 유지하는 쪽을 택한다. 자존감이 낮기 때문이다. 하지만 혼자가 되는 데도 아름다운 면이 있다. 옆에 누가 있든 없든, 당신이 얼마나 특별하고 독특한 존재인지 잠깐 생각해보라. 당신이 어떤 것에 흥미를 느끼는지, 어떤 음악을 좋아하는지, 어떤 스타일의 옷을 좋아하는지, 화장을 하는 타입이라면 아침마다 어떤 메이크업을 즐겨 하는지 등을 떠올려보는 거다. 당신을 특별한 존재로 만들어주는 모든 것을 생각해보자. 스스로에 집중하는 걸 선택함으로써, 그리고 일부러 혼자가 되는 길을 선택함으로써 더 높은 수준의 성장을 이루어낼 수 있다. 그냥 미친년이 아닌, 완전하고 세련된, 진화까지 한 미친년으로 말이다. 혼자가 되어야만 온전한 내 모습이 될 수 있다. 이 세상의 지루한 이분법 시스템이 당신을 길들이면서까지 막으려 했던 그 모습으로 말이다. 올바른 헤어짐 후에 찾아오는 변화는 소름 끼칠 정도로 환상적이다. 스스로도 알아차리지 못하는 사이에 성장해 있을 것이다.

하나도 겁낼 필요 없다. 스스로의 품으로 다시 돌아가라.

그를 키우지 마라, 그는 당신의 아들이 아니다

지금 연인에게 자신의 에너지를 끊임없이 쏟아붓고 있지는 않은가? 언젠가 그가 당신이 원하는 사람으로 성장할 거라는 막연한 기대를 품고서?

그와 사귀면서 몸만 다 큰 어린아이를 입양한 것 같다고 생각한 적이 있지는 않은가?

그와의 관계 때문에 진이 빠지지는 않는가?

그의 병원 진료를 당신이 대신 예약해주진 않는가?

그가 어디든 제시간에 갈 수 있도록 챙겨주고 있진 않은가?

그가 어질러놓은 것을 당신이 치우고 있지는 않은가?

내가 왜 예뻐야 되냐고요

이별 후에
찾아오는
행복

혹시 당신, 그의 엄마인가? 아니라면 이제 그만 키워라.

'당신이 마땅히 누려야 할 것보다 더 적은 것에 만족하지 마라'라는 메시지는 성별에 상관없이 모든 이성애와 동성애 커플에 해당하는 내용이지만, 나는 이성애 커플을 타깃으로 하는 #그를차버려라(DumpHim) 해시태그 운동에 불을 더 지피기로 결정했다. 이성애 커플 사이에서 특정한 유형의 정착이 더 많이 발생하기 때문이다. 우리는 이 문제를 꼭 해결해야 한다. 나 또한 수년간 이런 유의 문제를 겪었다. 의식적인 문제라기보다 무의식적인 문제였다. 여자로서 우리는 '양육자'와 '돌보는 사람'이 되도록 사회화된다. 그러고는 보살핌받는 역할을 하는 남자와 데이트하게 된다. 우리는 인생을 사는 내내 사랑이 곧 양보라고 배운다. 그러나 절대로 양보해선 안 되는 게 하나 있다. 바로 당신 자신이다. 자기 자신을 양보하는 건 '양보'가 아니다. 그건 자기 배반이다. 당신과 함께 저녁을 보내고 싶어 죽을 지경인 사람들이 이 세상에 널리고 널렸다. 하지만 정작 당신은 지금 사귀고 있는 남자 친구의 '잠재적인 가능성'을 보느라, 그들을 보지 못한다. 자기가 속한 밴드가 조만간 '음악 산업을 바꿀 것'이라는 기대감에 부풀어(아직 제대로 된 무대에 서보지도 못했다) 직장 알아보기를 거부하는 남자 친구의 잠재적인 가능성을 말이다. 이 세상에는 당신의 바운더리를 기꺼이 존중해주고 상호적인 관계를 맺을 준비가 되어 있는 사람들이 많다. 하지만 정작 당신은 남자 친구의 병원 진료를 대신 예약해주느라 정신이 없다. 아니면 그의 빨래를 해주거나 집세를 대신 내주느라 바쁘다. 여자는 성장과 진화를 바라며 궁극적으론 최고의 경지에 오르기를 원하는 남자들을 위한 재활 센터가 아니다.

당신은 그의 엄마가 아니다. 그의 치료사도 아니다.
누구에게도 당신의 에너지를 쏟아부을 필요 없다.
그 에너지는 당신 자신에게 쏟아부어야 한다.

내가 전 남자 친구를 뻥 차버리게 만든 최후의 결정타가 무엇이었는지 알고 싶은가? 그가 나를 '미친년'이라고 부른 거였다. 물론 우리 사이에는 그보다 더한 일도 많았지만, 이상하게도 그때 정신이 번쩍 들었다. 중요한 사실이 떠올랐고, 이내 분명해졌다. 나의 무의식적인 자기 무시 때문에 이런 행동이 평범한 게 되어버린 거라면, 그래서 나와 매우 가까운 누군가가 뻔뻔할 정도로 아무렇지 않게 나를 '미친년'이라고 부르는 지경에까지 이르렀다면, 바로 그때가 스스로를 다정하게 보살피고 치료해야 할 때라는 사실이었다. '미친년'이라는 단어는 지난 3년간 나를 꽁꽁 싸매고 있던 비눗방울의 두꺼운 껍질을 가까스로 뚫었고, 성공적으로 터뜨렸다.

상대의 거지 같은 행동을 당신이 얼마나 감당할 수 있는지를 기준으로 관계의 가치를 평가하지 마라. 이성애 규범성과 영화, 소설, 그리고 당신의 부모님과 친구마저 당신은 한 남자의 거지 같은 행동을 참아낼 만큼 강한 여성이라고 얘기한다. 맙소사. 혹시 지금도 이런 얘기를 듣고 있는가? 그렇다면 제발 이런 생각이 얼마나 우스꽝스러운 것인지 잘 알고 있다고 말해주길 바란다. 한 남자의 거지 같은 행동을 감내하며 그의 옆에 '딱 달라붙어 있는 것'은 당신의 강인함과 아무런 관련이 없다. 오히려 그러면 그럴수록 그 사람이 당신을 얼마나 호구 취급하는지 보여줄 뿐이다. 한마디로 그런 관계를 계속 유지하는 건 당신의 강인함이 아니라 자존감과 매우 밀접한 관련이 있다. 여태껏 당신은 다른 이의 호감을 얻기 위해 스스로를 배반하고 자신의 바람과 신념을 양보하도록 배워왔다.

당신에게 좋은 영향을 조금도 주지 못하는 사람들은 당신 인생에 끼어들 자격이 없다. 우리는 다른 이의 인정을 얻기 위해 지나치게 많은 시간을 낭비하고 있다. 우리에게 필요한 것들은 이미 우리 안에 모두 존재한다는 걸 깨닫지 못한 채로 말이다. 누군가를 받아들이기 위해 당신의 기준을 낮춰야 한다면, 차라리 뻥 차버려라. 당신의 기준을 낮춘다는 건 당신의 바운더리를 양보한다는 의미다. 바운더리는 절대로 양보할 수 없는 성격의 것이다. 바운더리야말로 당신이라는 세상의 법이다. 미리 분명하게 이야기했음에도 바운더리를 침범하는 사람은 당신의 법을 깨뜨리려는 사람이다. 그러니 추방되어야 한다. 당신에 대해 더 이상 알아가지 못하도록. 사람들은 분명 당신을 기가 세고 위협적인 여자로 취급할 것이다. 그러고는 당신이 기준을 너무 높게 잡았다고 비난할 것이다. 그런 사람들 때문에 당신도 잠깐 헷갈릴 테지만, 절대로 넘어가서는 안 된다. 어쩌면 몇 달 동안 전화기가 쥐 죽은 듯 조용할 수도 있다. 어쩌면 1년 넘게 새 남자 친구를 사귀지 못할 수도 있다. 하지만 그런 게 다 무슨 상관이란 말인가? 마음에 드는 섹스 토이 하나 사면 그만이다. 자, 이제 당신은 어느 쪽을 택할 것인가? 스스로의 아름다운 에너지를 지키면서 나만의 커리어와 멘탈 케어에 집중하는 쪽? 아니면 그가 던져주는 부스러기를 더 얻기 위해 스스로 움츠러드는 쪽(당신 인생인데도 그를 위해 공간을 내주기 위해 움츠러드는 쪽이다)? 당장의 위험신호를 무시하면 결국 물리는 건 당신의 엉덩이뿐이다.

당신은 마땅히 더 나은 대우를 받아야 한다.
짜증 나는 건 당신도 이 사실을 잘 알고 있다는 것이다.

데이트할 때 나타나는 위험신호

다음의 위험신호들은 지금 옆에 있는 그 사람 때문에 당신이 자신과 바운더리를 양보하고 있음을 나타내는 신호다. 한마디로 지금 당장 그놈을 걷어차버려야 한다는 위험신호다.

그 사람과 함께 있기 위해 당신의 정치적 견해를 양보해야 한다는 생각이 든다면, 차버려라.

한 사람의 정치적 신념을 완전히 바꾸는 건 돈 한 푼 받지 않고 일하는 것과 같다. 즉 전혀 가치 없는 일이다. 이 지구에는 대략 80억 명의 인구가 있다. 당신의 성별이나 성 정체성과는 상관없이, 당신과 똑같은 신념을 가진 누군가가 분명히 존재한다. 물론 때때로 사람들을 깨우쳐주는 게 의무인 것처럼 느껴질 때가 있다는 걸 안다(특히 상대가 편견이 심한 사람일수록 더 그렇다). 하지만 그 사람이 '성장'하고 '변화'할 수 있도록 돕는 건 당신의 의무가 아닐뿐더러 절대로 불가능한 일이다.

그를 위해 당신의 스타일을 양보해야 하거나 '목소리를 줄여야' 할 것처럼 느껴진다면, 차버려라.

만약 당신의 정체성이 조금이라도 짓이겨지고 억압되거나 아예 지워져버린다면, 그는 당신을 위한 사람이 아니다. 당신을 사랑하고 당신 정체성의 멋진 모든 면을 받아들일 준비가 된 누군가는 분명히 있다(힌트를 주자면, 바로 당신이다).

그에게는 언제나 당신의 좋은 소식을 전하기 망설여지거나 그의 기분을 위해 당신의 성공을 낮춰 얘기하게 된다면, 차버려라.

당신의 성공을 불편하게 생각할 정도로 자아가 약한 사람과는 어울리지 마

라. 그에게는 그저 행운을 빌어주자. 그가 자신의 상처를 치료하길 진심으로 바라면 될 뿐, 당신과는 상관없는 일이다. 차버려라.

'싫다'는 말을 한 번 이상 해야 하는 경우, 즉 '당신의 말을 듣지 않거나' 당신이 원하지 않는 일을 하도록 강요하는 경우, 차버려라.

동의에 대해선 경계가 모호할 수 없다. 만일 그가 당신의 바운더리를 존중하지 않는다면 당신을 존중하지 않는 것이다. 이건 섹스에만 국한되지 않는다. 무엇이 됐든 당신이 '싫다'고 말하는 걸 무시하는 사람은 매우 골치 아픈 녀석이다.

당신 스스로 움츠러들게 만드는 사람, 당신의 성공이나 성취를 하찮게 얘기하는 사람, 당신이 좋아하는 것을 놀리거나 공격하는 사람. 모두 차버려라.

전 남자 친구는 내 음악적 취향을 하찮게 여기곤 했다. 지금 생각으론 자기의 파워를 확고히 하기 위해서였던 것 같다. 자기의 인생 전반을 스스로 통제하고 있다는 기분을 느끼고 싶은 것이다. 이제 나는 치마가 아닌 바지를 입고 춤을 추며 돌아다닌다. 내가 원하는 음악이면 어떤 종류든 양보하지 않고. 이보다 더 행복할 수 없다.

그의 행동에 대해 친구나 가족에게 변명이나 거짓말을 계속하게 된다면, 차버려라.

누군가에 대한 얘기를 숨기고 싶어진다는 건, 당신 스스로도 조금 더 책임감을 가지고 변화해야 한다는 걸 잘 알고 있다는 뜻이다.

반대로 위의 행동들을 당신이 할 수도 있다. 만약 그렇다면 당신은 아직 건강한 관계를 맺을 준비가 안 된 것이다. 당신에게는 여전히 더 노력해야 할 많은 단계가 남아 있다. 치료를 통해서든 자기 성찰을 통해서든 그러한 부분이 해결되지 않는 한, 당신은 결코 상호적이고 건강한 관계를 맺을 수 없다. 스스로의 완전함과 내 가치에 대한 인정을 타인에게서 구하려고 해서는 안 된다. 당신을 개선하는 일을 그에게 전가하면서 그를 정서적으로 학대하는 건 공정하지 않다.

이제 참지 않아도 될 일을 참는 짓은 하지 말자. 나 자신을 행복하게 하는 것으로만 주위를 채우자. 그렇지 않은 건 반드시 떠나보내야 한다. 즐겁게 살기 위한 게 아니라면, 당신은 무엇 때문에 다른 사람과 관계를 맺으려고 하는가?

CHAPTER 16

꼭 결혼을 해야 할 필요는 없다

결혼이란 제도에 반대하는 건 아니지만…

타인에게 피해만 주지 않는다면 각자 자기가 하고 싶은 건 뭐가 됐든 해도 된다는 의견에 대찬성이다. 결혼도 마찬가지다. 웨딩마치를 올리기로 선택한 사람들에게 진심으로 축복의 말을 보낸다. 하지만 세상이 아무리 변했다 해도 결혼 제도 자체가 내 삶을 완성하기 위해 꼭 필요한 제도라고 생각하진 않는다. 다음과 같은 이유 때문이다.

- 누군가와 사랑에 빠졌다고 해서 서로 헤어지지 않도록 정부를 개입시킨다고 상상해보라.
- 그 관계를 끝내기 위해 정부의 허가가 필요하다고 상상해보라.
- 다른 이의 사람이 되기 위해 아버지에게 허락받아야 한다고 상상해보라.
- 신부 입장이 끝난 후, 당신의 아버지가 당신을 넘겨주는 모습을 상상해보

내가 왜 예뻐야 되냐고요

라. 이전의 소유자가 다음 소유자에게. 새로운 성으로 살 준비를 마치면서 말이다*.

- 이런 '교환'을 당신의 아버지가 아름다운 전통으로 여기며 본인의 '평생 목표'로 삼는다고 상상해보라.
- 그 사람과 함께 지내기로 계약했기 때문에 남은 인생 내내 반드시 그와 함께 지내야 할 것으로 여겨지는 걸 상상해보라.
- 역사적으로 LGBTQ+** 사람들을 배제하던 결혼식에 참석한다고 상상해보라. 다른 인종과 결혼하는 사람들도 한때 배제됐다.
- 이제야 알게 된 당신의 성 정체성을 당신의 아내나 남편이 법적으로 막을 수 있다고 상상해보라.

결혼은 가부장제의 낡은 전통으로 확고하게 자리 잡아왔다. 이 제도에 참여하는 건 여성을 소유했던 가학적이고 억압적인 역사를 어느 정도 용인하는 것과 같다.

우리는 결혼을 멋진 로맨스의 정점으로 여긴다. 그 정도로 이성애 규범성은 우리 모두를 완전히 노예로 만들어놓았다(그래서 우리는 연인이 너무 오랫동안 프러포즈를 하지 않으면 기분이 상한다). 원래 결혼의 핵심은 여성과 여성의 몸을 늘 소유하기 위한 것이었다. 1991년까지 영국에서는 아내를 합법적으로 강간할 수 있었다. 제단 위에서 그녀가 "네"라고 말하기만 하면, 남편은 그녀에게 하고 싶은 건 다 할 수 있었다. 그녀는 이제 아버지의 소유가 아니라 남편의 소유였기 때문이다. 물론 이것도 그녀 아버지의 허락에 기초한 것이다. 그뿐만이 아니다. 미혼 여성에 대한 강간이 재산에 대한 범죄로

---

*영국에서는 결혼 후 여성이 남성의 성을 따른다. - 옮긴이
**레즈비언, 게이, 양성애자, 트랜스젠더, 퀴어, 그리고 그 외의 다양한 성 정체성과 성적 지향을 의미한다. - 옮긴이

엄마,
이미 내가
분자인 걸요.

여겨질 때도 있었다. 여성의 아버지에게서 딸의 처녀성을 훔친 것으로 말이다. 반대로 기혼 여성을 강간하면 그녀의 남편에 대한 범죄로 이해됐다. 정작 강간당한 여성들에 대해서는 아무도 관심을 갖지 않았다. 한마디로 정의하자면, 결혼은 일종의 소유권 계약으로 여겨졌다(아직까지 몇몇 나라에선 여전히 그렇다).

'세컨드 시프트'

워킹맘들은 퇴근하고 집에 돌아오면 곧바로 두 번째 근무에 돌입한다. 말 그대로 '세컨드 시프트'*다.

가정에 기여하는 것, 다른 말로 항상 다른 이를 정서적으로 지원하고 나 자신보다 우선으로 하는 것. 이제부턴 이것을 '실제 노동'으로 받아들여보자. 그러면 어째서 당신이 사람들과의 관계 속에서 그토록 기진맥진했는지 알게 될 것이다. 모든 이에게 자유롭게 나눠주던(당신만 빼고) 당신의 감정과 풍부한 공감 능력 주변에 단단한 바운더리를 세울 수 있게 되면서, 온전한 자유를 맛보게 될 것이다.

"그래야지 여자한테도 더 좋은 거야."

가정과 배우자, 아이들의 안녕을 위해 여성들이 무보수로 행하는 기여는 늘 무시된다. 단지 여성은 선천적으로 누군가를 돌보는 성향이 있기 때문에 당연한 거라고만 얘기한다. 그렇게 우리는 감성이 풍부한 사람으로 사회화된

---

*'세컨드 시프트(second shift)'는 미국의 사회학자 엘리 러셀 호크실드(Arlie Russell Hochschild)가 1989년에 출간한 책의 제목으로, 회사에서의 임금 노동이 끝나면 집으로 돌아와 가사 노동과 육아를 해야 하는 워킹맘의 상황을 나타내는 용어로 쓰인다. - 옮긴이

다. 그러고는 그렇기 때문에 누군가를 돌보는 사람이 되어야 한다는 이야기를 주입받는다.

아직까지 우리 사회는 낡아빠진 성 역할을 강요한다. 여성은 집에서 남편과 머물며 집안일의 대부분을 혼자 해내는 역할을 맡는다. 이제는 대부분의 여성들도 풀타임으로 일한다는 사실을 사회가 따라잡지 못하고 있는 것 같다. 결국 여자들은 완전히 탈진해버리고 만다. 우리는 한 번도 스위치를 꺼본 적이 없다. 하지만 슬프게도, 가사의 영향은 눈에 보이지 않는다. 그래서 당신이 얼마나 많은 사람들을 돕고 있는지 보여줄 방법이 없다. 당연히 우리의 시간과 에너지에 대한 보상이나 상도 없다. 감사해하며 인정하는 게 아니라 당연한 것처럼 기대한다. 사실 결혼한 여성의 자기희생은 많은 칭찬을 받는다. 사랑을 위해 '모든 것을 포기'할 수 있고 '그 어떤 일에도 남편 옆을 지키는' 그들의 능력과 함께 말이다. 반대로 결혼한 남성에 대한 이런 유의 칭찬은 몇 번이나 들어봤는가? 들어본 적은 있는가?

남자들은 스스로를 돌보기 위해 별도의 시간을 낼 필요가 없다. 그들은 이미 '빌트인 돌보미'를 가지고 있다. 우리는 그걸 '여성'이라고 부른다.

만약 딱 하루만이라도 모든 여성들이 집에서 이루어지는 초과 업무를 거부한다면, 어떤 일이 벌어질지 이따금 상상해보곤 한다. 모두가 예상하는 것처럼 세상이 바스러질 것이다. 진심으로. 가족이나 연인의 생일 기억하기, 빨래하기, 다림질하기, 가족이나 연인이 또 무엇을 필요로 할지 생각하기, 요리하기, 가족이나 연인의 뒤치다꺼리하기, 우리를 불편하게 하는 남자들에게도 상냥하고 예의 바르게 행동하기, 아침마다 화장하기, 자기 전에 스킨케어하기, 가족이나 연인을 대신해 병원 진료 예약하기, 가족이나 연인이 타인과의 약속 시간을 잘 지킬 수 있도록 잔소리하기, 감사를 표하지도 않는 가족이나 연인 도와주기.

여자들은 남자들에게 스스로를 돌보라고 지속적으로 상기시키는 역할을 한다. 그 과정에서 본인 자신에 대한 케어는 간과한다. 그렇기 때문에 여성에게는 제일 먼저 스스로를 돌보는 일이 가장 중요하다. 물론 소외된 성 소수자들에게도 '자기 돌보기'가 가장 중요한 건 두말할 필요 없다.

글을 쓸 당시 나는 스물한 살이었고, 한 남자와 오랫동안 만나고 있었다. 그와 한 달 동안 함께 살았는데, 언제부터인가 나 자신이 가정주부 역할에 빠져 있는 걸 발견했다. 심지어 결혼도 하지 않았는데 말이다. 퇴근 후 집에 돌아오면 언제나 그가 어질러놓은 것부터 치워야 했다. 그에게 좀 치우라고 얘기하면 "하루 종일 일하고 이제 퇴근했어. 나 지금 너무 힘들어"라는 답변이 돌아올 뿐이었다. 마치 나는 하루 종일 일하지 않은 것처럼. 집안일을 나누는 것 따윈 없었다. 심지어 그에게 도와달라고 하는 것조차 일이었다. 어느 날 그가 퇴근하고 돌아와 찬장을 열며 "먹을 거 없어? 나 배고파"라고 말하는 게 아닌가. 그때 깨달았다. 나는 그의 여자 친구가 아니라 '돌보미'였다.

내러티브™*

우리는 수 세기 동안 결혼식을 낭만적인 것으로 묘사하도록 세뇌되어왔다. 사회는 여성들이 억압적인 진실을 보지 못하도록 자본주의 도구를 이용해 그들의 주의를 끌어왔다. 그리고 그 도구들은 꽤 설득력이 있었다. 환상에 불과한 연무일 뿐인 약혼반지와 결혼만 하면 죽을 때까지 완벽한 삶을 살 수 있을 거라는 약속이 바로 그런 것들이다. 오직 '내러티브™(남편, 가정, 자녀 등으로도 알려져 있다)'에 따라 살기로 결정할 때만 스스로 완전해지는 동시에 평생의 목표를 성공적으로 달성할 수 있었다. 아니면 그렇게 들어왔든가. 제

---

*저자는 가부장제 사회가 여성에게 강요하고 세뇌시키는 전통적인 여성의 사회적·가정적 덕목을 '내러티브(The Narrative)'라는 용어로 묶어 표현하고 있다. 순종적인 태도, 결혼 제도 내에서의 정착, 가족에 대한 헌신 등을 비롯해 전통적인 성 역할에 관련된 내용을 포함한다. – 옮긴이

일 먼저 그들은 아름다운 의식을 올린다. 이 의식에서 신부는 신랑이 그토록 꿈에 그리던 아름다운 대상이 되어야 한다. 따라서 신부에게는 약 1년간 자신의 모습을 '완벽하게' 가꾸는 일이 장려된다. 완벽한 흰색 드레스를 고르면서 말이다.

우리는 '여자는 남자에게 매력적인 대상이 되어야 한다'는 얘기를 흡수하며 살아왔다. 이상적인 신부가 되기 위해 1년간 자신의 모습을 완벽하게 가꾸는 건 일반 여성들이 가장 기본적인 존중을 받기 위해 여성스러움과 매력을 매일같이 뽐내는 것과 별반 다르지 않다. 결혼하지 않는 걸 선택하면 되지 않느냐고? 그럴 수 없는 사람들도 있다는 걸 받아들여야 한다. 그게 중요하다. 사람들은 갖가지 이유로 결혼을 한다. 사랑 외에도 말이다. LGBT 연인들은 자신들의 관계를 인정받기 위해 오랜 세월 동안 싸워왔다. 일부 성전환자들은 안전하고 '정상'적인 모습을 보여주어야 결혼식에 들어갈 수 있었다. 사회는 우리의 행동이 내러티브와 가까울수록 더 많은 특권을 상으로 준다. 우리는 결코 이 사실을 무시해선 안 된다. 결혼은 당신이 살면서 내린 결정을 의심하지 않아도 된다는 인정 외에도 상당한 세금과 연금 혜택을 상으로 준다.

여성은 그녀의 연애 상태보다 훨씬 더 중요한 존재다. 문자 그대로 그녀에 대한 이야기 중 연애와 관련된 것이 제일 재미없다. 수년간 당해온 이성애 규범적인 세뇌를 뒤집기 위해 친구들과 서로의 연애에 대해 묻지 않는 훈련을 한 적이 있다. 서로 오랜만에 만나 이야기를 나눌 때 각자의 연애 전선에 대해선 묻지 않는 훈련이다. 본인이 먼저 얘기를 꺼내는 건 상관없지만, 만나자마자 "누구 만나는 사람은 있니? 자세히 좀 얘기해봐!"라고 물어보는 건 결국 우리 삶에서 가장 중요한 건 로맨틱한 연애라는 걸 강조하는 것밖에 되지 않기 때문이다. 내 연애 상태에 의해 나 자신이 정의되는 걸 강화하는 꼴이다. 만약 만나는 사람이 없다고 대답한다면? 그래도 그들에게 당신이 여전히 흥미로운 존재일까? 이제부턴 연애 생활 대신 어떻게 지냈는지 물어보자. 일

내가 왜 예뻐야 되냐고요

은 잘하고 있는지, 재밌는 프로젝트를 맡지는 않았는지 말이다. 만일 모든 사람이 그들의 연애 생활과 상관없이 행복한 삶을 누리길 바란다면, 대화를 나눌 때 그 사람의 연애사를 최우선순위에 두지 않으면 된다.

이제 스스로에게 물어보자. 당신에게 결혼이 '항상 꼭 하고 싶은 것'인지, 아니면 꼭 해야 한다고 늘 들어온 것인지.

CHAPTER 17

지레짐작하지 마라

지레짐작은 당신도 나도 바보로 만든다.

타인의 민족성을 지레짐작하지 마라.

타인의 능력을 지레짐작하지 마라.

타인의 성 정체성을 지레짐작하지 마라.

타인의 성적 지향을 지레짐작하지 마라.

타인의 배경을 지레짐작하지 마라.

그 사람을 나타내는 인칭대명사가 '그'라고 지레짐작하지 마라.

그 어떤 것도 지레짐작하지 마라.

아무것도.

내가 왜 예뻐야 되냐고요

젠더

사람에 대해 지레짐작하는 건 우리의 천성이다. 우리는 상대의 외모와 몸짓에서 얻은 몇 가지 정보를 빠르게 분석해 평가를 내린다. 보통 상대가 자신을 표현하는 방식과 우리에게 보이는 행동 패턴을 기준으로 삼는다. 물론 이러한 지레짐작이 상대를 이해하는 데 어느 정도 도움이 될 때도 있다. 하지만 이 표지들은 단순히 식별 표지로만 여겨져야 한다. 말 그대로 첫 번째 평가로만 말이다.

우리는 이분법적 세상에서 나고 자랐다. 남자가 아니면 여자, 파란색이 아니면 분홍색이다. 각각 낡아빠지고 엄격한 성 역할과 연관된 것들이다. 대부분의 사람들은 이러한 내러티브를 사실로 받아들이지만, 모두 사회적으로 만들어진 것들이다. 내러티브를 뒷받침해주는 것들 중 빼놓을 수 없는 게 출생증명서와 그것을 합법화하는 제도다. 누구든 감히 이 내러티브에서 벗어나려 한다면, 사회와 제도는 그에게 수치심을 주는 것도 모자라 아예 그의 삶을 위험에 빠뜨리려 할 것이다.

나처럼 생물학적 성과 성 정체성이 일치하는 사람들은 태어날 때 부여받은 성별대로 살 수 있는 특권을 누린다. 하지만 많은 사람들이 그런 특권을 누리지 못한 채 살고 있다. 별로 놀라운 일도 아니다. 그렇다고 그들에게 문제가 있는 건 아니다. 사회운동가이자 시인 알록 바이드메논(Alok Vaid-Menon)은 이와 관련해 다음과 같이 묘사한다. "나는 잘못된 몸으로 태어난 게 아니다. 잘못된 세상에 태어났을 뿐이다." 당신은 태어날 때부터 이미 인생이 정해진 채로 살아간다. 당신 인생의 세세한 것까지 전부 결정되어 있다. 평생 어떤 색 옷을 입어야 하는지도 이미 결정된 채로 당신은 태어났다. 당신이 어머니의 자궁 밖으로 나오기도 전부터. 어머니의 자궁 안에서 당신의 생식기가 형성되자마자 이 모든 게 정해진다. 완전히 잘못되었다.

젠더는 성별과 완전히 다른 것이다. 성별은 보통 생식기와 관련이 있다. 이는 '남성'과 '여성'의 생물학적 차이를 나타낸다. 하지만 당신의 젠더는 당신이 스스로에 대해 생각하는 것으로, 자기 자신을 어떻게 인식하고 있는지, 우리 사회가 정한 젠더 관념 중 어느 쪽이 자신과 맞는지 스스로 선택하는 것이다. 젠더는 다양하다. 만약 스스로 여성도 남성도 아닌 것처럼 느껴진다면, '제3의 성'을 선택하거나 아예 성별을 확정 짓지 않으면 된다. 이처럼 젠더는 고정된 게 아니다. 반은 분홍색이고 반은 파란색인 2차원적인 것이 아니다. 어떻게 보면 성적 지향과 비슷하다. 젠더는 눈부시게 아름다운 여러 차원의 스펙트럼으로 존재한다. 누군가의 생식기나 옷 색깔만 보고는 절대로 가늠할 수 없다.

젠더 표현과 성 정체성, 성적 지향은 본질적으로 서로 다른 성격의 것들이다.

내 성 정체성은 여성이다. 태어날 때 배정받은 성과 일치하는 시스젠더 여성이다.

젠더 표현은 내가 옷을 입는 방식이다. 머리 모양과 화장 스타일도 내 젠더를 표현한다.

나는 모든 젠더의 사람들과 데이트할 수 있는 능력을 지닌 퀴어다. 이게 바로 내 성적 지향이다. 젠더 표현과 성 정체성, 성적 지향은 서로에게 영향을 주지 않는다.

하지만 가끔 젠더 표현 때문에 성적 지향을 오해받기도 한다. 사람들은 매우 여성적인 내 젠더 표현을 보고 내가 이성애자하고만 사귈 거라고 짐작한다. 여성스러움을 남자들에게 어필하기 위한 행동으로 여기기 때문이다.

만일 사람들이 나를 이성애자로 지레짐작하는 걸 멈추고
오픈 마인드로 봐준다면,
허구한 날 그들에게 커밍아웃하지 않아도 될 텐데 말이다.

내가 왜 예뻐야 되냐고요

수십억 명의 사람들 모두에게
딱 맞는 원 사이즈 내러티브
따위는 없을뿐더러
하나가 모두에게 꼭 들어맞기를
기대해서도 안 돼. 세상에는
아주 다양한 사람들이 있으니까.

트랜스젠더도 있지.

그냥 받아들여.

생물학적 성과 심리적 성이 일치하는 시스젠더 남자가 분홍색 드레스를 입는다고 해서 그가 곧 트랜스젠더이거나 게이인 것은 아니다. 그는 그저 분홍색 드레스 입기를 좋아하는 남자다. 컬러는 젠더와 상관이 없다. 우리가 컬러에 젠더를 입히는 건데, 젠더야말로 사회적으로 만들어진 관념일 뿐이다. 옷은 단지 이러한 젠더 관념에 대한 함축과 추정을 전달하는 도구일 뿐이다.

당신이 얼마나 민주적인 가정에서 자랐든지 간에, 이분법적인 젠더 관념과 이성애 규범적인 생활방식에서 벗어나는 건 거의 불가능하다. 이것들은 우리 삶의 모든 면을 뚫고 들어온다. 하지만 이를 의식적으로 거부하고 새로운 내러티브를 쓸 수 있는 방법이 있다. 이제 이 방법들을 이용해 우리를 둘러싸고 있는 내러티브를 바꿀 때다. 우리가 사용하는 언어부터 시작하면 된다.

우리는 매일 사람들의 젠더를 지레짐작한다. 그러면서도 그게 지레짐작인지 알아차리지 못한다. 이미 이성애 규범적인 문화가 우리 사회에 너무 깊숙이 스며들어 있어 본능처럼 느껴지기 때문이다. 우리는 젠더에 지나치게 사로잡혀 있다. 태어난 지 얼마 되지 않은 갓난아기와 아기의 부모에게 말실수라도 할까 봐 진땀 빼본 적이 있는가? "참 잘생겼네요!"라고 얘기할지, "참 예쁘네요!"라고 얘기할지 고민하느라 말이다. 그냥 "아기가 귀엽네요!"라고 하면 될 일이다. 정말 간단하다.

여성 아티스트

우리 사회에는 '기본값'이라는 특정한 값이 있다. 보통 백인우월주의와 성차별주의적인 성 역할, 그리고 이성애가 그런 것들이다. 나는 늘 '여성 아티스트'나 '여성 일러스트레이터'로 불린다. 밴드 활동을 하는 내 친구는 '여성 뮤지션'으로 불린다. 그냥 들었을 땐 별문제가 없는 것처럼 여겨지지만, 말이란 매우 큰 힘을 발휘하는 법이다. 이 수식어들은 아티스트와 뮤지션, 일러스트레이터들은 원래 남자들이라는 걸 암시한다. 아마 한 번도 '남성 아티스트'

라고 말하는 걸 들어본 적이 없을 것이다. 이 밖에도 '기본값' 편견은 매우 다양하다. 우리는 종종 영화에서 유색인종 배우가 주인공인 경우 놀라워하거나 실망하곤 한다. 원작소설을 읽을 때 당연히 백인일 거라고 생각했기 때문이다. 예술계는 어떤가? 최근에서야 다양한 피부 톤의 발레 슈즈와 살색 석고가 제작되고 있는 실정이다. 이처럼 우리 사회는 백인우월주의를 매우 강한 기본값으로 하고 있다.

언젠가 집주인이 방문할 거라 예고한 가스 점검원이 예상과 달리 여자여서 깜짝 놀란 적이 있다. 물론 유쾌한 놀람이었다. 그때 비로소 깨달았다. 나 또한 고정관념을 가지고 있었다는 사실을. 지금 누군가에 대해 지레짐작하고 있는가? 말을 멈추고 생각할 시간을 가지자. 내 고정관념들이 누군가를 억압하는 매우 강력한 수단이 될 수 있음을 기억하자. 이 '기본값'은 사람들에게 '자신의 자리'를 지키도록 압박하는 또 다른 극단적인 내러티브가 된다.

당신이 가진 편견을 조심하라

우리는 모두 편견을 가지고 있다. 각자가 지닌 편견의 내용은 자라온 환경과 살면서 겪은 경험, 그리고 미디어를 통해 흡수한 내러티브에 따라 달라진다. 우리는 주로 무의식적인 결정대로 행동하게 되는데, 상대에 대한 고정관념이 그를 향한 우리의 행동에 영향을 준다. 스스로도 알아차릴 수 없을 정도로 은밀하게. 결국 미묘한 차별이 일어나게 된다.

미묘한 차별의 몇 가지 예

- 흑인이 보이면 반대편 길로 건너간다.
- 그곳이 고향인 타 인종 사람에게 "진짜 출신지는 어디예요?"라고 묻는다.
- 게이 커플에게 "누가 남성 역할이고, 누가 여성 역할이죠?"라고 묻는다.
- 백인 여성이 흑인 여성 친구를 부를 때, 흑인 억양을 잔뜩 살린 채 손가락

을 튕기며 "헤이 거~얼"이라고 부른다. 백인 친구에게는 절대로 그런 식으로 부르지 않으면서 말이다.

- 유색인종 사람에게 "발음이 매우 정확하다"고 얘기한다.
- '저능아'나 '미치광이'처럼 장애인을 비하하는 말을 사용한다.
- 그녀가 '파트너'라고 분명히 말했는데도 '남자 친구'나 '남편'으로 칭한다.
- 트랜스젠더 여성에 대해 "그 여자 트랜스젠더였어? 와, 전혀 몰랐어. 진짜 여자 같다"라고 얘기한다.
- '당신의 또 다른 게이 친구'를 만들려고 한다.
- 길에서 흑인을 마주치면 핸드백부터 움켜잡는다.
- 흑인에게 그들의 머리카락에 대해 이것저것 물어보거나 당신의 의견을 피력한다. 아니면 아예 머리카락을 직접 만져본다. 그러면서 "직장에서 흑인의 곱슬머리는 프로답지 못하다"라고 말한다.
- 회의에서 여성 참가자가 의견을 말하고 있을 때 남성 참가자가 "글쎄요, 사실 제 생각은…"이라며 끼어든다.
- 피해 여성이 성폭력이나 성희롱을 당한 사실을 이야기할 때, 당시 무슨 옷을 입고 있었는지 묻는다.
- 유색인종 여성을 '이국적'이라고 부른다.
- 남자가 "당신은 다른 여자와는 달라요"라고 말하거나 여자가 "나는 다른 여자와는 달라요"라고 말한다.
- 토론회나 행사, 전시회 참가자나 패널, 아티스트, 발표자가 모두 백인이다.
- 동네에 흑인과 소수민족 사람들이 많아 치안이 좋지 않다고 말한다.
- 'N으로 시작하는 단어*'를 가사에 넣어 노래를 부른다(이제는 이 부분에 대해 잘 알고 있을 거라고 생각하지만, 만약을 대비해 다시 적는다).

미묘한 차별과 공공연한 인종차별, 성차별, 동성애 혐오의 다른 점은 '의도

성'에 있다. 다른 차별들과 달리 미묘한 차별은 의도하지 않은 차별이다. 수 년간의 사회화로 형성된 무의식적 신념을 기반으로 하기 때문에 상대를 '다 른 것'으로 구분 짓고 있다는 사실조차 당사자는 전혀 의식하지 못한다.

하지만 의도성은 미묘한 차별이 이루어지는 원리에 대한 설명일 뿐, 차별에 대한 변명이 되지는 않는다. 차별임을 지적받았을 때 우리가 가장 먼저 해야 할 일은 상처받은 상대가 괜찮은지 확인하는 것이다. 일부러 그랬든 모르고 그랬든, 중요한 건 당신이 그랬다는 거다. 만약 누군가에게 해를 가했다면, 당신의 의도보다 당신의 행동이 끼친 영향이 더욱더 중요하다. 당신이 넘어 가야 할 다음 챕터는 '책임'과 '사과'다.

당신과 다른 경험을 한 사람들의 이야기에 귀를 기울여라. 그리고 다른 이 의 성적 지향을 짐작하는 것을 중단하라. 그 사람을 '그'라고 불러야 할지, '그녀'라고 불러야 할지 확신이 들지 않는다면, 직접 물어보면 된다. 매우 간 단하다.

---

*흑인을 비하하는 단어인 '니거(nigger)'를 의미한다. 우리말로는 '깜둥이'로 해석되는데, 흑 인이 아닌 사람이 흑인에게 사용할 수 없는 금기어다. - 옮긴이

단지

누군가의 행동을
설명할 수 있다고 해서
그 행동을
봐줘야 하는 건 아니다.

CHAPTER 18

책임감

누군가 당신이 스스로의 행동을 책임지도록 북돋고 꾸짖어준다면, 그것이야말로 진정한 사랑에서 나온 행동이다.

당신의 말이 다른 사람들을 아프게 한다는 얘기가 처음에는 인신공격처럼 들릴 수도 있다. 하지만 당신에게 그런 말을 해주는 사람은 당신을 정말로 아끼는 사람이다. 그는 지금 당신의 인간관계를 지켜주기 위해 부단히 애쓰는 중이라는 걸 알아야 한다. 그는 당신을 소중하게 생각한다. 그래서 당신이 자신이 내뱉은 말의 영향력을 스스로 이해해 다시는 똑같은 실수를 반복하지 않기를 바란다. 당신 자신도 똑같다. 자신의 행동에 책임을 지는 건 스스로를 사랑하는 행동이다. 이게 바로 우리가 성장하는 과정이다.

이제 더 큰 성장을 위해 머물던 방을 떠나 당신의 삶과 의미 있는 새로운 연결을 만들고자 한다면, '항상 내 말이 맞아'라는 생각을 극복해야만 한다.

사과할 때 피해야 할 말들

- "네가 기분이 상했다니 미안하지만, 난…."
- "네가 너무 이상하게 받아들인 것 같아."
- "네가 너무 오버하는 거야."
- "내 뜻은 그게 아니었어."
- "그건 공평하지 못한 거 같은데, 왜냐하면…."

이건 반발이지, 반응이 아니다.

반응은 내가 무슨 말을 했는지 돌이켜보는 시간을 갖고 내가 제공한 관점에 충분히 공감한 후 주의 깊게 하는 것이다. 반응은 자기 성찰을 반영한다. 충분히 내면을 들여다본 생각이 반영되어야 한다.

당신의 말이 어떤 의미였는지는 중요하지 않다. 당신이 어떤 의도로 그 말을 했는지도 중요하지 않다. 중요한 건 당신이 한 행동이 끼친 영향이다. 누군가 당신의 말로 상처를 받았다는 사실이 중요하다. 그렇다, 누군가가 다쳤다! 당신이 제일 먼저 해야 할 건 상황을 바로잡아 위험을 없애는 것이다. 그렇게 함으로써 상대가 이제는 안전하다고 느낄 수 있어야 한다. 내가 지금까지 배운 교훈 중 최고의 교훈은 반발하는 습관을 버리기 위해 애써야 한다는 것이다. 반발 대신 반응을 해야 한다. 누군가 당신의 행동을 지적하면, 당신은 스스로를 방어하기 위해 반발부터 할 것이다. 당신이 누군가를 다치게 하는 사람이라고는 전혀 생각할 수 없기 때문이다. 특히 의도하지 않았을 경우에 더 그렇다.

하지만 만약 누군가가 다쳤다면, 그가 원하는 건 변명이 아니라 사과일 것

네가 **틀렸다**는 사실을
받아들이는 법을 배워야 해.
변명으로 둘러댈
생각 하지 말고
그냥 미안하다고 사과해.
실수한 걸 부끄러워하지 말고
성장을 위한 기회로
삼을 줄 알아야 한다고.

이다.

물론 당신도 당신이 그렇게 행동한 이유를 설명할 필요를 느낄 수 있다. 그러나 당신의 행동을 설명할 수 있다고 해서 핑계가 될 수는 없다는 걸 말로 인정해야 한다. 그건 누군가가 다쳤다는 사실의 변명이 될 순 없다.

반응하는 방법

당신의 친구가 당신 때문에 받은 상처를 고백했다고 가정해보자. 그는 당신이 자기를 무시했다고 말한다. 이유는 당신의 새로운 애인 때문이다. 친구에게도 당신의 행복이 중요하기 때문에 당신이 새 연인과 시간을 많이 보내는 것이 기쁘긴 하지만, 한편으로는 자신이 당신에게 잊힌 존재처럼 느껴진다고 얘기한다. 당신은 이 일을 어떻게 해결해야 할까? 어떻게 해야 반발이 아닌 반응을 할 수 있을까?

사과하기

당신의 의도는 중요하지 않다. 팩트는 상대가 그렇게 느끼고 있고, 상대의 감정은 타당하다는 것이다. 상대에게 이렇게 얘기해라. 그가 어떻게 느끼는지 당신도 알고 있으며 미안함을 느끼고 있다고.

"네가 그렇게 느끼도록 만들어서 정말 미안해. 나 때문에 네가 느낄 필요도 없는 감정을 느끼게 했어."

"네 감정은 전적으로 옳아."

"네 감정을 나한테 말해줘서 고마워. 너의 감정을 솔직하게 말할 수 있을 정도로 날 편안하게 느낀다는 건 내게 많은 의미가 있어."

당신은 화가 날지도 모른다

그가 당신을 '질투'한다는 생각이 들 것이다. 당신이 가장 먼저 취하게 될 방어기제다. 화가 나거나 방어해야겠다는 생각이 들면서 당신의 행동을 변명하고 싶어질 것이다. 당장 멈춰라. 그 상황에서 가장 좋은 건 스스로에게 '쿨 다운'할 시간을 주는 것이다. 차분하게 생각할 수 있는 자기반성의 시간을 갖자. 방어적인 태도를 취할 때는 스스로를 상황의 중심에 놓게 된다. 하지만 이건 확실히 해야 한다. 지금 친구의 이야기와 감정은 당신의 이야기가 아니다. 당신 친구의 이야기다. 그러니 그가 당신에게 자신의 감정을 솔직하게 말할 수 있도록 편안하고 안전한 분위기를 만들어야 한다. 방어적인 태도로 "네가 너무 오버하는 거야!"라거나 "너 지금 나 질투하는구나?"라고 말해버린다면, 상대는 자신의 감정을 의심하게 되고 상황은 적대적으로 바뀌어버린다. 정서적 가스라이팅 중 한 형태다. 이제 친구는 당신에게 다시는 자신의 감정을 편하게 얘기하지 못할 것이다. 이런 상황이 몇 번 반복되면 학대적인 관계의 토대가 형성된다. 만약 누군가 어떠한 관계 속에서 자신의 목소리를 내지 못하고 있다면, 그건 명백한 학대다.

당신이 그의 요구를 간과했을 수도 있다는 걸 인정해라

새 연인과 새롭게 맺은 관계를 친구와의 관계보다 더 우선순위에 놓고 있었을지도 모른다. 그건 괜찮다, 어쨌든 일어난 일이니까. 그러나 당신의 친구는 이미 상처를 받았다. 비록 당신이 의도한 게 아니었다고 하더라도 친구는 당신 때문에 화가 난 상태이며 당신은 해결책을 찾아야 하는 상황이라는 걸 반드시 인정해야 한다. 그에게 어떤 의미인지 대놓고 물어보자. 이 상황을 바로잡기 위해 어떻게 했으면 하는지도 함께 물어보자. 아니면 해결 방안을 먼저 제안해볼 수도 있다. 매달 특정일을 정해 함께 커피를 마시자고 얘기해보자. 누군가 자신의 감정을 이해하고 기분을 풀어주기 위해 열심히 노력한다면,

그것보다 더 좋은 약은 없을 것이다. 그러므로 해결책 찾기에 적극적으로 동참하자.

바뀐 모습을 보여주자

행동의 변화 없이 말로만 하는 건 진실되지 않은 사과다. 이 또한 감정을 조종하는 여러 방법 중 하나일 뿐이다. 다시는 이런 상황에 놓이지 않으려면 어떻게 해야 할까?

이를 위해서는 서로 자존심을 버리고 해결책을 찾기 위한 직접적인 대화를 나눠야 한다. 만약 이런 유의 솔직한 대화가 어렵다면, 이메일을 쓰거나 문자 메시지를 해보는 것도 괜찮다. 불안이나 정신 질환으로 고통받는 사람들은 마주 보고 나누는 직접적인 대화에 압도될 수 있다. 직접적인 대화가 아니더라도 스스로 책임을 지고 갈등을 해결할 수 있는 다른 방법을 찾아보자. 오히려 직접적인 대화보다 스트레스를 덜 받을 수 있다. 개인적으로 나에겐 문자 메시지와 이메일이 효과가 좋았다. 문자메시지나 이메일로 대화를 시작한 후 전화로 통화하면서 함께 해결책을 찾으려고 노력했다. 하지만 이때도 주의할 점이 있다. 말이 아닌 문자로 상대방의 말투나 감정을 이해하는 건 힘들다. 어쩌면 더 많은 오해가 생길 수도 있다. 그러므로 가능하다면 직접 대화를 나누려고 노력해보자. 진정한 대화만이 지속 가능하고 빠른 해결책을 찾는 유용하고 효과적인 수단이 될 수 있다.

책임 묻기

바운더리를 이용해 중요하지 않은 사람을 걸러낼 수 있다. 내 바운더리에 어떻게 반응하는지 보거나 자신의 행동 때문에 내가 힘들다는 얘기에 어떻게 반응하는지 보면 된다. 그 사람과 관계를 유지해야 할지 끊어야 할지 결정할 때 도움이 된다.

타인의 관점을 고려하기 위해선 자존심을 내려놓아야 한다. 그러지 못하는 사람은 자신의 상태를 스스로 인식하지 못한 채, 실수를 저지르고 숨을 헐떡이는 사람일 뿐이다. 이 사실을 명심해야 한다. 그는 당신이 원하는 사람이 아니다. 사람들은 때때로 내 바운더리가 너무 엄격하다고 불평한다. 그러고는 어느 정도 느슨해질 필요가 있다고 얘기한다. 어떨 땐 내가 원하는 것과 원하지 않는 것을 얘기했다가 '미친년'이라는 소리를 들은 적도 있다. 물론 그렇게 말한 사람들은 더 이상 내 주변에 없다. 이미 내 인생에서 그들을 내보냈기 때문이다. 그들이 진짜로 말하고 싶었던 건 무엇일까. 내가 바운더리를 견고히 지킬 때마다 자신들은 내 것처럼 튼튼한 바운더리를 가지지 못했다는 사실이 떠올라 너무 괴롭다는 얘기였을 것이다. 그들이 원했던 건 내가 '나 자신'을 양보하는 것이다. 양보? 무엇을 위한? 어째서 다른 사람들을 위해 내 바운더리를 바꾸고 굽혀야 하지? 그것도 나에게 해가 될 것들로부터 나를 지키기 위한 바운더리를? 바운더리는 의도적인 것이다. 이유가 있기 때문에 만든 것들이다. 누군가 당신의 바운더리를 존중하는 걸 거부한다면, 지금 그는 당신의 법을 침해하고 망가뜨리고 있는 것이다.

상대에게 책임을 물으려 할 때 나타나는 위험신호
- 이미 한 말을 취소하거나 상대가 듣기 좋은 말로 바꿔 말해야 되나 싶을 정도로 방어적인 태도로 반응한다.
- 내가 '좋게 얘기'하지 않았기 때문에 오히려 사과는 내가 해야 한다고 반응한다.
- '혹시 내가 말을 잘못한 게 아닐까', '이제 상대가 어떻게 나올까' 등의 걱정을 하게끔 방어적인 태도를 취한다. 마치 달걀 껍질을 밟아 뭉갠 것처럼 안절부절못하게 만들어버린다.
- 무슨 짓을 해서라도 자신의 행동에 대해 설명하려고 한다. 자기가 왜 그런

다른 사람에게 상처를 주고도
책임을 지려 하지 않거나
사과하지 않는 사람은

일부러 그랬든 일부러 그런 게 아니든,
위험신호의 일종이다.

아니, 위험신호다.

행동을 했는지, 어떠한 사고 과정을 거쳐 그런 행동에까지 이르게 됐는지 말이다. 하지만 정작 자기가 나에게 상처를 주었고 그에 대한 책임이 자기에게 있다는 건 순순히 인정하려 하지 않는다.

- 오히려 자기가 피해자라고 말하며 내 고백이 자기에게 어떤 의미인지 설명하려 한다.
- 사과할 수 없다고 얘기한다.
- "나는 내가 사과할 게 없는 것 같은데?"라고 말한다.
- 내가 바운더리에 너무 집착한다고 얘기하며 자기반성을 할 줄 아는 나에게 수치심을 준다.
- 나를 자기의 돌보미로 만들어버린다. 자기를 애지중지하며 돌봐줘야 하는 사람으로 말이다(왜 나를 아프게 했는지 설명하기 위해 눈물을 흘리거나 화를 내면서 자신의 정신질환이나 트라우마를 이용한다).

마찬가지로, 당신 또한 예시 행동 중 한 가지라도 한 적이 있다면 지금이야말로 스스로를 돌아보고 고민하기 딱 좋은 타이밍이다. 왜 그런 감정을 느꼈는지, 왜 그런 식으로 스스로를 방어하고 싶어 했는지 말이다. 괜찮다, 우리는 원래 다 엉망이다. 하지만 그렇다고 하더라도 당신에겐 아직 빚이 있다는 걸 잊지 말아야 한다. 누군가에게 사과해야 할 빚이다. 당신의 행동에 책임을 지고 아직 하지 못한 사과를 용기내서 해야 할 때다.

만약 누군가 방어적인 태도를 취하며 왜 그런 행동을 했는지 전체적인 사고 과정을 설명하려 한다면, 그리고 그러기 위해 무슨 짓이든 하려고 한다면 나는 더 이상 그들에게 아무 말도 하지 않을 것이다. 내가 '다른 방식으로' 얘기했어야 한다고 말하거나 자기는 '잘못한 게 없어' 아예 사과조차 할 수 없다고 말하는 사람들에게도 똑같다. 적어도 자신들이 무슨 짓을 했는지 스스로 깨닫기 전까진 그들에게 해줄 말도, 하고 싶은 말도 없다. 물론 그들을 용서

내가 왜 예뻐야 되냐고요

할 생각도 없다.

 기꺼이 당신의 관점으로 생각해보는 걸 거부하는 사람은 절대로 사과하지 않을 것이다. 그는 언제나 자신은 잘못한 게 없다고 믿을 테니 말이다.

 그냥 잊어버려라.

 당신은 할 만큼 했다.

 이제 그들은 놔두고 앞으로 나아갈 때다.

 스스로를 치료하는 데만 집중해라.

 잊지 마라, 그들의 카르마가 지금의 그들을 만들었다.

CHAPTER 19

당신이 누리고 있는 특권을 확인해라

특권은 실제로 무엇을 의미하는 걸까?

특권을 가졌다는 건 일하지 않고도 사회에서 혜택을 받는 걸 의미한다. 어떤 사회 집단의 구성원인지를 기준으로 말이다. 예를 들어 백인 남성은 늦은 밤에도 살인이나 강간, 괴롭힘 등을 당할까 봐 두려워하지 않고 안전하게 길을 다닐 수 있다.

억압과 특권을 동시에 받는 것도 가능하다. 나는 퀴어 여성이기 때문에 동성애 혐오자와 성차별주의자로부터 억압을 받는다. 하지만 동시에 장애가 없고 날씬한 시스젠더 백인이기 때문에 그렇지 않은 사람들보다 더 많은 기회를 얻는다. 모두 특권을 가지지 못한 사람들을 희생시켜 얻은 기회다.

우리는 특혜를 누린 경험보다 억압받은 부정적인 경험을 더 잘 기억하는 경향이 있다. 우리가 누리는 특권이라는 게 사실은 모든 사람이 공평하게 누려야 했던 보통의 것들이기 때문이다. 우리는 모든 사람이 우리와 똑같이 대우받는다고 생각한다. 우리에겐 대우받는 일상이 우리의 현실이고 '평범'한 일이기 때문이다. 이미 특권을 가진 사람은 그 특권을 볼 수 없다. 누군가가 말해주거나 그 특권을 잃어버리기 전까지는. 예를 들어 나는 커밍아웃하기 전까지는 공공장소에서 연인과 애정 표현하는 게 얼마나 큰 특권인지 알지 못했다. 사람들 앞에서 여자들끼리 손을 잡고 다니면 공격이라도 받을까 두려워하기 전까지는 말이다.

특권은 억압 없이 존재할 수 없다. 당신이 특권을 누린 건 다른 집단이 고통을 받으며 대가를 지불했기 때문이다. 어째서 백인 소녀가 콘로 스타일로 머리를 땋기만 해도 왜 그렇게 난리가 나는지 궁금했던 적이 없는가? 필요할 때만 흑인 문화를 살짝 꺼내 쓸 수 있는 것도, 아무런 항의도 받지 않고 자기들만의 문화 행사를 열 수 있는 것도 모두 특권에 해당한다. 이루 말할 수 없는 특권이다. 콘로 헤어를 한 흑인 여성은 '빈민가' 스타일이라는 소리를 듣고, 있는 그대로 머리카락을 놔둔 흑인 여성은 '프로답지 못하다'라는 소리를 듣는다. 흑인 꼬마들은 머리카락이 '너무 산만하다'라는 이유로 수업 도중 집으로 돌려보내진다. 흑인들이 겪는 이러한 반발과 장애를 경험하지 않고서도 흑인 문화에 손쉽게 들어갔다 나올 수 있는 건 말 그대로 특권이다. 그들을 억압하면서 개인이 혜택을 누리는 특권이다. 당신이 가진 특권을 이런 식으로 누리는 건 옳지 않다. 유해하고 공격적인 행동이다. 흑인이 자신의 머리카락 때문에 벌을 받을 위험에 처하지 않고 스스로의 삶을 영유할 수 있을 때까지는 드레드록 스타일을 한 백인의 헤어스타일은 '그냥 헤어스타일'이 될수 없다. 그때까지는 언제나 정치적인 문제일 뿐이다.

페기 매킨토시(Peggy McIntosh)*는 자신의 저서《백인 특권(White Privilege)》에서 백인들이 가지는 특권을 '매일 현금으로 바꿀 수 있는 보이지 않는 불로의 자산 꾸러미. 그러나 나는 의식하지 못하도록 되

네가 가진 특권을
확인해 보라고,

어 있는 것'으로 묘사했다. 또 '백인 특권은 특별한 식량, 지도, 여권, 암호서, 비자, 옷, 연장, 그리고 백지수표가 담긴 무게가 없는 보이지 않는 배낭'이라고 말했다.

물론 백인도 많은 이유로 억압받을 수 있지만, 그들이 백인이기 때문에 억압받는 일은 없다. 특권을 가졌다는 게 당신이 힘든 삶을 살아오지 않았다거나 지금의 위치까지 오르기 위해 열심히 일하지 않았다는 걸 의미하지는 않는다. 단지 당신과 달리 특권을 가지지 못한 사람이 당신과 같은 자리에 오르기 위해서는 당신보다 더 많은 장애물을 넘어야 한다는 사실을 의미한다. 그 자리에 오르기 위해 애초에 그가 직면해야 했던 장애물은 말할 것도 없고 말이다. 예를 들어 백인은 가난해도 여전히 특권을 가지고 있다. 반면 흑인과 빈곤층은 그들보다 더 힘들게 산다.

여기에 당신이 가진 특권을 확인해볼 수 있는 체크리스트를 소개한다**. 당신이 사회로부터 언제 어떤 도움을 받는지 알 수 있도록 도와줄 것이다.

백인이 가지는 인종적, 민족적, 문화적 특권

- 내 이름을 어떻게 발음해야 하는지 사람들이 정확하게 알고 있다.
- 이름 때문에 놀림받거나 위협적인 사람으로 인식된 적이 없다.
- 경찰은 나를 지켜주기 위한 존재이며, 그들이 나타나도 두렵지 않다.
- 나와 인종이 같은 사람들이 미디어에 주로 나온다.
- 애초에 내 인종이나 민족성에 대해 진지하게 생각해봐야 한 적이 단 한 번

---

* 미국의 여성학자로 자신이 백인으로서 가지는 특권을 정리한 저서 《백인 특권(White Privilege)》으로 유명하다. 현재 미국에서 명문으로 꼽히는 웰즐리 칼리지(Wellesley College)의 '웰즐리 여성 센터(Wellesley Centers for Women)'에서 교수로 재직 중이다. - 옮긴이
** Boise State Writing Center, https://sites.google.com/a/u.boisestate.edu/socialjustice-training/about-us/our-training/privilege-checklist

도 없다.

- 실제로 인종에 대해 별다른 생각을 하지 않는다.
- 심각한 범죄를 저지르지 않는 한 교도소에 수감될까 봐 걱정하지 않아도 된다.
- 피부색에 맞추어 깁스를 고를 수 있으며, 내 피부에 어울리게 조정할 수도 있다.
- 내 민족적 배경은 주위 사람들을 불편하게 하지 않을 것이다.
- 도둑으로 몰릴 위험 없이 언제든 쇼핑하러 갈 수 있다.
- 여행지를 고를 때 내가 어떤 민족에 속하는지가 문제를 일으키지는 않을 지 확인하지 않아도 된다.

시스젠더가 가지는 특권

- 욕설을 듣거나 공격, 체포를 당할 두려움 없이 화장실이나 사물함 같은 공공시설을 이용할 수 있다.
- 내가 말해주지 않아도 사람들은 이미 나를 뭐라고 부르고 나에 대해 어떻게 얘기해야 할지 알고 있다.
- 내 성 정체성을 표현하는 게 주위 사람들을 불편하게 만들지는 않을까 걱정하지 않아도 된다.
- 처음 본 사람이 내게 생식기는 어떻게 생겼고 섹스는 어떻게 하는지 묻지 않는다.
- 세상 속으로 걸어가 그들과 함께 섞여도 사람들이 수군거리지도, 손가락질하지도, 비웃지도 않는다.
- 응급실에 가게 되더라도 성별 때문에 적절한 치료를 받지 못할까 봐 걱정하지 않아도 된다. 나의 모든 의학적 문제가 젠더 때문에 생긴 결과로 보일까 봐 걱정하지 않아도 된다.

내가 왜 예뻐야 되냐고요

- 내가 작성해야 할 모든 서류의 양식에 내 성별을 체크하는 란이 있다.
- 나는 내 성별을 법적으로 보장받는다.
- 내가 원하면 누구와든 데이트할 수 있다. 그들이 그저 내 성 정체성에 대한 호기심이나 삐뚤어진 마음을 해소하기 위해 나를 만나는 게 아니라는 걸 알고 있다.

남자라서 가지는 특권

- 나는 무엇에 대해서든 내 의견을 거리낌 없이 말할 수 있고, 나만의 바운더리를 세워도 '미친놈'이라는 얘기를 듣지 않을뿐더러, "오늘 그날이니?"라는 말을 듣지도 않는다.
- 내가 무언가를 망쳐버려도 내 성별을 비난하지 않는다.
- 성희롱당할 위험 없이 길거리를 걷거나 공공장소를 이용할 수 있다.
- 직장에서 고객이나 동료, 상사로부터 희롱당할 걱정을 하지 않아도 된다.
- 언제 어디든 혼자 편하게 다닐 수 있다.
- 데이트 폭력 걱정 없이 새로운 사람, 특히 낯선 사람과 편하게 데이트할 수 있다.
- 내가 입은 옷이나 몸매 때문에 사람들이 나를 성적인 시선으로 볼까 봐 걱정할 필요 없다.
- 사람들이 내 몸매에 대해 이러쿵저러쿵하는 얘기를 들을 필요 없다.
- 외모를 가꾸기 위해 엄청난 시간과 돈을 쓰지 않아도 된다.
- 외모를 가꾸기 위해 내 시간과 돈을 투자하지 않기로 했다고 수치스러워할 필요가 없다.
- 강간당할까 봐 두려워하지 않아도 된다.
- 내 의견을 얘기할 때, 사람들이 귀 기울여 들어주고 존중해준다.
- 내 성별 때문에 폄하되거나 다르게 취급받지 않는다.

특권을 가진 사람에게는
특권이 보이지 않는 법이다.

누군가 그 특권을 지적하거나
아예 그 특권을
잃어버리기 전까지는.

이성애자라서 가지는 특권

- 로맨틱한 관계를 위해 대중의 인정과 지지를 받는다.
- 공공장소에서 연인과 편하게 애정 표현을 할 수 있으며, 이로 인해 다른 사람의 적대감의 표현이나 폭력을 경험하지 않는다.
- 연인과 함께 여행지를 정할 때 내 성적 지향이 합법인 곳인지 고민하지 않아도 된다.
- 연인과 공개적으로 함께 살 수 있다.
- 공공장소에서 연인과 공개적으로 손을 잡고 편하게 다닐 수 있다.
- 내 성 정체성을 숨기거나 드러내야 했던 적이 없다.
- 나는 이분법적인 성적 지향에 대한 추정에서 '벗어난' 적이 없을뿐더러 상대적으로 낯선 사람들 앞에서 내 성 정체성에 대해 공개적으로 얘기해야 했던 적도 없다.
- 내 성적 지향 때문에 직장에서 차별을 겪어본 적이 없다.
- 영화나 텔레비전을 통해 섹스와 사랑에 대해 배울 수 있다.
- 내 성적 지향과 관련해 나와 같은 부류의 사람을 정확하게 대표하는 사람과 롤 모델을 쉽게 접할 수 있다.
- 나는 대부분의 시간을 나와 성적 지향이 동일한 사람들과 함께 보낸다고 확신할 수 있으며, 교실에서나 직장 또는 사회적인 상황 속에서 혼자 동떨어진 성적 지향을 지녔을까 봐 걱정하지 않아도 된다.
- 평가받거나 폭행당할 걱정 없이 내 연애 이야기를 할 수 있다.
- 이웃들이 나를 쉽게 받아들인다.
- 만약 내가 아이를 키우거나 입양한다고 해도, 또는 아이들을 가르치는 일을 한다고 해도, 아무도 내가 아이들에게 내 성적 지향을 강요할 거라고 생각하지 않는다.
- 낯선 사람들이 내게 성관계를 어떤 식으로 하는지, 아이는 어떻게 가질 수

있었는지 물어보지 않는다.
- 내 성적 지향 때문에 경찰이나 관계 당국에 학대받지 않는다.

비장애인이라서 가지는 특권
- 미리 준비하지 않고도 쉽게 이동할 수 있기 때문에 언제든 새로운 곳에 쉽게 갈 수 있다.
- 나의 장애 때문에 주변 사람들이 불편해할까 봐 걱정하지 않아도 된다.
- 사람들이 나를 아이 다루듯 대하지 않는다. 쪼그려 앉아 나와 눈높이를 맞추거나 아이를 달래는 말투로 말하지 않으며, 청하지 않은 도움을 주지도 않는다.
- 내가 무엇인가를 성공적으로 해내도 사람들이 놀라지 않는다. 내 성공 앞에 '그럼에도 불구하고'라는 단어를 쓰지도 않는다.
- 나의 성공이 장애가 있지 않은 사람들에게 죄책감을 주기 위한 예로 사용되지 않는다("저 사람도 저런 장애를 극복하고 해냈는데, 도대체 너는 뭐니?").
- 나는 어떤 수업도 들을 수 있고, 어떤 직업에든 종사할 수 있으며, 인터넷도 자유롭게 할 수 있다. 또 이 과정에서 접하는 모든 문서와 자료를 이해할 수 있다.
- 내가 무언가를 다시 시도해야 하거나 분명하게 하기 위해 다시 물어보더라도 나를 게으른 사람이나 머리가 나쁜 사람으로 생각하지 않는다.
- 나를 약하게 만드는 불안감, 창피함, 괴롭힘 또는 폭력 등의 두려움 없이 새로운 상황을 얼마든지 접할 수 있다.
- 아무도 내 연인이나 나를 마음에 들어 하는 사람을 약탈자나 소아성애자(심지어 내가 어른인데도)로 보지 않는다.

내가 왜 예뻐야 되냐고요

계급적·경제적으로 가지는 특권

- 내가 가고 싶은 곳이 어디든, 그곳으로 갈 수 있는 교통수단에 얼마든지 쉽게 접근할 수 있다.
- 지역사회의 자원에 대해 잘 알고 있으며, 쉽게 접근할 수 있다.
- 사람들은 내가 범죄를 기도하거나 행해도 내가 속한 계층의 도덕률이 낮아서라고 비난하지 않는다.
- 최신 유행에 맞게 새로운 옷으로 옷장을 업그레이드할 수 있다.
- 사투리를 써도 나를 똑똑하지 않거나 태만한 사람으로 생각하지 않는다.
- 계절에 상관없이 집의 실내를 알맞은 온도로 유지할 수 있다.
- 필요할 때마다 대형 마트에 갈 수 있으며, 사고 싶은 물건이나 건강에 좋은 식품을 살 수 있다.
- 이사는 내가 원할 때만 갈 수 있으며, 이사 갈 집을 쉽게 구할 수 있다.
- 연봉 상승을 기대할 수 있다.
- 대학 진학 여부를 결정할 때 등록금 같은 재정적 요인은 고려 사항이 아니다.

특권은 힘의 제도 속에서 시스템에 따라 작동한다. 제도적 권력을 가진 사람들은 우리가 흔히 아는 내러티브를 쓰는 사람들이다. 거대 기업의 CEO(여성 CEO보다 이름이 '존'으로 시작하는 남성 CEO가 훨씬 많다)이거나 정치적 대화를 지배해 우리에게 정치 세계를 보여주는 이들이다. 이러한 사람들은 자신들의 지위를 이용해 그들 스스로와 다른 특권층에 혜택을 준다. 만약 당신이 억압받는 쪽에 속한다면, 당신은 이러한 제도적 권력을 가지지 못한 게 된다. 단지 당신의 인종과 계급, 성별이 제도적 힘을 가진 사람들의 것과 부합하지 않아서다. 흑인은 인종 때문에 제도적 권력을 가지지 못한다. 여성은 성별 때문에 제도적 권력을 가지지 못한다. 따라서 '역인종차별'과 '여성 특권'은 존재하지 않는다. 상대방을 억압하기 위해선 제도적 권력이 필요하기 때문이다. 남성 혐오는 단 한 번도 그들에게 직장을 빼앗거나 강간, 살인 또는 대규모의 억압을 행한 적이 없다. 여성 혐오가 여성들에게 했던 것과 정반대다. 그러나 우리는 다양한 정체성을 지닌다. 따라서 억압과 특권을 동시에 마주할 수도 있다. 권력을 가진 백인 여성은 여전히 인종차별주의에 근간을 둔 제도에 견딜 수 있고, 유색인종 남성은 가부장제를 영구화하고 유지할 수 있다.

우리는 반드시 예외가 아닌 원칙을 살펴봐야 한다. 매우 많은 사람들이 몇몇 개인을 예로 들려고 할 것이다. '이제 인종차별은 없다'는 것을 증명하기 위해 오프라 윈프리나 미국의 전 대통령이 흑인이라는 사실 등을 예로 들 것이다. 하지만 특권은 시스템으로 작동한다. 그리고 잔인한 사이클로 퍼진다. 시스젠더 백인 남성으로만 가득 찬 한 회사를 예로 들어보자. 그들은 '능력'에 기초해 직원을 고용했다고 할 뿐, 전혀 차별하지 않았다고 주장한다. 비록 이 말이 사실일지라도, 유색인종 사람들이 사회·경제적인 요소로 인해 백인보다 더 적은 능력과 자격을 갖추게 되었다는 사실은 부정할 수 없다. 우선적으로 그러한 요소들은 그들이 필요한 교육을 받는 걸 막아버린다. 결국 이들은 사회에서 권리가 박탈된 억압된 계층이 된다. 대학도 인종적인 편견 때문에 흑인 학생을 비교적 덜 받으려고 한다. 대학에 합격했다 해도, 많은 흑인 학생이 입학 후에 낙제해 졸업하지 못한다. 부족한 지원 때문이다. 전과 기록이 있는 백인 남성은 전과가 전혀 없는 흑인 남성보다 취업의 기회를 더 많이 갖는다*.

다시 한번 읽어보자.

우리 사회에 침투한 모든 종류의 미묘한 차별과 인종차별 사례는 억압의 사

*출처: 사회학자 데바 페이저(Devah Pager)의 저서《Marked: Race, Crime, and Finding Work in an Era of Mass Incarceration》

이클을 작동시키고 유지한다. 그러면서 동시에 특권을 가진 사람들이 계속 정상에 올라 있을 수 있도록 현재의 상황을 유지시킨다.

우리 삶의 그 어떤 것도 우리가 가진 특권에 영향받지 않은 게 없다. 이 사실을 아는 게 중요하다. 죄책감을 느끼기 위해 특권을 인지하라는 게 아니다. 죄책감은 무의미할뿐더러 사회적 변화와 페미니즘에 아무런 도움도 주지 않는다.

당신이 가진 특권을 알면 다른 이들을 위해 그 특권을 사용할 수 있게 된다.
세상을 헤쳐나가면서 어떤 기회를 양보할 수 있는지,
당신처럼 중요한 영역에 쉽게 접근할 수 없는 사람들을 위해
당신이 무엇을 포기할 수 있는지 생각해보자.
스스로의 힘을 아무도 모르게 포기할 때 비로소 진정한 변화가 시작된다.

새로운 프로젝트를 위해 사람들을 고용하려고 하는가? 유색인종 사람들도 후보 명단에 있다는 걸 반드시 기억해라. 모두 백인으로만 구성된 패널 앞에서 이야기하도록 요청받았는가? 초청을 거절하고 그들에게 거절한 이유를 설명해라. 그러고는 그들에게 내러티브를 확대시키고 다른 관점의 목소리를 낼 수 있는 더 다양한 사람들을 고용하자고 제안하자. 길에서 괴롭힘당하는 여성이나 퀴어를 목격했는가? 그들과 함께 길을 걸어주자. 그들이 안전하다는 생각이 들도록 개입해 도와주자. 이 사이클을 깨고 모든 사람이 동등하게 대우받는 세상을 만들 수 있는 유일한 방법은 세상에 도전하는 것이다. 인종 차별주의자와 여성 혐오자가 모두 죽기만을 기다려서는 아무것도 이루어지지 않는다.

그들은 여전히 우리 안에 있다. 우리 안에서부터 그들과 싸워나가야 한다.

잊어버려라

아무리 시간이 지난다 해도 당신의 상처가 완전하게 '치료'되는 일은 없을 것이다. 그러나 분명 조금씩 더 좋아질 것이다. 당신을 아프게 한 게 이별이든 그보다 더한 끔찍한 일이든 간에.

트라우마로 남을 정도로 끔찍한 일을 겪은 후, 나는 나의 일부를 잃었다. 언젠가 잃어버린 부분을 다시 찾을 수 있을 거라는 확신도 가질 수 없었다. 스스로 파괴된 채로 머무는 것보다 그 전의 나로는 절대로 돌아갈 수 없다는 걸 받아들이는 편이 오히려 상황을 헤쳐나가는 데 더 도움이 됐다. 나는 아주 중요한 진실을 배웠다. 물론 받아들이기는 매우 힘들었지만. 나 자신을 치료하는 건 온전히 내 책임이며, 다른 누군가가 해줄 수 없는 일이다. 당신이 다른 사람을 고칠 수 없는 것처럼 다른 사람도 당신을 고칠 수 없다. 당신에게 일어난 일은 그게 어떤 일이었든지 간에, 당신에게는 절대 일어나서는 안 되는 일이었다. 그렇기 때문에 스스로 치료해야 한다는 게 어쩌면 더 불공평하게 들릴지도 모른다. 하지만 중요한 건 바로 이거다. 당신의 경험에서 '교훈'을 찾을 필요는 없다는 사실이다. 그 일이 있기 전의 당신으로 돌아가야 할 이유도 없다. 그 끔찍한 사건의 의미를 찾으려 애쓸 필요는 없다는 말이다. 당신이 가장 먼저 해야 할 일은 '살아남기' 위해 노력하는 일이다. 나는 '모든 일에는 이유가 있다'라는 말이 트라우마와 관련된 문맥으로 사용되는 걸 매우혐오한다. 때때로 믿기 어려울 정도로 훌륭한 사람들에게 끔찍한 일이 일어나곤 한다. 그들은 절대로 그런 일을 당하면 안 되는 사람들이었지만, 어쨌든 돌파구를 찾아 싸워야만 한다. 만약 당신의 치유가 다른 이들의 인정이나 사과에 달려 있다면, 그 사건에서 결코 자유로워질 수 없다. 그냥 받아들여라. 받아들이는 것만으로도 치유에 큰 도움이 될 수 있다. 나 또한 여전히 매일 애쓰고 있다.

"당신은 다 나은 건가요, 아님 그저 딴 데 정신이 팔린 건가요?" *

과거에는 트라우마로 생긴 금을 임시로 메우기 위해 소소한 행복거리나 작은 대응 기제를 접착제처럼 이용했다. 그렇게 하면 잠시나마 다시 온전한 나로 돌아간 듯한 기분을 느낄 수 있었다. 새로운 사람과 데이트하기, 가벼운 관계 즐기기, 포장 음식 주문해보기, 스킨케어 제품을 구매해 외모 가꾸기 등등. 그러나 일시적인 안도만 주는 임시변통 대응 기제에 의존할수록 완전한 치료에서는 점점 더 멀어진다. 우리의 문제는 훨씬 더 깊고 복잡하다. 따라서 임시변통 해결책이나 실체가 없는 접착제에만 의존해 벌어진 금을 메우려고 해서는 안 된다. 그 대신 금들이 스스로 적절하게 치료되도록 기다려야 한다. 트라우마로 생긴 금이 서로 끈끈한 유대를 형성한

*@Werenotreallystranger

후, 자기반성과 책임을 통해 더 강인한 내면으로 성장할 수 있도록 말이다. 외부 요소와 타인의 인정을 통해서는 절대로 할 수 없는 치료다. 이러한 치료는 우리 내부에서 시작돼야 한다.

자존감이 최저점일 때 우리는 빠르고 효과적인 것으로 '공허함'을 채우려고 하거나 일시적으로라도 공허한 마음을 완화하려고 한다. 누군가는 환각제를 이용하고 누군가는 데이트 앱을 이용한다. 쇼핑하러 가는 사람도 있다. 그러나 단기적인 만족을 주는 것은 그 순간에는 얼마나 아름답고 효과적으로 느껴지든지 간에 순식간에 지나간다. 그러다 이런 단기적인 것들이 억제되지 않고 통제되지 않은 상태로 남으면, 결국 우리의 고통을 더욱 연장시키는 장기적인 자기 파괴적 행동을 초래하게 된다. 자기 파괴적 행동은 스스로를 더 약하게 만들 뿐만 아니라, 자기 자신을 덜 돌보도록 만든다. 폭음이나 폭식부터 전 연인의 인스타그램을 규칙적으로 드나들며 체크하거나 잠수 탄 연인과 다시 마주치길 바라며 같은 장소를 자주 돌아다니는 것까지 모두 자기 방해*가 될 수 있다. 자기 방해 행동을 하는 사람은 자신이 그런 행동을 하고 있는지도 모른다. 이 모든 게 다 자기 태만의 행동이다. 자기 태만 행동을 반복하다 보면, 당신은 결국 외부적인 요소가 없이는 스스로 살아남지 못하는 상태가 될 것이다. "난 다 나았어"라고 말하는 게 목표가 아니다. 목표는 스스로의 발전에 걸림돌이 되는 지금 상태에서 벗어나는 것이다.

나에게 가장 중요했던 자기 치유의 행동은 내 여정을 가로막던 사람들과 습관에 "더 이상은 싫다"고 말할 힘을 찾아내는 것이었다. 나 자신을 되찾기 위한 여정이었다. 여성이 자신이 아닌, 다른 이들을 돌보거나 양육하도록 장려하는 이 세상에서 우리는 그렇게 스스로를 외면해왔다. 이 세상은 이러한 '자기 무시' 상태에서 벗어나 스스로를 회복하는 과정을 '외모 향상법'으로 둔갑

*스스로 한계를 정하거나 문제를 만들어 목표를 위해 노력할 수 없게 만들거나 스스로를 힘들게 만드는 상황 - 옮긴이

시켜 당신에게 제품을 팔려고 할 것이다. 그들은 절대로 당신의 정신적 상태와 행복은 다루지 않는다. 결국 수년간에 걸쳐 일어난 자기 무시는 깊은 성찰을 통해서만 가장 잘 치유될 수 있다. 물론 이 치유의 과정에는 불편함이 따라온다. 지금까지 당신이 세상에 대해, 사람들에 대해, 그리고 당신 스스로에 대해 알고 있던 모든 것들이 사실은 스스로 편하기 위해 믿고 있던 이야기에 불과하다는 것을 기꺼이 인정해야 한다. 편안하고 익숙한 상태의 고통이다. 일명 '제한된 내러티브'라고 불린다. 우리가 스스로 반복해서 되뇌는 이야기들이다. 우리는 이러한 이야기들을 계속 되뇌며 일이 제대로 풀리지 않는 이유를 정당화한다. 계속 반복되는, 참을 수 없는 이 지옥을 벗어나는 유일한 방법은 자신의 행동을 면밀히 조사해 어떤 행동을 바꾸어야 할지 스스로 질문을 던지는 것이다. 당신의 어떤 행동이 당신 자신을 편안하고 익숙한 고통 속에 계속 남도록 하고 있는가?

겁내지 마라.
모든 것에 의문을 품음으로써,
이미 믿을 수 없을 정도로 훌륭한 당신의 모습으로부터
한 단계 더 성장한 당신을 보게 될 것이다.

"너 변했어!"

치유와 변화는 습관을 바꾸는 것으로만 되는 게 아니다. 다른 사람들보다 더 크게 성장해야 한다. 성장하고 싶다면, 무언가를 얻고 싶을 때만 당신에게 연락한다는 걸 알면서도 '수년간 알고 지냈기' 때문에 지금껏 옆에 두었던 그 사람들을 끊어버려야 한다. 당신은 반드시 다른 사람들보다 더 성장해야만 한다. 이는 피할 수 없는 일이다. 당신이 피할 수 있는 일은 성장에 대한 당신의 생각에 지금처럼 그 사람들이 영향을 주도록 내버려둘지 말지 결정하는 일이다. 이것이야말로 전적으로 당신에게 달려 있다. 당신의 행복을 주관하는 사람은 당신 자신이다. 필요하다면 변화를 만들어야 한다. 사람들은 당신이 현실을 깨닫고 고통에서 벗어나는 걸 싫어한다. 그런 당신의 모습이 아직 시작하지 못한 자신들의 여정을 떠올리게 하기 때문이다. 그들 스스로의 성장을 위한 여정 말이다. 특히 당신이 그 사람과 트라우마를 공유하며 유대감을 형성해왔다면 더욱 그럴 것이다. 이런 행동도 성장을 저해하는 자기 방해적인 행동인데, 감지할 수 없을 만큼 훨씬 더 미묘한 방식으로 진행된다. 어쩌면 당신은 당신과 비슷한 트라우마가 있는 사람에게 매달리거나 처음 트라우마를 겪던 당신의 모습과 닮은 사람과 어울리며 위안을 받으려고 할 수 있다. 하지만 이러한 관계 속에서는 성장할 수 없다. 애초에 상호 간의 고통 속에서 맺은 관계이기 때문이다. 만약 둘 중 하나가 성장한다면, 나머지는 더 이상 그와 유대감을 갖지 못할 것이다.

그렇다. 이 세상에는 당신이 지금의 사이클에서 벗어나 성장하는 걸 보기 힘들어하는 사람들이 있다. 그렇기 때문에 당신의 행복을 위해 때때로 주위 사람들을 정리하고 그들보다 더 많이 성장해야 한다. 당신 삶에 들여도 좋을 사람들을 위해 미리 공간을 만들어두자.

스스로에게 노력하기로 결정했는가? 자신을 치유해 지금보다 더 성장한 자주적인 사람이 되려고 한다면, 그래서 더 이상 다른 이들을 기쁘게 하는 일 따윈 그만두고 싶은 것에는 '싫다'고 말하려고 한다면, 당신은 아마 이 얘기부터 듣게 될 것이다.

- "넌 네가 다른 사람들보다 훨씬 낫다고 생각하는구나?"
- "너 변했어!"

세상이 그토록 방해하고 뜯어말렸던
너의 진짜 모습을
곧 만나게 되는 거야.
스스로와
곧 사랑에 빠질 거라고.
생각만 해도
너무 좋아
다리에 힘이
풀릴 지경이야.

– "미안, 너와 다니기엔 내가 좀 부족한 것 같아."

– "넌 참 재밌는 아이였는데."

– "넌 바운더리에 대한 이야기만 해. 긴장 좀 풀어."

이러한 것들도 당신의 감정을 조종하는 방식 중 하나다. 치유는 당신이 무언가를 기꺼이 포기할 줄 알 때 비로소 찾아온다. 만약 그들이 당신의 성장을 도와주거나 지지해주지 않는다면, 과감하게 버려라.

나 자신을 제대로 알고 스스로를 치유하는 방법
그리고 '나'와 사랑에 빠지는 방법

가장 핵심적인 부분만 보면 자기애를 키우는 것은 다소 추한 모습일 수도 있다. 예쁜 마스크나 셀피만 있는 게 아니다. 나는 정말 많이 울었다. 그리고 너무 외로웠다. 나만의 바운더리를 세워야 했고, 자아 성찰을 해야만 했다. 심지어 집 주변에서 발가벗고 춤을 춘 적도 있다. 스스로를 돌보는 방식은 모두 다르겠지만, 지금껏 작아진 스스로의 모습을 떨쳐버리고 다시 신성한 나로 돌아오기 위해 내가 밟은 단계들을 소개해볼까 한다.

– 거울 앞에 앉아 나 자신과 얘기하면서 눈이 붓도록 울었다.

– 점심때는 식당에서 혼자 밥을 먹었다.

– 심리 치료를 받았다.

– 몸의 모든 털을 길렀다.

– 매일 일기를 쓰면서 하루하루 내 감정이 어떻게 달라지는지 기록했다. 손으로 직접 쓰기 힘들다면 컴퓨터로 써도 된다. 나는 손으로 썼는데, 2019년 한 해 동안 6만 단어의 일기를 썼다.

– 집 주변에서 가장 좋아하는 음악을 들으며 벌거벗은 채 춤을 췄다. 다른 이들의 시선 따위는 신경 쓰지 않고.

내가 왜 예뻐야 되냐고요

- 여러 책을 사서 읽었다.
- 심리학자들의 저서를 읽으면서 셀프 힐링에 투자했다.
- 내 몸의 권리를 되찾기 위해 바이브레이터를 처음으로 구매했다(천지가 개벽할 정도의 오르가슴을 느꼈다).
- 스스로를 고립시키는 행동을 그만뒀다. 처음으로 친구들에게 내 기분이 어떤지 얘기하기 시작했다.
- 매일 거울 앞에 앉아 나 자신과 이야기를 나누었다.
- 베개에 얼굴을 묻고 울면서 비명을 질렀다.
- 우울할 때마다 내 모습을 동영상으로 녹화했다. 카타르시스적 방출을 통해 자기 파괴적 행동 패턴을 알기 위해서다.
- 수백 장의 누드 사진을 찍었다. 물론 나만 봤다.
- 시각적으로 나를 자극하고 내가 좋아하는 것으로 자신을 둘러싸기 위해 아파트 이곳저곳에 멋진 프린트를 걸어놓았다.
- 아침에 일어나기 힘들 때마다 스스로에게 "엿 먹어!"라고 소리쳤다. 트라우마가 나와 내 일상에 영향을 주지 못하도록 하기 위해서였다.
- 돌봐주고 아껴주며 매일 물을 줘야 하는 식물을 기르기 시작했다(만일 당신이 필요 없는 존재처럼 느껴진다면, 스스로 아무런 자격도 없는 것 같다면, 잊지 마라. 당신의 식물은 당신을 필요로 한다. 상호 의존성을 회복할 수 있는 더할 나위 없이 훌륭한 방법이다).
- 친구들과 페이스타임으로 영상통화를 하며 몇 시간이고 계속 울었다.
- 스스로에게 잘 보이기 위해 귀여운 속옷을 샀다.
- 사람들의 반응을 걱정하는 대신 '싫다'고 말하며 내 결정을 고수하기 시작했다. 더 이상 사람들을 기쁘게 하는 일은 그만두고 나만의 바운더리를 세우기로 결정했기 때문이다.
- 나는 '포모 증후군*'을 극복하고 집에 머물렀다.

- 나 자신을 치유하기 위해 진행하는 이 모든 것에 영향을 줄 수 있는 상황, 사건, 사람을 모두 피했다.

어떤 것은 단순한 불편함을 넘어 정신 건강 문제로 발전될 수 있다. 간단한 예로 우울증이나 PTSD(외상 후 스트레스 장애), 섭식 장애를 들 수 있다. 이런 상황이라면 간단히 자기를 돌보거나 자기반성을 해보는 것만으로는 충분하지 않다. 외부의 도움이 꼭 필요하다. 바로 이런 이유 때문에 나는 매주 심리 치료를 받는다. 만약 당신도 도움이 필요하다면 친구나 가족에게 당신의 상태를 털어놓아야 한다.

객관적으로 생각하기

치유는 힘든 일이다. 당신이 지금까지 걸어온 여정에 어떤 가치가 있는지, 당신이 이렇게 살아 있다는 것이 얼마나 놀라운 일인지 객관적으로 생각하기 어려울 정도로 힘들다면, 예전의 당신과 같은 모습을 한 사람들을 보며, 지금의 당신이 그때와는 어떻게 달라졌는지 깨닫기를 바란다.

- 고등학교 때 괴롭힘을 당했던 사람
- 울다가 잠들던 사람
- 밤새 화장실에서 술에 취해 흐느껴 울던 사람
- 너무 충격적인 일을 겪어 다시는 삶이 회복될 수 없다고 생각하던 사람
- 삶을 거의 완전히 포기했던 사람

*좋은 기회를 놓칠까 봐 걱정하는 것으로, 사교 모임에 빠지지 않고 나가거나 모임이 끝날 때까지 자리를 지키고 있는 것을 말한다. - 옮긴이

당신의 예전 모습을 생각해보라, 바로 당신 앞에 서 있다.

그들은 모두 당신을 되돌아보며 미소 짓고 있다.

그들 모두 당신을 매우 자랑스러워하고 있다.

당신이 이겼기 때문이다. 당신은 그들을 죽이고 파괴하려던 것들에 대항해 승리했다. 과거의 당신에게 무슨 일이 일어났든지 간에 당신이 가진 힘 덕분에 지금 이 순간 당신은 여기에 여전히 존재한다.

과거의 당신은 지금의 당신에게 고마워하고 있다. 이 모든 것을 이겨내고 과거의 당신을 오늘날 당신이 있는 이곳까지 안전하게 데리고 왔기에. 지금 당신은 여전히 살아 있다.

그녀의 '걸크러시'한 매력에 빠져 버렸다면, 당신도 퀴어일 수 있다

당신의 동성애적 감정은 매우 정당한 것이다

먼저 명확성에 대한 이야기로 시작해보자. 우리가 어떤 단어를 쓰는지, 그리고 그 단어를 어떻게 사용하는지는 매우 중요하다. '퀴어'라는 단어는 그들을 억압하고 차별해온 역사에 뿌리를 둔 단어일 뿐, 그들에게 권한을 주는 것이 아니라는 사실을 알아야 한다. 16세기부터 쓰인 이 단어는 원래 '이상한(strange)'이나 '특이한(odd)'의 뜻이었다. 그러다 19세기 초반부터 동성과 관계를 맺는다고 여겨지는 사람들에 대한 욕으로 사용되었다. 하지만 그 후, 1980년대에 이르러 성 소수자 운동가들이 그들의 정체성을 스스로 묘사하는 정치적 단어로 사용하면서 '퀴어'라는 단어가 지금의 의미를 지니게 된 것이다.

오늘날 퀴어는 이성애가 아닌 성적 지향과 시스젠더가 아닌 성 정체성을 가리키는 용어로 널리 사용된다. 만약 당신도 이성애자가 아니거나 태어날 때 얻은 성과 동일한 성으로 스스로를 취급하고 있지 않다면, 스스로를 퀴어로 규정할 것이다. 이처럼 퀴어는 모든 종류의 성 정체성을 포함한다. 양성애자와 무성애자, 그리고 남성과 여성 어느 쪽에도 속하지 않은 사람들 모두를 포함한다. 하지만 여기에서 중요한 건 퀴어라는 단어는 매우 정치적이라는 사실이다. 또 아직까지 몇몇 사람은 이 단어를 자신들을 비방하는 말로 여긴다는 걸 알아야 한다. 따라서 이런 라벨을 자신들에게 붙이는 걸 편안하게 받아들이지 못하는 사람들도 꽤 많다는 걸 알아야 한다. 이들의 생각 역시 정당한 것이다.

융통성 없고 낡아빠진 성 역할은 내가 진실된 모습으로 사는 걸 꽤 오랫동안 방해해왔다. 커밍아웃하지 않은 양성애자로서 여성과 다른 성에 대한 생각을 이야기할 때마다, 그건 그저 '판타지'에 불과하다는 얘기를 자주 들어야 했다. 오직 남성들을 재밌게 해주기 위해서만 할 수 있는 판타지였다. 그 꼭대기에는 정말로 많은 동성애 혐오가 내재되어 있었다. 나에겐 그저 "넌 별로 퀴어처럼 보이지 않는데?"라거나 "넌 절대 여자랑 사귈 수 없어. 심지어 그걸 어떻게 알아?"라는 말처럼 들릴 뿐이었다. 하지만 나는 너무도 잘 알고 있었다.

섹스하는 동안 이따금 여성들과의 관계를 상상하곤 했다.

여자였던 친구들과 사랑에 빠진 적도 있다.

여자 생각을 도저히 멈출 수 없었다. 여성과 관계 맺는 것을 상상하면 오히려 마음이 편안해졌다.

난 언제나 여성들에게 압도당해왔다. 하지만 남자들에게도 매력을 느낀다. 물론 다른 성의 사람들한테도. 그러니 내가 스스로를 퀴어라고 생각하는 건 무척 당연한 일이다. 과연 무엇이 이를 막을 수 있었겠는가?

어느 날 밤이었다. 칵테일을 셀 수 없을 정도로 여러 잔 마신 후에야 비로소 가장 친한 친구에게 내 이야기를 울면서 털어놓았다. 여성에 대한 내 마음을 고백했다. 그 전까지는 누구에게도 밝히지 않았던 완전한 나의 정체성이었다. 그때 나는 한 남자와 오랫동안 사귀고 있었다. 그와의 관계는 내게 매우 '독' 같은 관계였다. 그 관계에서 나는 내 속의 퀴어가 숨을 쉴 수 없도록 단단히 죄고 있었다. 그 전에는 나 같은 여자가 여자와 데이트하는 걸 본 적이 없었다. 미디어에서조차도. 내가 느끼는 감정을 똑같이 느끼는 사람도, 내가 세상을 바라보는 것과 똑같은 시각으로 세상을 바라보는 사람도 존재하지 않을 거라 생각했다. 퀴어에 대한 나의 제한되고 정형화된 생각이 스스로의 감정을 인정하지 못하도록 막고 있었다. 아마 소외된 사람들(흑인이나 장애가 있는 사람들 등)은 자신의 성적 지향을 받아들이기가 더욱더 힘들 것이다. 일단 미디어에서 그들과 비슷한 이들의 모습을 찾기 어려울뿐더러 퀴어인 그들의 모습은 더더욱 비춰지지 않기 때문이다. 당신이 스스로를 표현하는 방법과 옷 입는 스타일, 그리고 당신의 다양하지만 하나로 모여드는 정체성은 당신의 성적 지향과 직접적인 관련이 없다. 지금까지 나는 이러한 것들을 이진법의 룰에 속하지 않는 것으로 여기도록 배워왔다. 퀴어는 나처럼 생기지 않았다고 누가 그랬는가? 왜 나는 여성스럽게 입은 채 여성과 데이트하면 안 되는가? 그동안 나는 스스로의 퀴어 성향을 부정함으로써 퀴어 성향을 지닌 다른 사람들까지 정형화하고 있었다는 걸 깨달았다. 퀴어로 보이고, 퀴어임을 보여주고, 퀴어처럼 행동하는 데 한 가지 방법만 있는 건 아니다. 만약 당신이 퀴어라면, 그냥 퀴어인 거다.

동성연애자들의 커뮤니티에 대한 편견과 퀴어가 '어떻게 보여야 하는지(전통적으로 짧은 머리를 하고 남자처럼 하고 다니는 모습을 말한다)'에 대한 고정관념 때문에 나는 내 정체성의 막대한 부분을 스스로 껴안지 못했다. 이건 대부분 이성애 규범성의 과삼투(이성애와 성 역할에 대한 장려)와 많은 관련이 있다. 미디어와 공공장소에서 퀴어에 대한 묘사가 너무 부족하다. 양성애에 대한 나의 이해는 간단했다. 그런 건 존재하지 않는 것이었다. 예전에 한 친구가 "우리 아빠 말로는 양성애는 존재하지 않는 거래. 30대가 되어서도 여전히 양성애자로 사는 여성은 절대로 없을 거야. 그냥

네가 네 인생을 어떻게 살지
결정하는 방법이 아니라
커어를 받아들이고
환영해주기 싫어하는
사회의 태도가
바뀌어야 해.

한때일 뿐이야"라고 한 말이 잊히지 않는다. 내가 10대 소녀로서 다면적인 자아와 세상 사이에서 혼자 외로운 싸움을 벌이고 있을 때, 내 또래 친구들과 가족은 내가 어린 여성으로서의 모습만 보여주기를 기대했다. 나는 이 기대를 곧 내면화했고, 여자들에게 느끼는 내 감정을 수치스럽게 생각하며 마음속 나만 아는 상자에 몰래 넣어두었다. 그러고는 그 상자에 '걸 크러시'라는 라벨을 붙여두었다. '걸 크러시'라는 단어는 '난 호모가 아니야'라는 뜻으로 내가 직접 고안해낸 수단이었다. 여성에 대한 내 감정을 인정하는 건 지독하게도 수치스러운 일이었기 때문이다.

　여성의 모습을 보면서 걸 크러시라고 칭하며 그녀를 동경한다고 말하거나 "내가 만약 동성연애자였다면 그녀랑 꼭 사귀었을 거야"라고 말해본 적이 있는가? 그렇다면 성적 지향은 여러 범위로 존재할 수 있으며 굳이 내 성적 지향이 '이것 아니면 저것'일 필요는 없지 않을까 하는 생각은 한 번도 해본 적 없는가? 그녀와 사귀었을 거라는 말이 정말로 그녀와 데이트하고 싶다는 걸 의미하지는 않을까? 양성애와 범성애*는 정의상으로 '하나 이상의 성별에 끌리는 것'을 의미한다. 즉 다른 성별에 끌린다고 해서 남성에게 끌리는 마음이 없어지는 건 아니라는 것이다. 나는 10대 후반이 되어서야 수치로 가득했던 걸 크러시 상자를 열기로 결정했다. 이 감정은 수치스러운 감정이 아니라 그저 누군가를 향한 진심 어리고 강렬한 사랑의 감정일 뿐이라는 걸 인정하기로 한 것이다.

*자신과 상대의 성별에 전혀 상관없이 사랑에 빠지는 것을 의미하는 것으로, 내 성별과 상대의 성별을 인식하고 사랑에 빠지는 양성애와 구분된다. ─ 옮긴이

**성에 대해 여성이 가지는 수치심은
다른 성별과 함께이고 싶은 욕망에 스며드는 수치심과 같은 것이다.
우리 몸은 항상 남성적 시선 안에 존재하고 그들에게 속해야 한다고
배워왔기 때문에 남자가 아닌 여자에게 감정을 가지는 건
언제나 혼란스러운 일이 되어버린다.**

대부분의 여성은 지금껏 '나도 언젠간 한 남자와 결혼해 그의 아이를 가질 거야'라는 내용을 머릿속에 각인하면서 살아왔다. 그런데 여성과 사랑에 빠지고 데이트하는 건 여기에 반하는 일이다. 그러니 어떻게 우리가 감히 시스젠더 남성이 아닌 사람과 함께할 수 있겠는가?

이성애는 우리가 숟가락으로 받아먹으며 자란 동화일 뿐이다. 우리는 TV에서 이성애를 보고 성교육 시간에 이성애에 대해 배우며 자기 전 읽는 동화에서 이성애의 사랑 이야기를 접한다. 나는 이걸 집요한 폭격이라고 부르고 싶다. 아주 간단히 말해 '이성애 폭격'이다. 이성애적이고 이성애 규범적인 것들은 당신에게 '이성애 폭격을 당한' 기분을 줄 것이다.* 미디어에서 퀴어에 대한 내용을 '너무 많이' 내보내면 젊은 사람들이 세뇌당할지도 모른다는 논쟁이 있다. 두려움에서 비롯된 논쟁이다. 하지만 미디어의 퀴어 묘사는 당신의 아이를 세뇌시키지는 못할 거라고 많은 캥거루 부모들에게 말해주고 싶다. 이미 이성애 규범성이 아이들을 세뇌시킨 후니까.

우리 사회에는 관계를 어떻게 간주하는지에 대해 사상적으로 체계를 갖추고 있다. 시스젠더와 백인, 비장애인, 이성애자, 중산층, 자녀를 둔 부부

---

*원문에는 hetrifying과 hetrified로 쓰였다. 두 단어 모두 저자가 만든 것으로, 이성애 규범성을 강요당하는 것을 의미한다. 이성애를 옳은 것으로 강조하며 폭격하는 걸 hetrifying, 그런 폭격을 당해 기분이 불편한 걸 hetrified라고 한다. - 옮긴이

로 구성된 계층이 상위를 차지하고 있다. 그러나 퀴어가 되는 것에도 분명 아름다운 면은 있다. 그들이 내린 정의에 속하지 않음으로써 사회가 쥐여 준 제한적인 규칙서를 창밖으로 던져버릴 수 있다는 것이다. 이제 당신은 당신만의 완전한 원고를 집필할 수 있게 됐다. 그것도 프리스타일로. 로맨스와 섹스, 그리고 '관계의 진전'에 대한 이전 생각을 고수해야 한다는 압박이 이전보다 훨씬 줄어들 것이다.

여성적 시선

"남성적 시선과 이성애 규범성의 영향이 너무도 컸기 때문에, 많은 여성들과 강렬하게 사랑해온 나 자신이 스스로를 양성애자라고 부르는 사기꾼으로 느껴질 수밖에 없었다."
– 러모나 마케즈(Ramona Marquez)

양성애 취향을 지닌 여성으로서 어째서 나는 남성과 똑같은 방식으로 여성을 즐기지 못하는가 하는 의문이 들 때가 있었다. 왜 여성의 야한 사진을 봐도 즉각적으로 불이 붙지 않을까? 왜 그런 건 나를 자극하지 못할까? 하지만 그때 나는 깨달았다. 그런 식으로 여성을 묘사하는 건 내 성적 욕구에 맞지 않는다는 걸 말이다. 그래서 나는 그런 것들에는 자극받지 않는다. 그건 내 퀴어적인 성적 바람을 만족시키기 위해 만들어진 게 아니다. 미디어에서 남성적 시선이 원하는 욕구를 채워주기 위해 만들어진 것들일 뿐이다 (172페이지 참고).

이성애 중심의 관념이 지배적인 우리 사회에서 여성을 사랑할 수 있는 단 하나의 방법은 그저 그들에게 성적 매력을 부여하는 것뿐이다. 그래서 나는 내 양성애적 취향을 의심할 수밖에 없었다. 하지만 이건 진실과 거리가 매우 멀다. 당신의 연인을 하나의 완전한 인간으로 바라보며 존중하지 않고, 그저 그를 대상화하거나 페티시적 시선으로만 바라본다면 건강한 관계를 맺을 수 없다. 여성은 성적인 장식품이 아니다.

우리 사회는 여성의 몸을 성애화 대상으로 삼는 것을
지극히 정상적인 것으로 여긴다.
그래서 나 또한 여성을 물건 취급하지 않고 그 자체로 사랑하는 게
정말 맞는 일인가 싶은 생각이 들 때도 있다.
만약 내가 일반 남성들과는 다르게 여성을 물건 취급하지 않는다면,
아마 나는 퀴어일 수 없을 것이다.
어마어마한 '이성애 폭격'이다.

여성 또는 여성도 남성도 아닌 사람들과 데이트하고 뜨거운 밤을 보내며 그들과 연애를 하고 싶은 나의 바람에도 나는 시스젠더 남성들과 같은 방식으로는 그들을 보지 못했다. 벌거벗고 있는 여성의 사진을 좋아하지 않았으며, 그런 사진에 남자들처럼 반응하지 않았다. 대신 나는 그들에게서 내 모습을 보았다. 그들 안에서 다양한 인간의 모습을 보았다.

스트립 바나 나이트클럽에서 여자들을 얼빠지게 쳐다보는 건 내게 별다른 흥미를 주지 못했다. 남자들이 흔히 가지는 흥미 말이다. 물론 어떤 퀴어 여성은 그런 걸 좋아할 수도 있다. 하지만 나는 아니었다. 그런 것 없이도 여성에게 끌리는 것을 설명할 수는 없지만, 어찌 됐든 남자들이 여성에게 빠지는 방식은 아니었다. 동성연애자들이 여성을 처음부터 성적인 방식으로 보지 않을 수 있는 건 이성애자 남성들이 끼는 렌즈를 통해 보지 않기

때문이다. 우리는 여성의 아름다움을 그들과 같은 기준으로 재지 않는다. 대신 우리만의 시선으로 그들을 본다. 말하자면 '퀴어적 시선'이다.

스스로의 욕구에 대해 고민하는 시간을 가지자. 무엇이 그 욕구에 영향을 주는지도 함께 생각해보자. 누군가를 좋아하게 만드는 건 무엇인가? 몇 가지 질문을 스스로에게 던지면서 당신도 성 소수자 커뮤니티의 일원인지 아닌지 고민해보자. 지금까지 걸어온 당신의 인생을 돌이켜보며 이성애 규범성이 당신의 정체성에 어떤 영향을 끼쳤는지 생각해봐라.

− 이성애 규범성이 당신의 인생에 어떤 방식으로 영향을 미쳤는가? 당신의 성별은 '이래야만 한다'는 불문의 규칙으로 당신의 일상에 어떤 영향을 주었는가? 당신의 제스처, 보디랭귀지, 당신이 데이트하는 사람, 당신의 자기표현, 그리고 성생활에 어떤 영향을 미쳤는가?

− 당신도 사람들의 겉모습만 보고 그들의 성적 지향과 성 정체성을 판단하고 있진 않은가?

− 동성애적인 감정이 들 때마다 수치심을 느끼는가?

용어 사전

· **책임감**(accountability)
당신의 행동, 언어, 신념에 대해 책임지는 걸 말한다. 특히 인종차별적 신념을 영구화하거나 장애인에 대해 편견을 가지고 행동하는 등 타인에게 해를 끼칠 수 있는 것들에 대한 책임을 말한다.

· **연령차별주의**(ageism)
누군가를 그의 나이를 기준으로 차별하는 걸 말한다.

· **부치**(butch)
흔히 남성성으로 묘사되는 특성을 지닌 사람을 말한다. 레즈비언 커뮤니티에서 자주 쓰이는 말이지만, 남자 같은 여자가 모두 레즈비언인 것은 아니다(반대로 모든 레즈비언이 남성적인 것도 아니다).

· **자본주의**(capitalism)
재정적 수익을 내는 데 집중하는 체제를 말한다. 기업, 재산, 산업을 사적으로 소유할 수 있으며, 이들 소유자가 수익을 낼 수 있도록 이루어져 있다.

· **시스젠더**(cisgender)
태어날 때 얻은 성별과 젠더가 일치하는 사람을 말한다. 만약 어떤 이가 태어날 때 여자라고 불렸고 이후에도 스스로를 여자라고 생각한다면, 그녀는 시스젠더다. 근본적으로 '트랜스젠더가 아닌' 사람을 일컫는다.

· **비만공포증**(fatphobia)
누군가를 뚱뚱하다는 이유로 편견을 갖고 차별하는 걸 말한다. 적합한 숙박 시설

내가 왜 예뻐야 되냐고요

을 제공하지 않는 것(예를 들어 작은 팔걸이의자만 있는 경우), 입고 있는 옷으로 누군가를 평가하는 것("저 여잔 미니스커트도 못 입어!"), 또는 누군가를 몸무게 때문에 채용하지 않는 것 등이 여기에 포함된다.

· 팜(femme)
정체성이나 젠더 표현이 여성스러운 사람을 말한다. 트랜스젠더 커뮤니티에서 사람들은 자신이 여성임을 증명하지 않아도 스스로를 팜으로 묘사할 수 있다.

· 헤트리파잉(hetrifying)
이성애 규범적 내러티브와 메시지로 폭격당하는 걸 말한다(플로렌스 기븐이 만든 용어다).

· 이성애 규범성(heteronormative)
이성애를 표준으로 여기는 동시에 동성애는 경시하고 일축하거나 비난하는 상태를 말한다.

· 내재화된 여성 혐오(internalized misogyny)
여성이 여성에 대한 혐오(여성 혐오)를 자신과 다른 여성에게 느끼는 상태를 말한다. 내재화된 여성 혐오를 느끼는 여성은 남성을 편들며, 스스로를 비난하고 부정적인 성 고정관념을 믿는다.

· LGBTQ+
레즈비언, 게이, 양성애자, 트랜스젠더, 퀴어, 그리고 '+'를 의미한다. 이는 더 많은 성 정체성과 성적 지향(무성애자, 신체적 특징상 남성/여성으로 구분되지 않는 간성(인터섹스), 성 정체성에 대해 고민하는 자, 어떤 젠더에도 끌리지 않는 에이로맨틱 등)이 존재한다는 걸 나타낸다.

· 남성적 시선(male gaze)
이성애자 남성의 관점대로 세상을 보는 것을 말한다.

· 소외된 계층(marginalized)
차별의 이유가 되는 특성을 지녀 덜 좋은 대우를 받는 계층을 말한다.

· 미투 운동(Me Too)
타라나 버크(Tarana Burke)가 시작한 운동으로, 자신이 겪은 성범죄 피해 사실을 밝히는 것을 말한다.

· 여성 혐오(misogyny)
여성에 대한 혐오와 차별, 편견을 말한다.

· 장애가 없는 사람(non-disabled)
'신체 건강한 사람' 대신 쓰이는 용어다. '신체 건강한 사람'은 정신 건강 문제를 겪거나 학습 장애를 겪는 사람도 포함해 혼란을 야기할 수 있기 때문이다.

· 억압(oppression)
사람들을 불공평하게 대우하는 걸 말한다. 특히 차별이나 편견의 원인이 되는 특성을 띤다는 이유로 불공평하게 대우하는 걸 의미한다.

내가 왜 예뻐야 되냐고요

· **가부장제(patriarchy)**
남자들이 강력한 권한을 가진 사회 또는 커뮤니티를 말한다. 교회같이 공식적인 형식으로 나타날 수도 있고, 폭력적인 이성애 관계처럼 여성 혐오가 존재하거나 남자가 더 많은 권력을 가진 관계 사이에서 비공식적인 형식으로 나타날 수도 있다.

· **예쁜 여자(pretty)**
여성스러운 동시에 전통적으로 매력적이라고 여겨지는 여자를 말한다. 특정 여성들이 스스로를 통제할 수 없는 것에 대해 보상으로 주어지는 특권의 한 예다.

· **특권(privilege)**
사회에서 소외된 계층에 속하지 않은 사람들이 얻는 권리 또는 이점이다. 백인 특권, 비장애인 특권, 날씬 특권 등이 있다. 여기에 속하는 사람들은 일하지 않아도 혜택을 받는다.

· **퀴어(queer)**
LGBTQ+인 사람들을 일컫는 용어로, 이성애자나 시스젠더가 되어야 한다는 표준에 순응하지 않는 사람들이다. 다른 관점으로 사물을 보는 것을 묘사하는 동사로도 사용할 수 있다(예: 역사를 퀴어하다).

· **자기 방해(self-sabotage)**
자기 자신에게 가장 좋은 것을 방해하는 걸 의미한다.

· **길거리 성폭력(street harassment)**
길에서 치근덕거림, 괴롭힘, 뒤따라오기, 성희롱, 성추행, 성폭력 등을 당하는 걸 의미한다.

· 생존자(survivor)
성적 학대나 성폭력 또는 강간에서 살아남은 사람을 말한다. 어떤 사람들은 생존했다는 표현보다 '잘 견뎠다'라는 표현을 쓰는 걸 더 선호하지만, '피해자'라는 용어보다 더 강한 영향력을 부여하는 용어로 여겨진다.

· 트랜스젠더(trans)
성 정체성이 태어나면서 얻은 성과 일치하지 않는 사람을 말한다.

감사의 말

모두 똑같은 주제를 얘기하고 있음에도, 나처럼 장애가 없고 날씬한 시스젠더 백인 여성의 말은 칭찬까지 하며 들어주면서, 소외된 사람들의 이야기는 의도적으로 묵살하고 무시해버리는 세상이다. 그런 세상에 살면서 어느 날 갑자기 이 책에 실린 예쁨과 매력, 특권, 무의식적인 편견과 억압 체제에 대한 지식과 이해가 내 머릿속으로 하루아침에 떨어진 게 아니라는 걸 분명히 밝히고 싶다. 이런 내용은 학교에서도 배운 적이 없다. 나는 스스로 정보를 찾아야만 했다. 들어야 했고 배워야 했다. 대부분 흑인 여성들의 목소리와 관점이었다. 이처럼 나에게 새로운 관점을 알려준 여성들을 한 명 한 명 적어보려 한다. 이분들의 노력이 없었다면 나는 이 주제를 절대로 이해하지 못했을 것이다. 그러므로 이 여성들께 본 책을 바친다. 어떤 분들은 내 특권 덕분에 현실에서 알게 된 분들이고, 어떤 분들은 환상적인 인터넷 세상을 통해 알게 된 분들이다. 다른 사람들의 반응에도 단념하지 않고 자신의 생각에 대해 당당하게, 그리고 꾸준하게 목소리를 내준 것에 깊은 감사를 표한다.

먼로 버그도프(Munroe Bergdorf)

치데라 에그루(Chidera Eggerue)

애슐리 니콜 트리블(Ashleigh Nicole Tribble)

레일라 사드(Layla Saad)

레이첼 카글(Rachel Cargle)

차 엘레세(Char Ellesse)

레니 에도로지(Reni Eddo-Lodge)

아프리카 브룩(Africa Brooke)

레이첼 리케츠(Rachel Ricketts)

내가 왜 예뻐야 되냐고요

초판 1쇄 발행 · 2021년 12월 13일
지은이 · 플로렌스 기븐
옮긴이 · 우혜진

발행인 · 우현진
발행처 · 용감한 까치
출판사 등록일 · 2017년 4월 25일
대표전화 · 02)2655-2296
팩스 · 02)6008-8266
홈페이지 · www.bravekkachi.co.kr
이메일 · aoqnf@naver.com

기획 및 책임편집 · 우혜진
마케팅 · 리자 **디자인** · 죠스 **교정교열** · 이정현 **한글 일러스트** 이희숙 **CTP 출력 및 인쇄** · **제본** · 이든미디어

ISBN 979-11-91994-02-5(03840)

정가 16,000원

감성의 키움, 감정의 돌봄 용감한 까치 출판사
용감한 까치는 콘텐츠의 樂을 지향하며 일상 속 판타지를 응원합니다. 사람의 감성을 키우고 마음을 돌봐주는 다양한 즐거움과 재미를 위한 콘텐츠를 연구합니다. 우리의 오늘이 답답하지 않기를 기대하며 뻥 뚫리는 즐거움이 가득한 공감 콘텐츠를 만들어갑니다. 아날로그와 디지털의 기발한 콘텐츠 커넥션을 추구하며 활자에 기대어 위안을 얻을 수 있기를 바랍니다. 나를 가장 잘 아는 콘텐츠, 까치의 반가운 소식을 만나보세요!

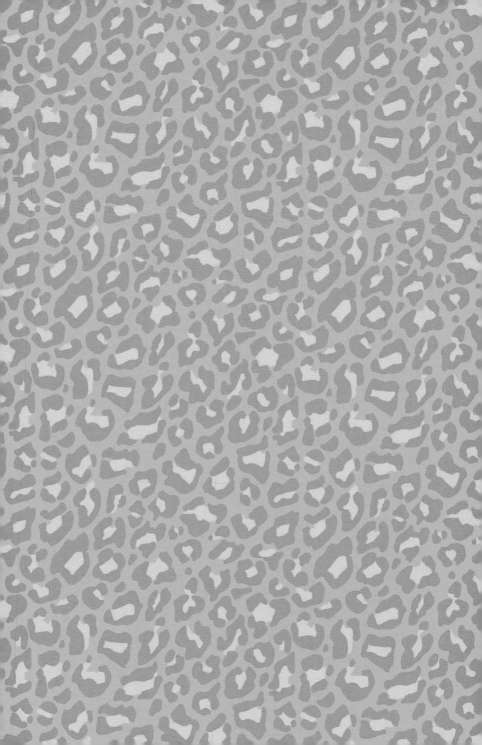

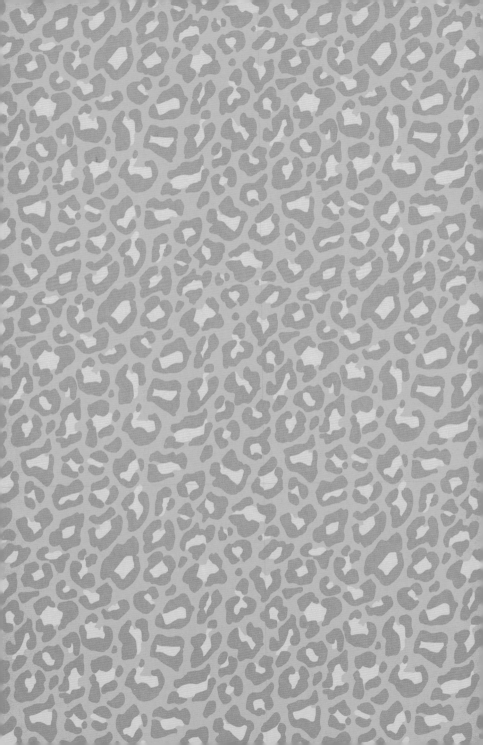